지혜 사용설명서

거인의 어깨 위에 올라서라

지혜 사용설명서
- 거인의 어깨 위에 올라서라

초판 1쇄 인쇄 2022년 1월 15일
1쇄 발행 2022년 1월 20일

지은이 | 박 경 귀

펴낸곳 | 북앤피플
대 표 | 김진술
펴낸이 | 김혜숙
디자인 | 박원섭
마케팅 | 박광규

등 록 | 제2016-000006호(2012. 4. 13)
주 소 | 서울시 송파구 성내천로37길 37, 112-302
전 화 | 02-2277-0220
팩 스 | 02-2277-0280
이메일 | jujucc@naver.com

ISBN 978-89-97871-56-8 03810

지혜 사용설명서

거인의 어깨 위에 올라서라

박경귀 지음

그리스 로마 문명 3천년의 지혜에서
대한민국의 미래를 찾다!

북앤피플

머리말

현인의 어깨 위에서 세상 보기

현대는 지식이 넘치는 사회입니다. 하지만 편협한 지식에 매몰되어 통섭의 지혜가 메말라가는 가뭄의 시대이기도 합니다. 복잡다단해진 현대사회에 전문화된 지식 못지않게 시공을 초월한 보편타당한 인문의 지혜가 갈수록 절실한 이유입니다.

우리 사회에 통섭의 지혜가 쉼 없이 충전될 때, 품격을 갖춘 유연한 선진사회로 나아갈 수 있습니다. 그렇다면 어디에서 인문의 지혜를 발굴하고 어떻게 해야 우리 사회에 효과적으로 활용될 수 있을 것인가. 저는 오랫동안 그 해답을 찾기 위해 고민했고 그리스 로마 고전이야말로 끝없이 샘솟는 인문학의 원천임을 확신하게 되었습니다.

수천 년의 세월 속에서 세계인의 사랑을 받으며 살아남은 최고의 스테디셀러인 고전에는 역사에 명멸했던 위대한 현인들의 사색과 통찰, 영웅호걸들이 부딪치던 도전과 응전, 반복되는 대중들의 오류와 애환이 고스란히 녹아있습니다.

이 위대한 고전들의 가치를 발굴하고 조명하기 위해 저는 2010년에 각 분야 지식인들과 함께 〈고전 200권 읽기〉모임을 만들었습니다. 온·오프 라인에서 고전을 읽고 평론하고 토론하면서 인문의 지혜를 공유해 나갈 수 있었습니다. 2012년에는 고전 읽기 운동을 체계적인 사회운동으로 펼쳐 나가기 위해 〈사단법인 행복한 고전읽기〉를 창립했습니다. 저는 그동안 이사장을 맡아 동서양 고전을 특강하고 토론하는 고전 아카데미를 37회나 개최했습니다. 고전 읽는 품격 사회를 만들고자 하는 작은 노력이었습니다.

고전의 중요성에 누구나 공감합니다. 하지만 실제 수천 년 전의 고전 읽기에 나서기는 쉽지 않습니다. 우선 현대를 호흡해 내는 자극적이고 매혹적인 도서가 넘쳐나기 때문입니다. 게다가 대중의 독서 경향도 치열한 생존경쟁에서 살아남기 위한 자기계발서나 처세술, 가벼운 에세이, 전공별 전문도서에 치중되어 있습니다.

이러한 풍조는 단기적 처세와 전문지식의 습득에 도움을 주고 현대사회에 적응하는 능력 있는 생활인을 만드는 데 어느 정도 유효합니다. 하지만 행복한 인생을 지탱해 줄 가치관, 창의력, 국가와 사회를 발전시킬 참 지혜를 얻는 데에는 한계가 있습니다.

고전은 평범한 대중도 현인의 어깨 위에서 세상을 바라볼 수 있도록 도와줍니다. 이번에 저는 10여 년 동안 고전을 직접 읽고 언론매체에 연재해 온 고전평론을 모았습니다. 이 책은 고전을 통해 대중을 현인에게 인도하는 길잡이, 고전의 가치를 발굴하고 옛 현인들의 지혜를 음미할 수 있도록 돕는 지혜 사용설명서입니다.

고대 그리스 문명은 현대 서양 문명의 뿌리이자 스승입니다. 그리스인들은 자유와 평등, 민주정과 법치를 창안해 냈습니다. 소크라테스, 플라톤, 아리스토텔레스와 같은 불멸의 현인들은 인문학의 원천이 되었습니다. 찬란한 문명을 일구었던 고대 그리스인들, 그리고 이들을 모방하려고 애썼던 로마인들의 고뇌와 성취, 성공과 실패는 이들이 남긴 당대 고전 속에 고스란히 녹아있습니다. 제가 그리스 로마 고전에 천착해온 이유입니다.

이 책은 제가 그리스 문명의 지혜를 대중에게 전달하기 위해 인문학 도서 발간 시리즈로 펴낸 그리스 문명 입문서 《그리스, 인문의 향연》(2016년 우수출판 콘텐츠), 그리스 로마 고전 칼럼집 《자유인의 선택》(2018)에 이은 세 번째 책입니다. 이 책에는 그리스 로마 고전 가운데 엄선한 37권의 고전평론을 실었습니다.

제1부에서는 분열과 갈등이 심해지는 우리 현실에서 진심의 소통을 나눌 수 있는 지혜를 탐색해 보았습니다. 소크라테스, 플라톤, 아리스토텔레스, 키케로와 같은 위대한 철학자들이 제시하는 소통과 설득의 기술이 지금도 생생한 교훈을 줍니다.

제2부에서는 그리스 로마 고전 속에 담긴 국민 행복과 국가 융성의 필요조건으로서 정치인은 어떤 자질과 역량을 갖추어야 하는지 또 국민에게는 어떤 덕목이 필요한지 살펴보았습니다.

제3부에서는 민주주의 신생국가 대한민국이 지향해야 할 희망의 국가는 무엇일까? 그리스 로마의 역사 속에서 찾아보았습니다.

플라톤의 ‘이상국가’는 가능할까, 플라톤, 아리스토텔레스는 왜 그토록 자유와 법치를 강조했는지, 민주주의를 유지 발전시키는 일은 또 얼마나 어려운 일인지 새삼 깨닫게 됩니다.

제4부에서는 인생의 궁극 목적인 행복한 삶을 위해 어떻게 살 것인가 함께 생각해 보는 고전들을 다루었습니다. 현인들이 당대의 그리스, 로마인들에게 권면하던 행복론, 인생론이 시대를 초월해 현대인에게도 여전히 큰 울림으로 다가옵니다.

독자의 관점에 따라 이 책이 다룬 고전에서 다양한 가치와 교훈, 지혜를 발견하고 해석할 수 있을 것입니다. 이를 위해 관심 있는 고전을 스스로 읽고 색다른 발견의 기쁨도 느껴보시길 바랍니다.

그리스 로마의 고전들은 오늘을 살아가는 우리에게 풍부한 상상력과 지혜, 통찰의 자양분을 안겨줍니다. 고전은 세상을 보는 우리의 시각을 더 넓고 깊게 만들어 사회의 갈등을 치유하고, 지혜의 가뭄을 해소하여 행복한 세상을 만드는 밑거름이 될 것입니다.

끝으로 출판계의 어려운 사정에도 불구하고 인문학 진흥을 위한 출판에 지속적인 관심을 기울여 주시며, 제 인문학 칼럼집 《자유인의 선택》에 이어서 두 번째로 이 책까지 펴내시는 북앤피플 김진술 대표님을 비롯한 편집진에게 깊이 감사드립니다.

2022년 1월

사단법인 행복한 고전읽기 연구실에서

박 경 귀

"날마다 대화하는 것이야말로 인간에게 최고선이며,
캐묻지 않는 삶은 인간에게는 살 가치가 없다."

-소크라테스, 플라톤의《소크라테스의 변론》중에서-

차례

지혜 사용설명서

제2부 정치가의 길, 국민의 길

차례

제3부 희망의 국가, 어떻게 만들 것인가

지혜 사용설명서

제4부 행복한 인생, 어떻게 살 것인가

일러두기

1. 본문에 사용된 문장 부호의 의미는 다음과 같습니다.
《 》: 개별 작품 또는 논문, 전집이나 총서 또는 단행본 〈 〉: 신문 또는 잡지
2. 본문에 포함된 인용문은 소개된 책의 말미에 추천한 도서를 주 텍스트로 삼아 인용되었으며 별도로 출처의 페이지 표기를 하지 않았습니다.
3. 추천 고전은 해당 저자나 출판사와 무관하게 저자가 선정하였으며, 가급적 원전 번역서를 우선하였을 뿐, 특정한 선정기준을 적용한 것이 아님을 밝혀둡니다.
4. 본문에서 헬라스어 발음 표기는 원어 발음에 가깝게 표기하되, 독자의 편의성을 고려하여 관례적으로 이미 널리 쓰이는 이름이나 명칭은 함께 사용하였습니다. 예를 들어 '디오뉘소스'는 '디오니소스'로, '오뒷세우스'는 '오디세우스'로 표기하였습니다. 다만 추천 고전 서지 사항에서는 원래의 서명을 그대로 사용하였습니다. 예: 《오뒷세이아》
5. 이 책에 실린 출처를 명기하지 않은 사진은 모두 저자가 직접 찍은 사진이며, 저작권이 소멸된 그림을 인용할 경우에도 출처 표기 방식에 따라 원저작자를 명시하였음을 밝힙니다.

제1부

소통과 설득의 기술

1

연설술은 정의를 위해 쓰라

플라톤, 《고르기아스(Gorgias)》

소크라테스(BC 470~BC 399)와 플라톤(BC 427~BC 347)의 철학 읽기는 늘 긴장 속에 숨어있는 해학이 있어 즐겁다. 소크라테스가 집요하게 캐어묻는 '엘렝코스(elenchos)'를 통해 독자들은 점점 그의 철학적 사유의 치밀함 속으로 자기도 모르는 사이에 빨려 들어가고 만다. 또 상대 대화자가 소크라테스의 논박에 자신의 논리적 모순이 하나하나 발견되어 어쩔 줄 모르고 궤변에 빠지는 대목이 웃음을 주기도 하지만, 독자들은 바로 그 과정이 진정한 지혜의 탐구과정임을 알게 된다.

《고르기아스》 또한 소크라테스가 프로타고라스와 함께 소크라테스 못지않게 유명했던 연설의 대가 고르기아스, 아들뻘 되는 당돌하고 혈기 넘치는 젊은이 폴로스, 연설가였던 칼리클레스와 나누는 대화록이다. 담론의 주제는 '연실술(수사술)'로 빈역되는 '레토

리케(rhētorikē)'이다. 하지만 연설이 현실의 삶에 미치는 영향을 논의하면서 자연스럽게 어떻게 살아야 행복한 삶인가 하는 도덕론과 행복론으로 확장된다.

플라톤의 대화편 43편에 등장하는 소크라테스는 그의 스승 소크라테스임과 동시에 플라톤 자신이기도 하다. 초기 작품들에서는 주로 스승 소크라테스의 철학을 충실하게 전달하는데 주력하는 경향이 많았고, 중기 이후와 소크라테스 사후의 작품에서는 플라톤 자신의 고유한 철학을 담는 데 더 힘을 쓴다.

《고르기아스》는 초기 작품으로 소크라테스의 철학적 관점이 두드러지게 드러난 작품으로 방대한 분량의 《국가》와 《법률》 다음으로 중요한 가치는 지니는 고전이다. 소크라테스와 폴로스의 대화의 초기 쟁점은 연설술의 가치와 중요성이다. 폴로스는 전형적인 소피스트 옹호론자로 보인다. 연설술은 설득의 장인으로 사람들을 지배하는 효과적인 힘을 갖고 있다는 것이다. 이에 대해 소크라테스는 연설술은 특별한 기술의 활동이 아니라 기쁨과 즐거움을 만들어 내는 '익숙한 경험'에 불과할 뿐이라며 조근조근 논박한다.

아첨술로 타락한 사이비 정치인의 연설술

"언제나 즐거운 것을 미끼로 우매함을 사냥하고 속여서 자신이 가장 존경받을만한 자처럼 보이게"하는 '아첨술'에 다름 아니라는 의미이다. 당시 그리스 시민들에게 갖가지 말의 기교와 성찬으로 아부하고 현혹하던 '사이비 정치인'들 대한 소크라테스의 신랄한 비판의식을 보여준다.

소크라테스는 당대에 유명했던 정치인들이 시민들에 아첨했던 구체적인 여러 사례를 든다. 재판에 배심원으로 참여했던 시민들에게 일당을 지급하는 제도를 만든 페리클레스도 비판의 대상에서 벗어나지 못한다. 정치가들이 시민들에게 공동선에 대한 인식을 일깨워 스스로 참여하도록 노력하지 않고, 시민들의 이기적 욕구만 자극한다는 차원에서 그렇다. 대중에게 아부하려는 정치인들의 경향은 수천 년 전에도 오늘날이나 다르지 않은 것 같다.

연설은 공동체를 위해 정의로워야

소크라테스는 연설가들이 공동체에 이로운 결과를 가져올 것인가, 해로운 결과를 가져올 것인가라는 관점에서 논의를 확대한다. 소크라테스는 고르기아스에게 연설가가 옳고 그름에 관한 앎(지혜)을 가지고 있는가, 도덕적 문제에 관해 앎(지혜)을 가지고 있는가 추궁한다.

고르기아스는 정의와 부정의에 대한 문제도, 도덕적 문제에 대해서도 명쾌하게 응답하지 못한다. 연설술을 배운 학생이 그것을 나쁘게 사용한다고 해서 가르친 선생을 비난하고 책임을 물어서는 안 된다고 강조함으로써 결국 연설술 선생들이 학생들의 도덕적 삶, 정의로운 삶에 대한 스승의 역할을 제대로 해내지 못하고 있다는 점을 인정하는 자가당착에 빠진다.

더 흥미로운 논박은 혈기왕성한 폴로스와의 대화에서 이루어진다. 폴로스는 연설술의 힘을 신봉한다. 그는 연설술로써 동료 시민들을 다스리고 전문가들을 자신의 지배 아래 둠으로써 자신의 자유를 확보하고 권력을 극대화할 수 있다고 믿기 때문이다. 한마디로 참주적 권력을 선호하는 것이다. 권력의 화신인 정치인들의 신앙적 속성을 그대로 보여주는 듯하다.

이런 폴로스의 관점은 정당하든 부당하든 해를 당하는 것이 해를 입히는 것보다 더 나쁘고 비참하다는 믿음에서 나온다. 그는 자신이 부당하게 해를 당하지 않기 위해 연설의 힘으로 다수 시민과 전문가들을 지배하겠다는 욕망에 사로잡혀 있다. 폴로스는 자신이 불의를 당하는 처지가 되지 않기 위해 불의를 행하는 입장에 서겠다는 주장이다. 그에게는 연설술이 "불의를 전혀 당하지 않거나 최대한 적게 당하게 해주는 기술"이 되는 셈이다. 여기서 폴로스의 이기적 관점을 뒤집는 소크라테스의 도덕 원칙이 나온다.

소크라테스는 '불의를 저지르는 것이 불의를 당하는 것보다 더 나쁘다'는 명제를 제기한다. 불의를 저지르는 것은 나쁘고 수치스러운 일이기 때문이다. 나아가 '불의를 저지르고 처벌받지 않는 것이 가장 나쁜 것이다'라고 규정한다. 불의를 행하고도 대가를 치르지 않을 때 불의의 저지른 사람의 영혼 구제 기회가 날아가기 때문이다. 소크라테스는 연설술이 이런 불의를 고발하고 제거하는 데 사용되어야 한다는 점을 강조하는 것이다. 그것이 공동체의 행복을 증진하는 일이기 때문이다.

정치가 도덕적 원칙에 기초하지 않으면 공동체의 행복 달성은 요원해진다. 자신의 성공적 삶의 방편으로, 또는 권력 쟁취의 수단으로 연설술을 추구하는 사람들에게는 대중을 효과적으로 설득시키는 방법이나 유려한 표현 기법 등이 중요할 수 있을 것이다. 하지만 소크라테스는 연설가(정치가)들이 권력의 획득보다 시민의 도덕의식을 고양하는 일에 더욱 매진할 것을 요구하고 있다.

소크라테스는 "정치가가 해야 할 일은 시민들이 최대한 훌륭해지도록 돌보는 것"이라고 거듭 주장한다. 하지만 연설가(정치인)들이 그의 호소에 귀를 기울이지 않는 당시 풍토를 소크라테스는 너무나 잘 인식하고 있는 듯하다.

하여 그가 칼리클레스에게 하는 말은 자신만이라도 이런 길을 걸어가야겠다는 비장한 공언으로 들린다. "나는 많은 사람으로부터 얻는 명예들과는 작별하고, 진리를 연마하면서 내가 할 수 있는 참으로 가장 훌륭한 자로 살고 죽을 때도 그렇게 죽으려고 노력할 거네." 플라톤이 철학자인 소크라테스를 '참된 정치인(연설가)'이라 부른 까닭도 이런 맥락이 아닐까? 그에게서 《국가》에서 희구하던 철인왕의 한 단면을 보고 있는 듯하다.

플라톤은 《고르기아스》에서 도덕철학과 정치가 연설술을 가교로 어떻게 연결되어야 하는가에 대한 통찰을 제시한다. 플라톤은 소크라테스의 주장을 통해 이상국가 수립을 위해 올바른 정치가의 상을 확립하고 이에 부합하는 삶의 방식과 도덕 원칙을 정당화하려는 의도를 선명하게 드러내고 있다. 플라톤의 철학적 가치를 제대로 확인할 수 있는 작품이다. 고대 말기 신플라톤학파의 학원에서 《고르기아스》가 《알키비아데스 I》과 함께 플라톤 철학의 입문서로 사용된 것도 그 때문이다.

플라톤은 "연설술은 언제나 정의로운 것을 위해 사용해야 하고 다른 모든 행위도 그렇게 되어야 한다"는 소크라테스의 역설을 통해 연설술이 도덕철학에 기초해야 함을 명확히 한 것이다. 정치인들이 권력 쟁취의 수단으로서의 연설술을 배우려 하지 말고 정치에 나서기 전에 먼저 덕을 단련하라고 주문하는 이유가 여기에 있다. 국민의 단기적 즐거움, 이기적 욕망을 더욱 부채질하는 선동 연설로 자신의 권력 욕망을 달성하려 애쓰는 꼼수 정치인들이 판을 치는 요즘, 정치인들이 읽고 성찰해 볼 대목이 많다.

추천 고전

• 플라톤, 《고르기아스》, 김인곤 옮김, 이제이북스(2011).

2

거짓으로 대중을 현혹하는 소피스트를 경계하라

플라톤, 《소피스트(Sophist)》

소피스트(Sophist)는 원래 '지혜로운 자'를 뜻했다. 하지만 고대 그리스에서 소피스트는 부정적 이미지로 널리 인식되었다. 그들이 진정한 지혜를 깨달은 철학자라기보다, 대중을 현혹하는 언술로 지식을 파는 자에 가깝다는 비판이 거세게 나왔기 때문이다.

소크라테스(BC 470~BC 399)와 플라톤(BC 427~BC 347)은 소피스트 비판의 선두에 선 철학자다. 《소피스트》에서 소크라테스와 플라톤은 참다운 철학자와 유사 철학자인 소피스트가 어떻게 다른지, 소피스트의 본질적 속성이 어떠한지 집중적으로 논의한다. 대화에 참여하는 사람은 소크라테스, 테오도로스, 테아이테토스와 엘레아에서 온 손님 철학자이다. 이 손님인 엘레아 철학자가 소피스트의 본질을 끈질기게 파헤치는 데 주도적 역할을 하고 테아이테토스가 논의를 전개를 위한 대담자로 참여한다.

가짜 지혜와 진정한 지혜

이 대담의 목표는 분명하다. 소피스트의 정체 규명을 위해 소피스트를 포획하여 그 속성을 해부하고자 한다. 이런 규명을 위한 논의를 사냥에 비유하여 이야기를 전개하고 있다. 소피스트 역시 사냥꾼으로 비유된다. 그들은 대중에게 "만족감을 주는 것을 통해 사교를 하고, 전적으로 쾌락을 통해 미끼를 마련하고, 오직 자신의 밥벌이를 위해 보수를 요구"한다. 즉 소피스트는 '설득술', '아첨술'과 '쾌락술'을 통해 대중을 사냥하려는 사냥꾼에 다름이 아니라고 엘레아의 철학자는 주장한다.

소피스트는 영혼의 배움과 관련한 일종의 도매상이자 반박의 기술을 파는 소매상이다. 하지만 엘레아의 철학자는 소피스트가 "자신이 모든 사람 중에서 그리고 모든 것에서 가장 지혜롭다는 믿음을 젊은이들로 하여금 가지게끔 할 수 있을까 하는 점"에 의문한다.

소피스트들이 반박하는 모든 주제에 대해 그들이 진짜 지식을 갖고 있느냐는 것이다. 그들은 모든 주제에 대해 실제와 가깝도록 또는 실제와 그럴듯한 모습으로 모상(模相)을 보여줄 뿐 실체와 진리를 말하고 있다고 보기 어렵다는 것이다. 이들을 그저 '닮은꼴을 만드는 기술'을 가진 자, 또는 '유사 닮음 제작술'을 가진 자로 보는 이유이다.

진정한 지식과 지혜는 '있는 것'과 '있지 않은 것'을 "어떻게 서로 결합할 수 있고 또 그럴 수 없는지를 유(類)에 따라서 분리할 줄 아는 것"에서 출발한다. 그러나 소피스트는 "우리가 원하지 않았는데도 있지 않은 것이 어떤 점에서 있다는 것을 우리가 인정하도록 강제"한다. "있지 않은 것이 어떤 점에서 있다"는 소피스트의 주장에서 모든 모상(模相)과 닮은꼴, 유사 닮음이 양산된다.

하지만 엘레아 철학자는 "있는 것의 몫을 나누어 가짐으로써, 바로 이 나누어 가짐 때문에 있지만, 몫을 나누어 주었던 그 대상은 아니고 그 대상과 다른 것이라는 점은 아주 분명하게 필연적"이라고 말한다. "있지 않은 것들을 믿거나 말하는 것, 이것이 아마 생각과 말에서 생기는 거짓"이라며 믿음과 말이 섞임으로써 거짓된 믿음과 말이 생겨난다는 것이다. 소피스트의 주장이 원상(原狀)을 모방한 닮은꼴을 만들어 내는 것은 "있지 않은 것들"에 대한 거짓된 믿음과 말에서 기인한다는 의미이다.

진정한 철학자는 사물과 형상의 실체를 바라볼 수 있어야 한다. 실체를 단순히 모방한 수준의 인식은 소피스트에게 어울린다. 소피스트는 "있지 않은 것들"을 있는 것처럼 거짓된 믿음과 말을 전파한다. "소피스트가 비존재라는 덤불 속으로 숨어 버리는 것을 막기 위해서는, 비존재는 인간의 사유와 언어에 의해 접근 가능하다는 것이 증명되어야 한다." 따라서 파르메니데스가 주장한 "있지 않은 것들이 있다는 것이 결코 강제되지 않도록 하라"는 금지 언명을 뛰어넘어야 한다

자유인의 지혜

진정한 자유인의 앎은 "하나의 형상이 많은 것들을 관통하여 모든 곳에 퍼져 있음을 그리고 서로 다른 많은 형상이 하나의 형상에 의해 바깥으로부터 둘러싸여 있음을 분명하게 지각"하는 것이다. "하나의 형상이 많은 전체를 관통하여 하나 속에서 함께 합쳐져 있음을 그리고 많은 형상이 전적으로 분리되어 구별돼 있음을 분명하게 지각"할 수 있을 때, 형상의 어떤 것들을 결합하고 분리할 줄 아는 지혜로운 자라고 말할 수 있게 된다.

엘레아의 철학자는 소피스트들이 '아는 모사술(模寫術)'이 아니라 "믿음에 의한 모사술"에 의존하면서, "대화하는 사람으로 하여금 스스로 모순되는 말을 하게끔 강제하는 사람"이라고 주장한다. 또 소피스트는 "모순을 만드는 기술에서, 위장하는 기술에서, 믿음에 의존하는 기술에서 나온 모사자(模寫者) 그리고 유사 닮음을 만드는 종족에서, 모상 제작술에서 나와서 신적인 것이 아니라 인간적인 것을 제작하는 부분 그리고 말로써 볼거리를 만드는 부분으로 구분된 자"라고 결론 맺는다. 한마디로 소피스트는 거짓을 공급하는 사람이다.

이 대화편에서는 소크라테스는 본격적인 대화에서 침묵하고 있다. 대담의 목적이 소피스트의 실체를 규명하려는 것이어서 한편으로 소피스트로 오해받기도 하는 자신의 입장에서 이런 논의에 주도적으로 참여할 수 없기 때문이다. 플라톤은 엘레아 철학자의 입을 통해 진정한 철학자와 소피스트를 구별 지으려는 분명한 의도를 보여준다. 자신의 스승인 소크라테스가 아테네 시민들로부터 소피스트로 오인되어 죽음에 이른 것에 대한 철학적 변론이기도 한 셈이다.

엘레아의 철학자가 주도한 소피스트의 포획과 실체 규명의 논의는 논리적이긴 하지만 상당히 관념적이어서 이해하기 쉽지 않다. 어떤 것이 진실에 대한 언표이고, 어떤 것이 위장과 거짓 모상인지 구별하기는 어렵다. 따라서 여기서 논의되는 소피스트와 철학자의 특징적 구분에 따라 현실의 개별 사안에서 이 둘을 명확하게 분별해 내기는 쉽지 않다.

소피스트와 진정한 철학자 사이에 차이의 관념이 모호한 것도 사실이다. 소피스트가 아닌 진정한 철학자가 되는 일은 매우 힘든 일이다. 소크라테스가 논의의 첫머리에서 소피스트들이 "다른 사람들의 무지로 인해서 각양각색의 모습으로 나타"난다고 한 것도 이 때문이다.

소피스트를 포획하여 규명하기는 쉽지 않다. 철학자나 소피스트가 각각 만들어 내는 이미지가 얼마나 원상(原狀)의 비례를 충실히 닮았는지, 아니면 원상의 비례를 왜곡했는지를 판별하는 일이 어렵기 때문이다. 인간의 사유와 언어로 이를 증명하는 게 쉽지 않기 때문이다. 시대가 변해도 어느 사회에서든 소피스트가 존재할 수밖에 없는 이유이기도 하다. 소피스트를 구축하는 일은 치열하게 진리를 추구하는 진정한 철학자의 도전과 열정에 달렸다. '파르메니데스의 칼'을 부수는 노력이 요구된다.

추천 고전

• 플라톤, 《소피스트》, 이창우 옮김, 숲(2011).

플라톤 좌상, 아테네 학술원 앞에 있다.

3

사익과 공익의 조화

이사이오스, 《변론》

고대 그리스인의 탁월함은 무엇보다도 개개인이 자유에 대한 인식을 뚜렷이 하고 이를 현실의 삶에서 구현하려 애썼다는 점이다. 세계 어느 문명에서도 볼 수 없었던 특이한 현상이다. 자유는 남에게 예속 받지 않으려는 의지의 작용이다. 자유는 자기 생각과 선호를 구현하는 것 못지않게 자신의 소유재산에 대한 정당한 권리의 행사에도 투영된다.

고대 그리스에서 자유는 나와 가족, 나아가 도시국가를 지키는 가치관이자 공동체의 보이지 않는 이념 역할을 했다. 자유의 확보와 유지, 확대를 위해 그리스인들은 스스로 변호하고 타인을 설득하는 수사학을 공부했다. 변론의 전문 교육자인 소피스트들이 인기를 끌었던 것도 이런 맥락으로 이해할 수 있다.

수사학은 민주주의의 산물

수사학은 그리스의 민주주의의 산물이자 민주주의를 더욱 꽃피우게 한 방편이었다고 볼 수 있다. 그리스 도시국가들은 민주주의에 기초해 시민들이 자유를 무한정 확대하면서 빚어지는 충돌을 치밀한 법률로 제어했다. 자연스럽게 법률 다툼이 많아질 수밖에 없었다.

법정에서의 소송이 증가함에 따라 변론을 도와주는 전문가가 나타났다. 법정 변론가였다. 현대의 변호사와 유사한 역할이다. 이들은 논리적 주장에 미숙한 시민의 변론을 대신하거나, 당해 도시국가의 시민이 아니어서 변론에 나설 수 없는 경우에는 원고 또는 피고의 변론문을 대작(代作)해 주었다.

이사이오스(Isaios, BC 420?~BC 350?)는 기원전 4세기 아테네의 대표적인 법정 변론가였다. 특히 그는 상속권에 관한 소송의 전문가였던 것 같다. 그는 당대의 최고 사상가였던 플라톤과 쌍벽을 이루던 철학자이자 교육자이던 이소크라테스(Isokrates)의 제자였고, 최고의 웅변가였던 데모스테네스(Demosthenes)의 스승이었다. 이는 이사이오스의 학맥의 위상을 잘 보여준다.

쟁송이 일상화된 민주주의 사회

《변론》은 당대 아테네의 법률과 소송의 진행방식, 개인들의 권리 의식, 재산권의 상속에 대한 구체적인 법 조항, 사회적 관습과 인식을 엿볼 수 있게 해주는 귀중한 사료이다. 2400년 전에 그리스 법정에서 벌어지는 개인 간의 치열한 법정 공방을 보면서, 현대 사회의 법률가들 사이에서 벌어지는 변론 경쟁을 방불케 하는 치밀한 논리와 증거 제시, 감성적 설득의 수사에 감탄하게 된다.

중국에서도 법가(法家) 사상은 나왔다. 하지만 전제군주가 백성을 효과적으로 통제하기 위한 통치의 수단이었을 뿐이었다. 상앙이나 한비자 등 법가의 학자들은 절대군주에 대해 신상필벌(信賞必罰)과 중형주의(重刑主義)를 주장했을 뿐, 백성들이 삶 속에서 부딪히는 권리의 충돌을 해소하고 부당한 억압을 구제하고 조정해 주는 데에는 관심을 두지 않았다.

통치자에 대한 조언만 무성할 뿐, 백성 간의 쟁송과 변론에 대한 구체적인 기록이 전혀 남아있지 않는 것은 어찌 보면 당연하다. 중국 고대기에는 법률의 해석과 적용을 둘러싼 쟁송의 과정이나 전문적 변론의 제도나 문화 자체가 존재하지 않았다.

춘추전국시대의 법가의 주장은 여러 저술로 남았지만, 이들이 구상한 법률이 구체적으로 어떤 것이었는지 남아 있지 않다. 따라서 통치의 수단으로 제시된 법률이 어느 정도의 합목적성을 갖고 있었는지조차 파악할 길이 없다. 더구나 각각의 법률이 백성들에게 적용되는 과정에서 발생하는 분쟁과 해결 과정은 아예 알 수가 없다.

이런 점에서 고대 그리스에서 재판 청구의 절차가 정립되고, 전문적 변론가가 필요할 만큼 시민들의 쟁송이 일상화되어 있었다는 점은 놀라운 문명적 성취가 아닐 수 없다. 이는 자유와 평등의 가치에 기초한 사회적 제도와 문화임에 틀림없다. 당대 최고의 법정 변론가였던 이사이오스의 변론은 아테네의 법률 체계와 소송 수준을 여실히 입증해준다. 변론에는 법률적 증명뿐만 아니라 수사학의 기법을 활용한 설득의 논리가 담겨있다.

빈번했던 상속권 다툼

이 책에는 이사이오스의 이름으로 전해지는 변론문 64편 가운데 12편이 실렸다. 주로 상속권에 대한 다툼의 변론이다. 상속재산을 두고 상속의 우선순위에 대한 다툼이 주요 쟁점이 되고 있다. 고대 그리스에서는 상속과 관련한 다툼이 있으면 법정 재판을 통해 상속자를 확정하는 제도가 있었다. 이를 '에피디카시아(epidikasia)'라 불렀다.

상속권의 다툼 사례는 복잡하고 다양하다. 상속자가 유언 없이 죽었을 경우, 친족 간에 피상속인의 우선순위를 두고 다투는 경우가 많다. 특히 양자(養子)와 부계 친족 간의 다툼, 배다른 형제 사이의 다툼, 동복이부(同腹異父)와 사촌 간의 다툼, 직계와 방계 간의 우선순위 다툼 등 다양하다.

피상속자의 권리를 주장하기 위해 쟁점이 되는 것은 사실관계와 정황 증거이다. 즉 법률상 상속의 근거가 되는 친족 관계의 진위 여부가 우선시된다. 법률상 자녀인지 사생아인지를 다투는 경우가 그러하다. 유언장의 존재와 진위 여부도 사실관계 다툼이 초점이다. 친족인지 확인이 불가할 때 주변인의 증언이나 다양한 정황 증거들이 동원된다. 사자(死者)의 생존 시 얼마나 친밀하고 은혜를 입었는지도 유언의 존재 여부나 상속의 의지 정도를 추정하는 데 영향을 미쳤다.

변론의 사건들을 보면, 전혀 친족 관계가 아닌 전쟁터의 전우가 자신이 사자(死者)의 유언을 받았다며 상속권을 주장하는 사례도 있고, 자신이 법률적으로 완전하게 양자(養子)의 자격을 완성하지 못했음에도 실질적인 양자의 역할을 했다고 주장하는 사례도 있다. 그리스에선 탄생에 의한 친자의 등록이나 양자의 등록은 공식적으로 집안사람에게 소개하고 형제단과 촌락인으로 등록해야만 법적 자격을 취득할 수 있었다. 이 과정에서 한두 절차가 진행되지 않은 상태는 늘 법적 분쟁의 소지가 되었다.

송사에 반영된 공적 의무 수행 여부

변론가들은 승소하기 위해 무엇에 중점을 두었을까? 우선은 사실관계의 증명이다. 유언장이나 유력한 친족의 증언, 기타 유리한 공적 의례의 사실 증거 등을 동원했다. 아울러 소송제기자 주장의 신뢰에 의문이 들도록 과거의 부적절한 행적이나, 공공생활에서의 의무의 태만 등을 폭넓게 지직하기도 했다.

이러한 정황 증거는 다툼의 논점으로 중요하게 다루어졌다. 서로 많은 재산을 차지하겠다고 다투는 상속 소송에서 소송제기자의 과거 비행과 부도덕성은 배심원들에게 중요한 판단기준이 되기 때문이다.

이런 차원에서 변론에는 소송제기자가 평소 레이투르기아(Leitourgia), 즉 공적 의무를 얼마나 성실히 수행했는가를 입증하는 내용이 빠짐없이 나오는 것을 볼 수 있다. 소송당사자들이 연극공연에서 합창단의 후원을 얼마나 했는지, 세금은 제대로 납부했는지, 부유한 사람의 경우 주력 전선(戰船)인 삼단노선 운영을 위해 선원을 모집하고 항해를 지휘하는 일에 얼마나 복무했는지 등이 소송당사자들의 신뢰성 판단에 중요한 정황 증거가 되었다.

배심원을 설득하는 데 있어서 법률적 증거 못지않게 소송당사자들이 공동체에 기여한 정황 증거 또한 시민과 한 인간으로서의 품성과 자질을 바탕으로 주장의 진정성을 판단하는 잣대가 되었던 것이다. 아테네 민주주의의 존속에 기여하는 시민적 덕성 역시 재판에 큰 영향을 미쳤다는 점이 이채롭다.

《변론》은 아테네가 시민 재산권의 보호를 얼마나 중시했는지 알 수 있게 해준다. 상속재산의 금액이나 내역을 분석하면 당대의 경제적 상황을 추정해 볼 수 있는 것도 흥미롭다. 또 재산권 다툼이 현실의 생활상을 고스란히 대변한다는 점에서 당대 아테네 사회의 풍속도를 엿볼 수 있다.

이 책은 단순한 민사소송의 변론집 이상으로 쟁송의 승리를 위한 증거의 발굴 및 입증, 판관과 배심원을 설득하는 논리를 보여준다. 상속권에 대한 소송은 물론 일반적 소송의 변호를 수행하는 현대의 변호사들과 쟁송과 관여되는 법조인들에게 유용한 읽을거리다. 특히 소송에 임하는 변론자의 가치관이나 이성과 감성을 자극할 수 있는 호소력 있는 논변의 기법도 주목해 볼 만하다. 변론집의 성격상 소송의 최종 판결문이 담겨있지 않아 변론의 승패와 결말을 알 수 없는 점은 아쉽다.

추천 고전

- 이사이오스, 《변론》, 최사영 옮김, 안티쿠스(2011).

4

진정한 소통의 기술

아리스토텔레스, 《수사학》

요즘 '수사학(rhetoric)', 즉 '레토릭'은 교언영색(巧言令色)의 '교언'에 해당하는 진실성 없는 '꾸미는 교묘한 말'과 '허언(虛言)' 정도의 부정적인 이미지로 쓰이기도 한다. 정치인들이야말로 이런 '레토릭'의 대가이다. 하지만 진정한 수사학은 이런 가벼움과는 거리가 멀다. 수사학은 단순한 변론술, 웅변술과도 그 내용과 깊이가 다르다. '말 잘하기'가 수사학의 본질이 아니란 뜻이다.

수사학을 최초로 체계화한 아리스토텔레스(Aristoteles, BC 384~BC 322)의 수사학은 인간과 인간이 소통하기 위해 숙지하고 체득해야 할 지혜와 기술이 얼마나 깊고 어려운 것인가를 잘 보여준다.

수사학은 "설득하기에 적당한 것을 사변적으로 발견하는 능력"이자 일종의 '테크네(techne)'이다. 쟁점 주제에 대해 누군가를 설득하기 위해서는 주제의 본질에 대한 명확한 이해를 바탕으로 알기 쉽고 적확하게 표현해낼 수 있어야 한다.

이에 관계되는 주제와 예증을 인식하고 표현하는 진정한 역량은 단순한 경험을 넘어 말하는 이(話者)와 듣는 이(聽者)의 인식과 감성, 이성에 대한 깊은 이해를 요구한다. 아리스토텔레스가 설득의 수단으로 에토스(Ethos), 파토스(Pathos), 로고스(Logos)를 들고 있는 이유가 여기에 있다.

아리스토텔레스는 수사학 1권에서 과거 수사학자들이 단순히 '담화의 기술들'을 편집한 데 불과했으며 소송에서 이기기 위한 기술적 규칙들에 치중했다는 점을 비판한다.

그는 기존에 인식된 '사법적 장르' 이외에 '토론적 장르'와 '제시적 장르'라는 수사학의 핵심적 기능을 추가했다. 나아가 장르별 담론을 전개하는 데 필요한 주제에 대한 철학적 의미를 해설하고 담론의 전개 방식과 기술적 요소들을 설명하고 있다.

그는 수사학의 영역을 소피스트들의 기술적, 사법적 관심에서 벗어나 인간 사회에서 소통과 설득이 필요한 영역으로 관심을 확장하도록 이끌고 있다. 그는 토론적 장르에서 자주 사람들의 토론 주제가 되는 소득, 전쟁과 평화, 영토의 수호, 수입과 수출, 입법 등에 관해 각 주제의 인식을 이끄는 정의를 보여준다. 수사학 이전에 이런 주제에 대한 철학적 관념의 정립이 요구되기 때문이다.

제시적 장르에서는 사람들의 칭송이나 비난을 받는 주제들, 즉 선과 악, 아름다움과 추함, 미덕들에 대한 그의 정의를 들려준다. 토론적 장르, 사법적 장르, 제시적 장르에 공통으로 요구되는 수사학적 역량을 습득하기 위해서는 철학적 통찰이 중요하다. 담론의 주제가 되는 증거들, 예증의 개념에 대한 명확한 이해가 요구되는 것이다.

토론의 주제에 대한 개념 파악이 안 된 주장으로는 남을 설득할 수 없을 터이다. 아리스토텔레스의 수사학은 한마디로 인간의 본성과 사회 현상의 본질에 대한 깊은 통찰을 요구한다는 점에서 정치학, 윤리학, 철학의 메시지와 일정 부분 중첩되기도 한다.

그의 수사학은 소피스트들이 가르치던 경험주의적이고, 관례적이며, 눈속임 기교에 바탕을 둔 궤변(詭辯, sophism)과 근본적으로 다르다. 인간에 대한 근본적 이해와 사회 현상의 본질을 파악한 후 이성적이고 논리적인 수사를 전개하도록 인도한다는 점에서 아리스토텔레스는 수사학의 진정한 창시자라 불러야 마땅하다.

수사학은 논리학, 문법(현대적 의미의 문법에 한정된 것이 아니라 문학, 철학의 텍스트를 토대로 한 광범위한 인문학 교육)과 함께 중세의 교육체계에서 3대 학문으로 매우 중시됐다.

근대 이후 수사학이 덜 중시됐지만 온·오프라인 소통의 도구가 넘쳐나는 오늘날이야말로 진정한 수사학을 배워야 할 때라고 생각한다. 공중 커뮤니케이션(public communication)과 공중 스피치(public speech)가 새롭게 부상하고 있는 것도 바람직한 현상이다.

아테네 아크로폴리스 맞은편 남서쪽에 있는 프닉스 언덕이다. 이곳은 아테네의 민회장으로 민주주의의 성지이다. 오른쪽에 연단인 베마가 남아있다. 연설을 원하는 사람은 누구나 베마에 오를 수 있었다. 클레이스테네스, 테미스토클레스, 아리스티데스, 페리클레스 등 역대 주요 정치인들의 연설 또한 이곳에서 이루어졌다. 산 건너편으로 아크로폴리스와 파르테논 신전이 보인다.
현대 정치가로는 프랑스 대통령 마크롱이 2017년 9월 처음으로 이곳 프닉스 언덕에서 민주주의의 발전과 EU의 재건을 약속하는 연설을 했다. 그는 프닉스의 상징을 잘 활용한 것 같다.

설득은 인간 이해에서 시작해야

내 주장이 확실하면 사람을 설득할 수 있을까? 내 주장의 설득력은 오히려 상대방의 성격과 기질, 감성에 따라 달려 있다는 점을 간파한 이가 아리스토텔레스이다. 메시지를 받아들일 청중의 감성과 정서, 즉 파토스(pathos)의 여러 상황을 식별한 후 이에 맞는 논증의 방법론을 제시하고 있다.

이런 점에서 아리스토텔레스(Aristoteles)는 의사소통과 설득에서 인간의 정서와 심리의 중요성을 정확히 간파한 셈이다. 주제의 논리력 못지않게 청자의 심리적 상황과 성격과 기질, 즉 하비투스(habitus)가 화자의 설득력에 심대한 영향을 미친다고 본 것이다. 따라서 누군가를 설득하려는 사람은 인간 정념의 본질에 대한 깊은 이해가 필요하다.

화자의 노력에도 불구하고 청중의 하비투스와 정념의 상황에 따라 때로 설득력이 발휘되기도 하고 효과를 보지 못할 때도 있다. 예를 들어 어떤 사안에 대해 청중들을 분개하게 만들려 한다고 치자. 분개의 감정은 자격이 없는 사람들이 누리는 영예나 행복을 볼 때 느끼는 고통과 극도로 불쾌한 심사이다. 즉 부정의한 일에 사람들은 분개하게 된다.

이런 경우 어떤 사안이 정의에 부합되지 않는다는 것을 입증해 주면 청중을 분개시킬 수 있을 것이다. 하지만 청자들이 노예처럼 비굴한 성격을 가진 자들이나 야망이 없는 자들은 좀처럼 분개하지 않는다.

경쟁심, 시기심을 유발하려는 경우 이런 감정이 경쟁 관계에 있거나 가까이에 있는 사람들에게 잘 발생한다는 특성을 알아야 한다. 특히 '타인의 획득물이나 성공이 비난의 조건이 되는 경우' 이런 감정을 촉발하기 쉽다. 화자는 이런 정념이 일어날 수 있는 상황인지를 먼저 간파할 수 있어야 한다. 이럴 때 청자들에게 직접 가까이에 있는 사람들의 이야기를 예증으로 들면 효과적일 수 있다는 것을 시사한다.

청중이 인생의 어느 시기에 해당하는지에 따라서도 설득의 수사는 달라질 수 있다. 희망과 확신을 불어넣어 줄 때 누구보다도 용감할 수 있는 청년의 특성에 합당한 담론은 새로운 도전을 주저하는 노년에 대한 수사와는 달라져야 한다.

설득을 위해 속담, 격언, 예증과 우화를 들거나 삼단논법이나 생략삼단논법 등 논증기법을 병행해 사용하면 효과적이다. 하지만 모든 장르의 공론에 사용할 수 있는 삼단논법이나 생략삼단논법을 다양한 주제에서 능수능란하게 구사하려면 특별한 교육과 훈련이 필요할 것이다.

고대 그리스인들은 수사학을 집중적으로 연마한 덕분에 아고라에서 대중 연설을 꽃피울 수 있었다. 거꾸로 대중 설득이 필요한 민주주의가 수사학의 발전을 더욱 촉진했는지도 모른다.

상대의 처지와 상황을 배려하지 않고 자신의 일방적 주장을 강요하는 것은 진정한 소통과 거리가 멀다. 분출하는 욕망의 충돌이 격화되고 있는 우리 사회, 설득과 소통에 미숙한 한국인들에게 쌍방향 소통을 증진할 수 있는 수사학이야말로 진정 필요한 교과목이 아닐까.

설득과 담론에 효과적인 문장론

내 일상의 담화나 연설, 그리고 문장은 얼마나 설득력이 있을까? 주장의 합리적 증거는 적절하게 인용되고 있나? 문체나 담론의 배열은 적절한가? 글은 쉽고 명확하며 즐겁게 읽히는 리듬을 갖고 있는가? 논지를 돋보이게 하는 유추와 은유, 대조와 비교는 적절하게 구사하고 있나? 아리스토텔레스(Aristoteles)는 우리가 불완전하게 쓰는 말과 글의 허점을 찌른다.

아리스토텔레스는 수사학 1권에서 논리적 논증의 테크네(techne)를, 2권에서는 인간의 정념에 초점을 맞춘 테크네를 기술했다. 수사학 3권에서 그는 담론과 문체, 그리고 문장의 적절한 표현 방식에 대한 구체적인 테크네를 보여준다.

한마디로 문학적 테크네의 종합판이다. 아리스토텔레스가 전개하는 방법론들이 현대의 담화나 글쓰기에도 생생하고 구체적으로 적용될 수 있다는 점이 경이적이다. 2300여 년 전의 문장론이라고 믿기지 않을 정도다.

담화든 문장이든 모든 문체에 요구되는 가장 중요한 미덕은 명료성과 적합성이다. 여기에 자신이 사용하는 '언어에 낯선 색채를 부여해' 색다른 인상을 느낄 수 있게 한다면 금상첨화이다.

담론이 그 대상을 명확하게 보여주지 못하면 그 담론은 죽은 것이다. 또 너무 평이해서도, 너무 부풀려서도 안 된다. 시(詩)에서 자주 쓰이는 시적 표현은 산문에 부적합할 수 있다. 담론에 맞게 적합한 표현 수단을 갖춰야 문장이 살아 숨쉰다.

수식어를 지나치게 사용하거나 우화를 사용하는 우언법(寓言法)을 장황하게 기술해도 담론의 대상이 모호해진다. 적절한 비교(comparison)와 은유(metaphor)는 산문에 있어 더 중요하다. 다만 은유는"멀리서 취하지 않고 같은 종에 속하는 대상들과 유사한 형식들로부터 가져와야 한다. 즉 은유는 대상을 명명하면서도 직접적으로는 명명하지 않는 것이다."

은유를 함축한 수수께끼도 대용될 수 있다. 은유를 사용하기 위해서는 통찰력이 요구된다. 서로 '동떨어진 대상들 사이에서 동일한 유사성들을 간파해 내는 것'은 명철한 지성이 아니면 쉽지 않은 일이기 때문이다. 담론의 문체는 시처럼 운율적이어서는 안 된다. 대신 리듬을 가져야 한다. 대조법을 통해 리듬을 만들 수도 있다.

문장의 정돈도 중요하다. '그 자체로 시작과 끝이 있는 문장과 한눈에 파악할 수 있는 확장된 문장의 형태' 즉 총합문은 이해하기 쉽다. 담론에서는 서론, 명제, 확증, 결론의 적절한 전개가 중요하다. 전주곡에 해당하는 서론은 짤막하되 인상적이어야 한다. 청중의 관심을 끌기 위해 찬사나 비난으로 시작하는 것도 같은 맥락이다.

법정의 변론은 청중의 호의적 태도와 순응적 태도를 얻어내는 게 우선이다. 또 담론의 명제와 확증 단계에서는 증거가 도덕적, 증명적 성격을 갖도록 해야 한다.

상대방에게 반박되지 않고 자신의 고유한 근거를 설득시킬 수 있어야 한다. 아리스토텔레스는 연설과 담론에 활용돼야 할 효과적인 문학적 기법을 모두 보여주고 있다. 아울러 명확한 문장의 사용, 리듬과 적절한 표현, 음량, 억양 등 연기력, 담론의 배열과 전개 방식까지 꼼꼼히 제시하고 있다.

청중을 설득하기 위해 화자(話者)가 습득해야 할 실용적인 기법들이다. 여기서 제시된 기법을 주의 깊게 학습해 체득한다면 누구나 자신의 대화와 담론의 수준을 상당 수준 향상할 수 있을 것 같다. 이 책이 2300년 동안 철학자, 정치가, 변호사, 웅변가에게 수사학의 최고 학습 교재로 사랑받은 이유가 있지 않겠는가.

추천 고전

- 아리스토텔레스, 《수사학》, 이종오 옮김, 한국외국어대학교출판부(2015).

5

로마 인문주의 소통론

키케로, 《수사학》

아리스토텔레스가 수사학의 이론적 체계를 정립했다면, 키케로(BC 106~BC 43)는 수사학의 실용적 기법을 보충했다고 볼 수 있다. 그가 로마 시대 최고의 연설가가 될 수 있었던 이유다. 물론 키케로가 아리스토텔레스의 수사학을 배웠는지는 문헌상으로 명확히 나타나 있지 않다. 그 가부에 대해서 연구자의 의견도 갈린다. 어쨌든 그는 《수사학》 끝부분에서 자신의 수사학 체계가 플라톤 아카데미아에서 훈육되는 방법론과 연습의 결과로 나온 것이란 점을 강조하고 있다. 그렇다면 키케로의 수사학이 아카데미아 학파가 축적하고 발전시킨 수사학의 진수들에 빚지고 있음은 틀림없을 것 같다.

아리스토텔레스의 《수사학》이 설득의 대상인 인간의 이성과 감성 등 제반 증거에 대한 심층적인 이해를 논증의 전제로 기술하는 데 비해, 키케로의 《수사학: 말하기의 규칙과 체계》는 상대적으로 연설과 변론에서의 기술적 측면과 이론적 측면을 함께 강조하고 있다.

이런 점에서 키케로의 《수사학》은 그의 특기인 연설과 변론에 대한 전문적 식견과 통찰을 잘 드러내고 있다. 그는 연설가(orator)가 갖추어야 할 고유한 역량을 기술하고, 연설의 기법, 특히 칭찬 연설, 정책 연설, 법정 연설의 핵심 요소들과 쟁점, 각 연설의 효과적인 전개 방식을 제시하고 있다.

연설가에게 필요한 핵심 역량 다섯 가지

연설가에게 필요한 핵심 역량은 다섯 가지다. 발견(inventio), 배치(dispositio), 표현(elocutio), 연기(actio), 기억(memoria)이 그것이다. 키케로는 이것들을 연설가의 '고유한 힘'이라고 불렀다. 연설가의 설득력이 바로 이런 능력에서 나올 수 있다고 여긴 것이다. 최고의 연설가가 되기 위해 함양해야 할 덕목과 기량을 제시한 셈이다.

첫 번째로 연설가는 사람들의 마음을 어떻게 움직일 것인가, 사람들에게 어떻게 신뢰를 줄 수 있을 것인가에 대한 방법을 '발견(inventio)'해내야 한다. 이는 곧 감동과 논증에 연관된 문제다. 특히 사람들을 어떻게 감동시킬 것인가의 문제는 아리스토텔레스가 청자(聽者)의 다양한 파토스(pathos, 감성과 정념)에 부응하는 수사의 필요성을 강조한 것과 일맥상통한다.

둘째, '배치(dispositio)'의 문제에서는 연설에서 감동과 논증을 겨냥하되, 연설의 목적에 따라 배열 방식이나 우선순위를 달리 구성해야 된다는 것이 핵심이다. 칭찬 연설에서는 즐거움, 정책 연설에서는 결정권자의 희망과 두려움을 우선으로 놓아야 한다는 것이다. 이 이외에 화제의 경중(輕重), 대소(大小), 단순함과 복잡함 등의 여하에 따라 적절한 배치의 순서를 달리하는 것도 중요하다.

셋째, 연설에서 단어의 선택과 단어의 연결 구성, 문법적 일치 등에 유의하고, 전반적으로 '표현(elocutio)'이 명확하고 간결해야 하며, 신뢰를 줄 수 있어야 한다는 것이다. 달콤하고 우아한 단어나 문장의 사용하거나, '표현이 조작을 통해서' 자신의 성품을 자연스럽게 드러낼지는 상황의 요구에 따라 연설가가 현명하게 판단해야 한다.

넷째, 연설가가 사안과 단어에 알맞게 적정한 목소리, 몸짓, 표정을 짓는 '연기(actio)'를 통해서 설득력을 높일 수 있다.

다섯 번째, 연설가는 화제와 관련된 기록이나 기억을 잘 저장해 놓고 사용할 수 있어야 한다. '기억(memoria)'은 "마치 밀랍처럼 장소를 사용하고 이 장소에 표상들을 철자처럼 모아둠을 통해서 형성된다."

논증의 기술

연설은 서론, 사실 기술과 논증, 결론 등 네 단계로 전개된다. 연설의 시작 단계에서 청중의 호감을 얻고 주의를 끌어오는 방법을 모색해야 한다. 사실 기술 부분에서는 명확하고 이해되도록 해명하는 '선명성의 규칙'이 적용되어야 한다.

키케로는 논증 단계에서 입증하고자 하는 주장을 관철하는 방법과, 반박해야 할 때 상대방의 주장을 무력화하는 방법을 다양하게 제시한다. 입증을 위해선 사건의 장소, 시간, 사안의 정의(定義)를 효과적으로 제시할 수 있어야 하고, 반박을 위해선 개별 논거의 오류나 잘못된 전제를 찾아내는 게 중요하다. 연설의 마무리 단계에서는 입증하거나 반박한 논지를 명쾌하게 재강조하고, 사안의 결론이 사람들에게 어떠한 이익을 주거나 해악을 끼치는지를 분명하게 제시하여 청중의 도덕적 감성을 불러일으킬 수 있어야 한다.

키케로는 보편적 연설의 기법 이외에도 연설의 유형별로 적합한 연설의 방법론을 제시하고 있다. 정책 연설에서는 정책의 유용성과 실현 가능성에 초점을 맞출 것을 강조한다. 이는 현대 정책학에서 정책 제안 시 소망성(social desirability)과 실현가능성(feasibility)을 중시하고 있는 맥락과 그대로 일치된다. 키케로는 정부 정책이 입안될 때 무엇이 가장 중요한지를 잘 간파하고 있었던 것 같다.

사법적 공방이 이루어지는 법정 연설에 대한 키케로의 방법론도 오늘날 변론술의 핵심을 잘 제시하고 있다. 재판과정에서 가치판단을 놓고 공방을 벌일 때 형평성과 적법성의 두 잣대를 주문한 것도 의미가 크다. 고소·고발 사건에서 '방어 논거'와 이를 무력화하기 위해 반복 주장하는 '핵심 논거' 간의 공방 방식에 대한 대립적인 방법을 제기하는 대목에서는 팽팽한 긴장감을 느끼게 한다.

이 과정에서 키케로는 윤리적 접근은 잠시 접어둔다. 고발자와 피고인의 각각의 입장을 변호해야 할 각각의 방법을 제시하는 것이다. 그러니 당연히 가치중립적일 수밖에 없다. 따라서 독자의 입장에서 보면, 고발인과 피고인의 입장에서 각기 취해야 할 방법과 쟁점의 시각은 사뭇 상충적이다. 하지만 이는 변론자의 숙명인지도 모른다. 고발인의 변호에서는 고발인의 입장에, 피고인의 변호에서는 피고인의 입장에 설 수밖에 없지 않겠는가.

예를 들어, 키케로는 범죄에 대한 변론에서 고발인의 입장에서는 고문에 의한 자백을 유효한 논거로 강조하라고 하면서, 피고인의 입장에서는 고문 그 자체의 무효성을 강조하라고 제시한다. 이 사안에 대한 키케로 속내의 가치 판단은 무엇일까? 그는 근친상간범과 내란 음모자의 경우 고문이 가능하다는 절충주의적 입장을 취하고 있어 흥미롭다. 패륜과 공동체의 붕괴를 가져올 극단적 범죄행위에 대해서만은 그 역시, 피고인의 인권보다 공동체의 가치 수호를 위한 비인권적 방식을 용납할 수밖에 없었던 당대의 고민을 읽을 수 있을 것 같다. 깊은 뜻이 담긴 취지만큼은 오늘날에도 시사하는 바가 크다.

한편 키케로가 법정 연설에서 형평성을 거듭 강조한 대목도 유의할 만하다. 그는 형평성의 힘을 두 가지로 보았다. "하나는 진실과 정의 그리고 이른바 공정성과 선량함의 원칙에 의해서 직접적으로 정당화되는 것이다. 다른 하나는 상호 균등 원칙과 관련된 것으로, 이에 따라 호의에는 보은이, 불의에는 처벌이 주어진다." 자유와 정의, 진실에 대한 그의 확고한 철학이 느껴지는 대목이다. 실제 키케로는 자유와 정의를 위해 법정에 섬으로써 정치적 박해나 신변의 위험을 겪기도 했다. 섹스투스 로스키우스를 변호하는 바람에 당시 독재관 술라의 분노를 사서 상당 기간 피신해야만 했던 사례가 이를 잘 말해준다.

키케로의 수사학은 매우 구체적인 연설의 기법을 담고 있다. 하지만 그가 제시하는 연설의 규칙은 말의 기교로 수행될 수 없는 것들이다. 그는 서구 인문학(studia humanitatis)의 창시자답게 인본주의(humanismus)를 실천하고자 애쓴 사람이다. 키케로는 인간의 감성에 대한 깊은 이해와 논리로 설득될 수 있는 인간 이성의 중요성을 누구보다도 잘 간파한 변론가이자 철학자였다. 이런 관점이 그가 제시하는 수사학적 방법론에 관통하여 스며있음을 확인할 수 있다.

국민을 현혹하는 수사(rhetoric)를 현란하게 구사하는 선동적 정치인이 득세하는 요즘, 이성과 감성을 울리는 지성의 연설로 국민과 소통한 키케로와 같은 정치인이 그립다.

추천 고전

• 키케로, 《수사학》, 안재원 편역, 길(2012, 8쇄).

로마의 철학자이자, 교육자, 정치인이었던 키케로 흉상, 로마 카피톨리누스 박물관.

6

대중의 마음을 사로잡는 페리클레스의 명연설

페리클레스 외, 《그리스의 위대한 연설》

말의 위력이 경쟁적으로 영향력을 발휘하던 곳은 기원전 5세기에서 4세기의 아테네였다. 수사학으로 갈고 닦은 연설가들이 주름잡던 시대였다. 민주주의는 이런 토양을 만들었다. 원하는 대중은 누구나 민회에서 연설할 수 있었다. 그러자 대중을 효과적으로 설득하는 기술을 가르치는 소피스트들이 나타나 연설의 교사를 자처했다. 남들 앞에서 번듯한 연설을 하고픈 사람들은 돈을 내고 이들의 연설 수업을 들었다.

이 시기에 아테네에서 활약한 10대 연설가들이 있었다. 안티폰(BC 480~BC 411), 뤼시아스(BC 459~BC 380), 안도키데스(BC 440~BC 390), 이소크라테스(BC 436~BC 338), 이사이오스(BC 420~BC 340), 아이스키네스(BC 397~BC 322), 뤼쿠르고스(BC 390~BC 325), 휘페레이데스(BC 389~BC 322), 데모스테네스(BC 384~BC 322), 데이나르코

스(BC 360~BC 290)가 그들이다. 플루타르코스는 이들 열 명의 탁월했던 연설가들의 생애와 작품을 전해주는 《10명의 연설가의 생애》를 남겼다.

이 책 《그리스의 위대한 연설》에는 아테네의 위대한 연설가로 이름 높았던 페리클레스(BC 495?~BC 429), 뤼시아스, 이소크라테스, 데모스테네스의 연설 작품이 소개되고 있다. 네 명의 연설가는 모두 아테네의 격동기에 활약한 이들이다. 이들은 조국이 위기에 처했을 때 각자 조금씩 다른 방식으로 애국심을 표현했다. 이들은 대중들에게 치열한 논쟁거리가 되었던 화두에 대해 자신의 정치철학을 담아 사자후를 내뿜었다. 그러나 혹자는 성공하고 혹자는 실패했다.

설득의 대가 페리클레스의 연설

이들 가운데 페리클레스는 전문 연설가라기보다는 정치인이었다. 그가 연설 기법을 누구에게서 배웠는지 알 수 없지만, 그는 어떤 전문 연설가보다도 담대하고 감동적인 연설로 대중을 설득시켰다. 실제 연설에서 그만큼 연설을 통해 극적인 국면 전환을 성공시킨 예도 드물다. 그는 자신에게 적대적인 대중을 향해 그들의 잘못된 인식과 태도를 질책할 수 있을 만큼 스스로 언행에 부끄럼이 없었기에 연설은 더욱 힘차고 당당했다.

페리클레스 연설은 투키디데스가 쓴 《펠로폰네소스 전쟁사》에 실려 있다. 페리클레스의 연설 세 편은 스파르타와 펠로폰네소스 전쟁을 벌이던 아테네의 국난 시기에 행해진 것들이다. 두 번은 민회 연설이고, 한 번은 장례식 추도연설이다.

페리클레스 흉상.
기원전 5세기에 크레테 출신의 크레실라스가 만든 원작을 로마시대에 복제한 작품. 런던 대영박물관.

페리클레스는 첫 번째 민회 연설에서 델로스 동맹 해체와 아테네의 고립을 기도하는 스파르타의 요구를 수용할 수 없으므로 전쟁이 불가피하다는 점을 역설했다. 그는 시민들에게 아테네가 누구에게도 예속될 수 없다는 철칙을 일깨우며, 아테네의 강력한 해군력으로 나라를 수호할 수 있다는 승리의 희망을 심어준다.

특히 국가를 수호하기 위해서라면 전쟁으로 인해 잃을 수 있는 땅과 집에 대한 미련과 애착을 버려야 한다는 모진 요구도 마다하지 않는다. 전쟁에 대한 공포심에 사로잡힌 사람들에게 자신의 재산을 버릴 수 있어야 한다고 설득할 수 있는 정치가가 얼마나 있을까?

"우리는 집과 땅이 아닌 사람을 잃은 것에 대해서만 통탄해야 합니다. 그것들이 사람들을 가져다주는 것이 아니라 사람들이 그것들을 가져다주기 때문입니다."

그는 결국 아테네 시민들을 설득시켜 스파르타와 전쟁에 돌입했다. 그러나 전쟁은 필연적으로 희생자를 낳는 법. 아테네는 전사자들을 국가장례로 예우했고, 페리클레스는 그 장례식장의 추도 연설을 맡았다.

그는 용맹스럽게 싸우다 전사한 전사자의 애국심과 용기를 칭송하고, '헬라스의 학교'인 아테네 민주주의와 사회 문화적 유산들의 고귀함을 찬미한다. 아테네 시민들이 죽음으로써 지켜내야 할 조국의 위대함을 재인식시킴으로써 전사자들의 희생을 더욱 고귀한 것으로 승화시킨 것이다. 이를 바탕으로 살아남은 자들에게 전쟁에 임하는 새로운 용기를 북돋운다.

"행복은 자유이며 자유는 용기라는 것을 깨달으셨다면, 전쟁의 위험을 관망만 해서는 안 됩니다. 자신의 목숨을 버릴 정당한 이유가 있는 사람은, 좋아지리라는 희망이 없는 고된 생활을 하는 자들보다는 살아 있는 동안에 상황이 역전될 위험이 있고, 실패하면 잃을 것이 가장 많다고 여기는 자들입니다. 용기를 가지고 있는 사람에게는 비겁한 삶에 뒤따르는 치욕이 활력과 공동의 희망에 뒤따르다 자신도 모르게 맞이하는 죽음보다 훨씬 더 고통스러운 것입니다."

페리클레스의 연설은 논리 정연할 뿐 아니라 청중의 심리를 간파하여 정서를 파고드는 절묘한 문장을 구사한다. 화려하게 치장한 문체가 아니다. 그러나 담백하면서도 힘이 있다. 전쟁의 피해가 극심해지고 시민들의 인내심이 한계에 이르자 페리클레스를 원망하며 종전이나 항복을 바라게 된다. 그때 페리클레스 연설의 힘은 더욱 빛을 발했다. 자신을 탄핵하는 분위기 속에서 오히려 시민들의 잘못을 질책하면서 상황을 역전시킨다. 이 두 번째 민회의 연설이야말로 페리클레스의 강건한 기백과 정치 철학, 그리고 소통과 설득의 묘미를 극명하게 보여주는 연설의 백미다.

"국가 안의 개개인들은 번영하지만 도시 전체가 망할 때보다는, 도시 전체가 똑바로 서 있는 것이 개인들을 더 이롭게 한다고 생각합니다. 한 사람이 개인적인 일을 잘해낸다고 해도 조국이 파괴되면 그 역시 국가와 함께 공멸하는 반면, 조국이 번영하면 불운한 자도 그 안에서 훨씬 잘 보호받으니 말입니다."

아테네의 아크로폴리스에 있는 파르테논 신전. BC479년에 페르시아 대군이 파괴한 옛 신전 자리에 페르시아 전쟁 승리의 보답으로 아테네 주신인 아테나 여신에게 봉헌한 그리스 세계에서 가장 아름다운 건축물이다. 페리클레스가 주도하여 최고의 조각가 페이디아스의 감독 아래 BC 447년부터 BC 438년에 걸쳐 건축되었다.

페리클레스는 전쟁으로 고통을 받는 민중을 향해 개개인의 번영과 파멸이 국가에 달려 있음을 역설한 것이다. 개인에 앞서 공동체를 먼저 생각하라는 주문인 셈이다. 페리클레스는 시민들이 전쟁에 동의했던 당시를 상기시키고 힘든 일을 겪게 되자 후회하는 시민들의 변심을 지적하며 용기를 갖고 다시 적들에게 전진해야 한다고 설득한다. 전쟁에 수반되는 괴로움을 견뎌내는 불굴의 용기가 절실하다는 것을 강조한 것이다.

페리클레스는 어떤 상황에서도 시민들을 설득하여 스파르타에 맞서게 했다. 하지만 좁은 성곽 안에 수많은 피난민이 몰려 생활하는 바람에 생긴 역병으로 숱한 시민이 죽어갔고, 그 역시 목숨을 잃었다. 기원전 429년의 일이다. 걸출한 지도자를 잃은 아테네는 대중들에 아부하는 정치가들의 오판과 지도력 부재, 대중들의 개인주의와 이기심으로 인해 결국 27년간 지속한 스파르타와의 전쟁에서 굴복하고 만다. 기원전 404년의 일이다.

최고의 법정 연설가 뤼시아스

뤼시아스는 최고의 법정 연설문 작성가로 이름을 날렸다. 여기 소개된 연설은 '에라토스테네스 고발 연설'이다. 아테네가 스파르타에게 굴복한 후 스파르타의 꼭두각시 정권으로 '30인 참주정권'이 등장했다. 이들은 무고한 시민을 죽이고 재산을 강탈하는 등 만행을 저지르다 1년 만에 전복되고 민주정이 회복되었다. 뤼시아스는 '30인 참주정권'에 참여했던 에라토스테네스의 죄상을 고발하고 그에게 가혹한 징벌이 내려져야 한다고 주장했다.

아테네의 민주정을 파괴하고 시민의 목숨과 재산을 해친 사악한 무리를 질타하는 뤼시아스의 의분이 도도하게 끓어 넘치는 연설이다. 자신의 형이 이들에 의해 죽고 재산을 강탈당했고, 자신도 이들의 추적을 피해 간신히 목숨을 무지했던 사원(私怨)이 그를 더욱 격동시켰던 듯하다.

실천적 연설 교육자 이소크라테스

이소크라테스는 연설문 대필로 이름을 날렸고, 기원전 390년경에 자신의 수사학 학교를 열어 교육에 힘을 쏟았던 사람이다. 그는 당시 활약하던 기존의 소피스트들을 사리 분별없이 무모하게 허풍을 떨고 있다고 비판하면서 진지하게 철학에 임할 것을 역설했다.

그는 수사학의 이론적 논의를 지양하고 교사의 모범적인 표본과 실례 제시를 통해 실천 중심의 교육을 강조했다. 설득과 소통의 실천적 수사학을 주장했던 것이다. 그는 말년에 신흥 강국으로 부상하던 마케도니아에 의한 그리스의 대통합을 꿈꾸며 친마케도니아 노선을 걸었다. 그러나 기원전 338년 카이로네이아 전투에서 마케도니아가 아테네와 테베의 동맹군을 격퇴하자 스스로 단식하다 죽었다고 한다.

여기 소개된 연설 '시민 대축전에 부쳐'는 이소크라테스가 아테네를 중심으로 그리스가 합심 단결하여 페르시아를 원정하자는 주장을 담고 있다. 이소크라테스는 아테네가 우수한 정치체제와 도시 관리체계, 그리고 풍부한 물산을 갖춘 시장 등 우수한 자산을 갖춘 명예로운 나라임을 칭송하며 시민들에게 자신감을 고취하고 있다.

특히 그는 아테네가 과거 이방인과의 여러 번의 전쟁에서 가장 용맹스럽게 앞장섰고, 헬라스의 자유와 평화를 지켜낸 영광을 시민들에게 상기시키며 헬라스에서 주도권을 쥐어야 한다고 역설한다. 이소크라테스는 그리스 도시국가 간의 소모전 전쟁에 매몰될 것이 아니라 공동으로 이방인과 전쟁을 함으로써 헬라스의 평화를 확고하게 유지해 나갈 수 있다고 설득하고 있다. 하지만 그의 연설은 시민들을 설복시키지 못했다. 당시의 아테네는 예전 같은 자유의 열망이나 강력한 군사력을 갖고 있지 못했다. 특히 시민들의 자발적 복무의 관습도 무너져있었기 때문이다.

아테네 최고의 연설가로 뽑히는 데모스테네스는 마케도니아 필립포스의 제국주의적 야욕에 맞서 아테네를 지키려 했다. 데모스테네스는 예증과 수사적 연역 추론을 적절히 조합하여 논증을 끌고 가는데 탁월한 능력을 보였다. 그러나 아쉽게도 데모스테네스는 알렉산더의 심복이었던 하르팔로스로부터 뇌물을 수수하는 오점을 남겼다. 이로 인해 반마케도니아 진영의 리더였던 휘페레이데스와 데이나르코스의 강력한 탄핵을 받았다. 그래서 그는 재판에 회부되어 50달란트의 벌금형을 선고받고 국외로 추방당했다.

아테네의 자유 수호를 외친 데모스테네스

이 책에 소개된 데모스테네스의 연설 '필립포스를 경계하며'는 마케도니아의 패권적 야욕을 고발하면서 아테네의 자유 수호를 위한 시민의 각성을 촉구하는 피 끓는 연설이다. 그는 마케도니아와 맞서 싸우는 데 필요한 함선과 병력, 용병의 보충과 보수의 지급 등 전쟁의 방책을 열거하면서 시민의 참전 의지를 독려하고 있다.

하지만 데모스테네스의 연설은 반향을 일으키지 못했다. 국력이 기운 아테네의 여론은 이미 친마케도니아 세력과 반마케도니아 세력으로 양분되어 있었다. 그가 주장한 전쟁 준비가 실제로 이루어질 수도 없는 상황이었던 것이다. 그는 아테네의 자유 수호와 독립 유지에 대한 열망으로 격정의 연설을 쏟아냈다. 하지만 시민들의 공감과 동조를 얻어낼 수 없었다.

연설의 성공 여부를 떠나 이들 네 사람의 연설은 모두 당대의 절박한 상황에서 나온 아테네 지도층의 고민과 해법을 담고 있다. 대중이 결정력을 갖고 있던 민회나 법정에서 이들은 대중을 설득하기 위해 다양한 논리와 증거를 제시하거나 격정적으로 호소했다.

이들의 연설에 대한 대중의 반응은 실제로 어떠했을까? 또 이들 연설에 대한 반대 연설은 누가 어떻게 전개했을까? 전후 관계를 알 수 있는 연설이 기록으로 남아 있지 않아 그 궁금증을 해소할 길은 없다. 더군다나 복잡다단한 시대적 사건과 환경 속에서 당시 대중들이 느꼈을 정서를 가늠해 보는 것은 매우 힘든 일이다. 이들 연설가의 연설을 통해 추정해 볼 수 있을 뿐이다.

설득의 비결, 대중의 심리와 욕구를 읽어라!

이들 네 사람의 연설을 관통하는 설득의 비결은 무엇일까? 시대 상황에 대한 정확한 인식, 대중의 심리와 욕구의 통찰을 바탕으로 대중이 지향해야 할 명확한 행동 기준을 제시할 때 대중을 설복시킬 수 있었다. 그런 연설만이 효과적으로 '먹히는 연설'이 될 수 있었다.

또 대중을 설득한 가장 유용한 도구는 자유의 정신을 일깨우는 것이었다. 아테네인들은 누구보다도 자유의 소중함을 체감한 사람들이었다. 페르시아와의 두 차례의 전쟁을 통해 자유를 수호했고, 그 자유의 토대 위에 민주주의의 꽃을 피웠기 때문이다.

페리클레스는 바로 아테네인들이 누린 자유의 가치를 상기시키고, 그것들이 선배 세대들이 피 흘려 쟁취하여 물려준 값진 유산임을 일깨웠다. 그는 아테네인의 자긍심과 명예심을 되살리고, 이를 바탕으로 용기 있게 적에 맞설 것을 요구했다.

이소크라테스나 데모스테네스, 뤼시아스 역시 아테네인들이 자랑스러워하는 것이 무엇이고, 결코 잃어버리고 싶지 않은 것이 무엇인지 정확히 간파했다. 자유 정신과 헬라스의 선도자라는 자긍심 같은 것들이 바로 그런 요소였다.

하지만 아무리 호소력 있는 연설이라고 하더라도 언제나 같은 수준으로 대중에게 울림을 가져다주는 것은 아니었다. 사람들이 선한 마음과 용기, 명예심이 충만해 있을 때 그러한 자극은 곧바로 새로운 충전의 힘으로 작용하지만, 지치고 힘든 고통 속에서 신음할 때 비겁과 좌절의 유혹에 더 쉽게 빠질 수 있다. 기원전 4세기 쇠퇴하는 아테네 대중들의 심리적 상황이 그러했다. 이런 상황에서는 용기의 주문이 설득력을 발휘하기 어렵다. 이소크라테스의 외침이나 데모스테네스의 절절한 호소가 먹히지 않았던 이유다.

그래서 사회가 위기에 처했을 때, 이를 극복할 대안을 제시하고 대중들에게 고통을 감내할 것을 요구할 수 있는 사회 지도층의 존재는 더없이 소중하다. 페리클레스가 그랬고 데모스테네스가 그렇게 분투했다. 대중에 아부하는 달콤한 말보다, 대중의 무관심과 변심을 지적하고 새로운 비전을 제시하며 고통을 이겨내라는 쓰디쓴 말을 할 수 있는 담대한 지도자가 필요하다. 지금의 우리 사회야말로 이런 소통과 통합의 리더가 요구되는 때이다.

연설은 소통과 설득의 기술이다. 연설 기술에 달통했던 이들은 대중의 마음을 휘어잡을 수 있었고, 자신의 주장을 효과적으로 설파할 수 있었다. 당시 널리 알려졌던 연설가들의 실제 연설을 듣는 것은 흥미로운 일이다. 그들의 높이은 연설 기법을 맛볼 수 있는 동시에, 연설의 화두와 관련된 당대인의 사유 방식과 사회상을 엿볼 수 있기 때문이다. 여기 네 사람의 탁월한 연설을 따라가다 보면 바로 그 보상을 어느 정도 받을 수 있으리라.

추천 고전

- 페리클레스, 뤼시아스, 이소크라테스, 데모스테네스, 《그리스의 위대한 연설》, 김헌 외 옮김, 민지사(2013).

7

키케로의 실천적 변론술

키케로, 《연설가에 대하여》

키케로(Marcus Tullius Cicero, BC 106~BC 43)는 로마가 낳은 최고의 연설가이자 철학자이다. 또 그는 집정관으로 재임할 당시 카틸리나의 반역 사건을 사전에 탄핵하고 진압하여 로마 공화정을 지켜냄으로써 국부(國父)로까지 존경받았던 정치가이기도 하다.

물론 그가 남긴 저서들은 그가 로마의 최고의 철학자, 저술가였음을 증명하고도 남음이 있다. 우리나라에 소개된 책만 해도 《국가론》, 《법률론》, 《의무론》, 《최고선악론》, 《노년에 관하여/우정에 관하여》, 《신의 본성에 대하여》가 있다.

그래도 그의 화려한 이력 가운데 단연 빛나는 것은 역시 연설가, 변론가로서의 활동일 것이다. 키케로가 로마의 최고 정치가로 성공할 수 있었던 것도 탁월한 연설 능력에 힘입은 바 크기 때문이다. 키케로는 기원전 5세기에서 4세기에 아테네에서 꽃을 피웠던 수사학의 학문적, 실용적 성취를 3백여 년을 뛰어넘어 가장 잘 계승 발전시켜 낸 공로가 크다. 그가 로마 시대를 대변하는 최고의 연설가로 꼽히는 이유다.

《연설가에 대하여》는 키케로보다 1세대 앞선 걸출한 연설가였던 크라수스, 안토니우스가 연설가의 본질과 훌륭한 연설의 기법 등에 대해 크라수스의 별장에서 나눈 대담을 기록한 형식으로 구성되었다. 당시 키케로는 몇몇 청년들과 함께 이들 연설의 대가들로부터 가르침을 받기 위해 이들의 대담에 참여했던 것 같다. 이 책은 키케로가 집정관의 직위에서 물러나 칩거하면서 여러 분야의 학문적 성취를 정리하는 과정에서 집필되었다.

키케로는 크라수스와 안토니우스, 스카에볼라 등 선배 연설가들의 대담을 통해 기원전 1세기 로마 연설가들의 변론에 대한 지식과 인식 경향을 드러내고 있다. 플라톤의 대화편처럼 짧은 질문과 답변을 주고받는 방식이 아니라 순번에 따른 연설조의 대화를 통해 각자의 관점을 명확하게 확인할 수 있게 전개된다.

탁월한 연설을 만드는 재능과 수련

제1권에서는 변론가의 본질에 대해 논한다. 크라수스는 수사학이 철학과 다른 고유의 영역임을 강조하면서 모든 사물과 사항에 대해 풍부한 지식을 갖고 있어야 하며, 특별한 변론의 수련이 필요하다고 주장한다. 아울러 변론 능력에서 타고난 재능의 중요성도 강조된다. 모든 분야의 인간적 교양을 갖추는 것이 연설가의 필요조건이고, 변론의 재능과 기술 습득이 충분조건이 된다는 의미다.

크라수스는 연설가의 활동과 능력을 5개 항의 요소로 분류한다. 말할 내용을 찾고, 찾아 놓은 것을 적정하게 배열하고, 또 언론에 의해 집중적으로 꾸미고, 다시 기억으로 굳힌 다음, 끝으로 위엄과 품위를 가지고 구연(口演)하는 것이다. 이는 착상, 배열, 표현, 기억, 발표의 요소를 의미한다. 크라수스는 이러한 요소들을 익히기 위해 연설문을 정독하고 많이 써보고 많이 연설해 보는 훈련이 필요하다고 말한다. 특히 시민법에 정통해야 한다고 강조하기도 했다. 시민 생활과 시민에 관한 각종 논쟁에서 법률과 관습에 입각한 형평을 유지할 수 있어야 하기 때문이라는 것이다.

안토니우스는 변론가는 법정에서의 논쟁과 다툼에서 속 시원한 언어표현과 입증을 할 때 적절한 사상을 인용할 줄 알아야 하며, 특히 이상적 변론가에게는 "변증법 학자의 날카로움과 철학자의 사상, 시인에 가까운 언어 구사, 법학자의 기억력, 비극 연기자의 음성과 배우자의 몸동작이 필요"하다고 말한다.

안토니우스는 연설가에게 학술적으로 깊이 있는 지식과 식견을 요구하고 있다. "인간의 본성이나 그 윤리적 성격, 그 행동 원리에 대한 투철한 안목을 가지고 있지 않으면 변론으로 청중의 정신을 혹은 선동하고 혹은 진정시키는 일이 불가능"하기 때문이라는 것이다. 또 그는 시민법 지식보다 인문적 지식과 나아가 기지와 유머, 위트가 더 중요하다고 강조한다.

마음을 움직이는 연설술

제2권에서는 수사학의 구체적인 기술체계에 대해 논의한다. 안토니우스는 논의나 쟁론의 대상이 되는 문제를 사실에 관계되는 것과 성질에 관계되는 것, 명칭에 관계되는 것 세 가지로 구분하고 각각의 쟁점에 맞는 연설의 전개가 필요하다고 말한다.

특히 청중을 설득하기 위해선 "첫째, 청중에게 호의를 안겨 줄 일, 둘째 교화할 일, 셋째 마음을 움직일 일 등" 세 가지 요건을 제시하고 있다. 이를 구현하기 위해 변론에서 "첫째 변론의 공손함이, 둘째 예리함이, 셋째 강력함이 요구된다"는 것이다. 이는 아리스토텔레스가 《수사학》에서 설득의 수단으로 에토스(Ethos), 파토스(Pathos), 로고스(Logos)를 든 것을 계승한 것으로 보인다.

안토니우스는 변론의 품격을 중시한다. 변론의 내용은 늘 유익한 것이 포함되도록 노력해야 하고 온화함과 기백이 적절히 조화를 이루어야 한다고 역설한다. "기백에서 발하는 몹시 거친 기세가 변론가 자신의 인간다운 교양에 의해 완화되고, 온화함에서 오는 저조함이 어느 종류의 중후함과 기백에 의해 지탱되는 변론이 가장 조화를 갖춘 변론"이라는 것이다.

아울러 적정한 유머와 위트의 필요성도 거듭 제기한다. 극도로 긴장되고 격렬해질 수 있는 변론에서 명랑함을 유지하는 것도 변론의 품격을 유지하고 청중의 공감을 얻는 데 유용하다는 것이다. 물론 광대 짓은 변론가의 몫이 아니다. 유머를 할 때 저속한 야유를 피하고 절도 있는 자세가 필요하다. 웃음을 자아내는 위트는 언어 구사의 절묘한 지혜일 수 있다는 것이다. 이를 위해 우의적(寓意的) 언사, 비유적(比喩的) 언사, 말의 풍자적 전용에서 익살이 도출될 수 있다고 말한다.

크라수스나 안토니우스의 주장은 오로지 그들만의 것으로 보기 어렵다. 저자인 키케로의 관점이 어느 정도 배어들었다고 보아야 할 것 같다. 그렇다면 키케로가 보는 연설가의 본질과 훌륭한 연설가의 모습은 매우 이상적이다. 그는 이 책에서 인문적 소양을 갖춘 품격 있는 연설가 상을 그리고 있다. 이는 키케로가 평생 연설가로 산 자신의 일생에서 추구한 자화상이었는지도 모른다.

연설술을 인문학으로 승화시킨 키케로

키케로는 실제의 다양한 사건의 소송에서 탁월한 변론으로 승리로 이끈 숱한 성과를 보였다. 나아가 그는 자신의 연설과 변론의 역량을 학문적으로 체계화하는 데 노력하여 많은 저작을 남겼다. 이 책 《연설가에 대하여(De Oratore)》도 그 가운데 하나다. 그가 남긴 《수사학》은 수사학을 인문교양학(studia humanitatis)으로 끌어올린 수작(秀作)으로 꼽힌다.

그리스의 수사학은 아리스토텔레스의 '과학적 철학적 변론법'

과 이소크라테스가 '문체론적 수사적 변론법'의 양대 조류를 형성해냈다. 키케로는 '연설가에 대하여'라는 저작을 통해 이 두 개의 서로 다른 계보를 종합하면서 '학식 있는 변론가'야말로 참된 철학자이자 참된 연설가라는 주장을 펼쳤다. 그는 수사학을 "교양이 가장 풍부한 사람의 기술"로 보고 있다. 이런 관점에서 보면 키케로의 수사학은 '실천적 변론법'인 셈이다.

추천 고전

• 키케로, 《연설가에 대하여》, 전영우 옮김, 민지사(2013).

8

냉철한 설득과 따뜻한 소통의 정치

키케로, 《설득의 정치》

"미더운 말은 아름답지 않고,
아름다운 말은 믿음직스럽지 않으며,
착하다고 말 잘하는 것은 아니고,
말 잘한다고 착한 것은 아니며,
지혜롭다고 많이 아는 것은 아니고,
많이 안다고 지혜로운 것도 아니다."

노자의 말이다. 인간에게 말이 얼마나 중요한지, 특히 꾸미는 말보다 믿음직한 말의 중요성을 일깨우는 구절이다. 기원전 1세기 로마의 최고 연설가였던 키케로(BC 106~BC 43)만큼 이 말의 중요성을 정확하게 간파하고 이를 국가 경영에 효과적으로 활용한 이도 드물다.

키케로는 로마 최고의 변론가이자 정치가였다. 그는 아름다운 말로 치장된 말이 아니라, 이성과 논리, 신랄한 비판과 가혹한 조롱, 때로 심금을 울리는 감성으로 청중들을 사로잡았다. 그의 변론은 로마 공화정에 대한 경의와 숭상의 마음을 바치며 국가 발전에 헌신해 온 자부심을 절실하게 담고 있다. 그는 숱한 변론문을 남겼지만 지금까지 전해지는 것은 54편에 불과하다. 이 책은 그 가운데 일곱 개를 선별하여 전문을 감상하도록 묶었다. 나머지 모두 완역 소개될 날을 기다려본다.

키케로는 변론의 이론과 기법을 담아 《수사학》을 펴냈고, 변론가가 갖춰야 할 자질과 역량에 대해 대화를 나눈 《연설가에 대하여(De Oratore)》를 저술했다. 키케로는 변론술을 로마 공화정에 어울리는 시민적 삶에서 가장 중요한 요소로 보았다. 그가 완벽한 변론을 위해 정진했던 것은 완벽한 인생을 추구하던 자기 삶의 지향과 같은 가치를 지니는 것이었다.

공감 능력과 용기를 갖춘 변론가 키케로

이 책에는 키케로가 존속 살해의 누명을 쓴 동료 정치가 로스키우스 변호 연설과 선거 부정으로 기소당한 친구 무레나 변호 연설, 그리고 정당방위로 정적을 살해한 밀로의 변호를 위한 연설 등 자신과 가까이 지내던 사람이나 정치적 이해관계가 있던 사람들에 대한 변호 연설이 담겼다.

법정의 연설은 단순한 자기주장이 아니다. 재판에 회부된 피고의 무죄를 입증하기 위한 갖가지 증거와 정황을 논리정연하게 전개해야 한다. 피고의 변호인으로서 일단 소송을 맡는 변론가는 원고 측의 위협과 방해뿐만 아니라 스스로 두려움을 견디어 내야 한다.

키케로는 다른 변론가가 회피하는 소송의 변론을 마다하지 않았다. 예를 들어 보자. 섹스투스 로스키우스의 존속 살해 사건의 경우 소추인은 당대 최고의 권력을 쥔 장군 술라의 측근인 크뤼소고누스였다. 따라서 승소 가능성을 떠나 피고의 변론에 나서는 건 자칫 술라에 맞서는 형국으로 오해받기 쉬운 상황이었다. 그러나 키케로는 정치적 박해를 받을 수 있는 이 사건을 자청해서 맡았다. 어떠한 경우라도 무고한 자를 중죄로 고발하는 일은 없어야 한다는 정의감의 발로였다.

이 사건에서 키케로는 로스키우스가 부친을 살해할 동기가 전혀 없었다는 점을 그의 평소의 삶의 태도와 행적을 들어 소명한다. 반면 살인을 공모하거나 사주한 사람들의 흉악한 행동, 범행이 저질러지는 즈음의 알리바이, 그리고 로스키우스의 부친 사후에 공모자들이 신속하게 재산을 강탈해 간 점 등을 증거로 제시하며 무죄를 이끌어낸다. 키케로는 이 사건의 승소 이후 술라의 보복이 두려워 건강을 핑계로 로마를 떠나 아테네로 피신했고, 술라가 사망한 이후인 기원전 77년에야 로마로 되돌아올 수 있었다. 키케로가 얼마나 위험한 소송을 맡았었는지 알 수 있다.

시칠리아의 양민을 수탈한 총독 베레스를 탄핵하고, 훗날 자신을 살해하는 안토니우스를 탄핵하는 연설은 죽음을 무릅쓴 키케로의 용기와 기개, 정의를 바로 세우고자 하는 단호한 결기를 보여준다. 키케로는 이 두 사건의 변론 준비와 변론 과정에서 갖가지 위협과 고초를 겪는다. 베레스는 키케로의 탄핵을 막기 위해 뇌물을 써서 그의 선거를 방해하거나 재판을 연기시키고, 자신에게 우호적인 법무관을 통해 재판에 유리한 여건을 조성하려 했다.

카이사르가 암살당한 뒤 삼두정치의 한 사람으로서 최고의 권력가로 부상한 안토니우스 또한 키케로의 탄핵에 호락호락하게 당하지는 않으려 했다. 키케로는 원로원과 민회를 무력화시키는 안토니우스의 전횡을 탄핵하려 했다. 그러자 안토니우스는 이를 저지하기 위해 협박성 발언을 하고 동료 집정관 돌라벨라와 원로원 의원들을 자신의 우호 세력으로 끌어들여 키케로와 맞섰다.

키케로는 이에 굴하지 않고 결연하게 안토니우스를 탄핵했다. 그것도 무려 14차례나 반복되었다. 이 책이 소개하는 연설은 그 가운데 하나다. 키케로는 안토니우스가 카이사르 생존 시 제정되었던 갖가지 법률을 무효화시키고 자신에게 유리한 친민중적 법률들을 제정하는 전횡을 질타했다. 안토니우스의 행위가 법률의 안정성을 해치고 법률을 형해화시키는 점을 탄핵한 것이다.

키케로는 카이사르가 공화정을 붕괴시킬 야심이 있다고 보고 그와 맞섰었다. 하지만 비록 정적이었지만 카이사르가 제정했던 법률 가운데 합리적인 법률들은 존중하는 입장을 견지했던 것 같다. 예를 들어 카이사르 시기부터 적용되어 온 대리 법무관의 관할 속주 임기를 1년으로, 또 대리 집정관의 관할 속주는 2년의 임기를 초과할 수 없도록 한 법률 같은 경우 공익에 부합되는 적정한 법률로 여겼다. 따라서 카이사르가 제정한 이런 법률들을 안토니우스가 사적 목적을 갖고 파괴하는 상황을 키케로로서는 결코 용납하기 어려웠을 것이다.

특히 키케로는 안토니우스가 백인대장으로 구성된 '제3십인회'라는 집단을 만들어 재판의 심판인이 되도록 한 법률을 강력히 비판했다. 이들이 재판의 품격을 떨어뜨리고 비천하고 가혹한 재판으로 흐를 가능성이 농후하다고 본 것이다. 특히 키케로는 안토니우스가 유죄판결을 받은 자들이 원하는 경우 다시 민회에 상소할 수 있도록 한 법률의 부당성을 들어 맹렬하게 공격했다.

이는 전형적인 친민중적 법률로 사법 체계를 무너뜨릴 수 있다고 보았기 때문이다. 민회에 상소를 허용함으로써 소추하고자 하는 사람들이 사실상 피고인에게 매수된 대중의 위협을 감수하면서 소추하기 어렵게 된다. 게다가 심판인 역시 유죄판결을 내렸다가 다시 피고인에게 매수된 대중에게 끌려 나갈 위험성까지 있다는 판단에서다. 따라서 단순한 상소권 부여의 문제가 아니었다.

키케로는 로마 대중의 변덕과 광기를 익히 지켜본 터라, 대중에게 최종심을 맡기는 것과 같은 효과를 만드는 안토니우스의 개정 법률을 강력히 반대했던 것 같다. 특히 민회에 상소권을 부여함으로써 국가 안보와 관련된 두 개의 사문회(査問會)가 사문화(死文化)되는 것에 경악했다. "젊은이들로 하여금 난동꾼, 반도(叛徒), 위험 시민이 되기 원하도록 조장하는 것"이 되고 만다는 것이다. 특히 키케로는 사문회의 폐지로 호민관의 광기가 초래할 국가적 재앙을 경고했다. 특히 속주에 관한 법률, 재판에 관련된 법률은 자칫 국기를 흔들 수 있는 만큼 무분별한 폐지와 신설을 신중하게 처리해야 한다고 역설했다.

하지만 키케로의 이런 충정 어린 연설에도 불구하고 안토니우스 탄핵은 실패로 끝났다. 그는 삼두정치의 거센 물결의 흐름을 바꿀 수는 없었다. 오히려 키케로는 안토니우스 세력에 의해 '국가의 적'으로 선포되고, 결국 옥타비아누스의 묵인 아래 안토니우스가 보낸 자객에 의해 자신의 별장에서 살해된다. 키케로에게 탄핵을 당했던 안토니우스는 키케로에게 처참하게 복수했다. 그는 키케로의 손을 절단하고 목을 잘라 로마광장에 효수(梟首)했다. 이렇게 공화정을 지키려던 키케로의 분투는 물거품이 되고 로마는 제정(帝政)시대로 접어든다.

키케로의 안토니우스 탄핵 연설은 결과적으로 스스로 죽음을 재촉한 셈이 되었다. 키케로 또한 그 위험성을 몰랐을 리 없다. 누구도 안토니우스의 세력에 대항하지 못하던 상황에서 키케로는 용감하게 나섰고 안토니우스의 전횡을 단호하게 탄핵했다. 키케로는 원로원의 권위와 공화정을 지키기 위해 집정관 역임자이자 원로원 의원으로서 스스로 "일종의 불침번을 서야 한다"고 생각했기 때문이다. 키케로는 자신의 이러한 시대적 소명을 회피하지 않았던 것이다.

키케로의 연설들이 냉철한 법률가, 그리고 불굴의 기상을 가진 정치투사의 면만 보여주는 것은 아니다. 그리스의 시인 아르키아스의 로마 시민권 자격을 승인해 달라는 변호 연설은 그리스의 철학과 문학을 지극히 애호했던 인문학자로서의 키케로의 품격과 따뜻한 인간미, 그리고 문화적 안목을 잘 보여준다. 키케로는 로마인들의 교양을 높여주는 탁월한 그리스 예술인들을 자유민으로 받아줄 것을 설득력 있게 호소했다.

로마 최고의 변론가인 키케로의 변론은 당대의 법률과 사회 문화적 환경과 관습, 정치적 상황들을 다채롭게 보여준다. 특히 변론의 구성 내용을 차분히 읽어나가면 심판인을 설득하는 키케로의 탁월한 소통 능력은 물론, 증거에 입각한 사건의 추리와 해석, 그리고 때로 감성에 호소하며 심판인을 쥐락펴락하는 변론 내용에 감탄하게 된다.

로마의 재판은 현대식 죄형법정주의에 의한 판결이 적용되지는 않았다. 자유심증주의에 의한 재판이었다고 볼 수 있다. 따라서 변론가의 치밀하고 객관적인 증거 제시 못지않게 소추인과 심판인을 설복시킬 수 있는 정황 증거의 제시와 냉철한 규범 인식을 토대로 한 설득적 변론의 중요성이 더욱 컸을 것이다. 이런 차원에서 볼 때 키케로의 변론이 당대에 타의 추종을 불허할 만큼 빛을 발할 수 있었던 것은 그의 변론이 탁월성을 웅변해 주는 것이라 할 수 있다.

로마 공화정에 평화의 기초를 다지고, 원로원과 민회의 화합을 이루기 위해 노력했던 키케로는 치밀한 법 지식과 깊이 있는 인문적 지혜, 능숙한 수사학적 기법을 무기로 한 시대를 풍미한 탁월한 연설가였다. 그의 변론 하나하나 현대의 법정에서 구술되어도 손색없을 정도로 훌륭하다. 매우 품격 있는 변론들이다.

이를 체감하기 위해 눈으로만 읽지 말고 실제 변론하듯 소리 내어 읽어보는 것도 좋은 방법이다. 안토니우스를 탄핵한 변론의 몇 대목을 큰 소리로 낭독해 보라. 키케로 변론의 탁월성을 새삼 실감할 수 있다. 당시 키케로의 음정과 고저, 그리고 격정이 온몸에 전이된 듯 빨려 들어오고 전율이 느껴질 것이다.

추천 고전

- 키케로, 《설득의 정치》, 김남우 외 옮김, 민음사(2015).

제2부

정치가의 길, 국민의 길

9

공동체의 생존은 올바른 리더에 달렸다

크세노폰, 《아나바시스(Anabasis)》

자유의 갈망과 용맹이 1만 병사를 구하다

어느 집단이든 고립무원(孤立無援)의 상태에서 생존해 나간다는 것은 쉽지 않은 일이다. 더구나 도움은커녕 항복하거나 생명을 내놓을 것을 요구하는 난폭한 적에 에워싸인 상황에서는 더 말할 나위가 없다. 《아나바시스(Anabasis)》는 이런 극한 상황에서 작은 군사집단이 어떻게 위기를 극복하고 생환하는가를 한 편의 파노라마처럼 잘 보여준다.

이 책은 헬라스(Hellas, 그리스 사람들이 당시 자기 나라를 부르던 이름이다) 사람들이 페르시아 내전에 용병으로 참가하여 내륙까지 진군했다가 실패한 후, 적진을 뚫고 천신만고 끝에 헬라스로 귀환하는 과정을 그린 전쟁기이다. 저자 크세노폰(Xenophon, BC 430?~BC

355?)은 군인이자 역사가였다. 그는 플라톤과 동년배로 소크라테스의 제자였다. 하지만 철학자이자 사상가였던 플라톤에 비해 크게 주목받지 못했다.

더구나 그의 저서 《소크라테스 회상》에서 소크라테스를 지극히 현실적인 인물로 묘사함으로써 버트란트 러셀(Bertrand Arthur William Russell, 1872~1970)로부터 "현명한 사람이 한 말에 대한 어리석은 사람의 기록은 정확하지 못하다"라는 혹평을 받기도 했다.

하지만 《아나바시스》와 그의 다른 저작 《헬레니카》, 《키로파에디아》 등에서 엿보이는 크세노폰은 매우 현실적이고 합리적인 인물이라는 평가를 받는다. 크세노폰은 페르시아에서 기사회생했지만 아테네인임에도 한때 스파르타인의 편을 들어 추방되기도 하는 등 파란만장한 일생을 보냈다.

《아나바시스》는 '올라가기'란 뜻으로 헬라스 용병이 페르시아의 퀴로스(Kyros) 2세와 함께 저지대인 소아시아의 해안지대에서 출발하여 페르시아의 티그리스와 에우프라테스 강 사이의 고지대로 행군한 것을 의미한다. 하지만 실제 이 책의 대부분은 퀴로스의 전사 이후 헬라스군의 퇴각 과정을 그리고 있다는 점에서, 《페르시아 퇴각기》가 더 어울리는 제목일 듯싶다. 물론 번역자는 2011년 같은 책을 《페르시아 원정기》라는 이름으로 재출간했다. 하지만 적극적 원정 활동으로 보기는 어렵다.

어떻든 헬라스 군이 페르시아 내전에 개입하는 과정을 살펴보면 이렇다. 퀴로스 2세는 그의 형인 페르시아 대왕 아르타크세르

크세스의 왕위를 빼앗기 위해 피시다이족을 친다는 명분으로 자신이 태수로 있던 소아시아 지역의 군대와 헬라스 용병을 모은다. 이에 평소 퀴로스와 교유하고 있던 헬라스 장군들에 의해 중무장 보병 1만 1000명, 경방패병 약 2000명 등 1만 3000여 명이 모병되어 참전하게 된다.

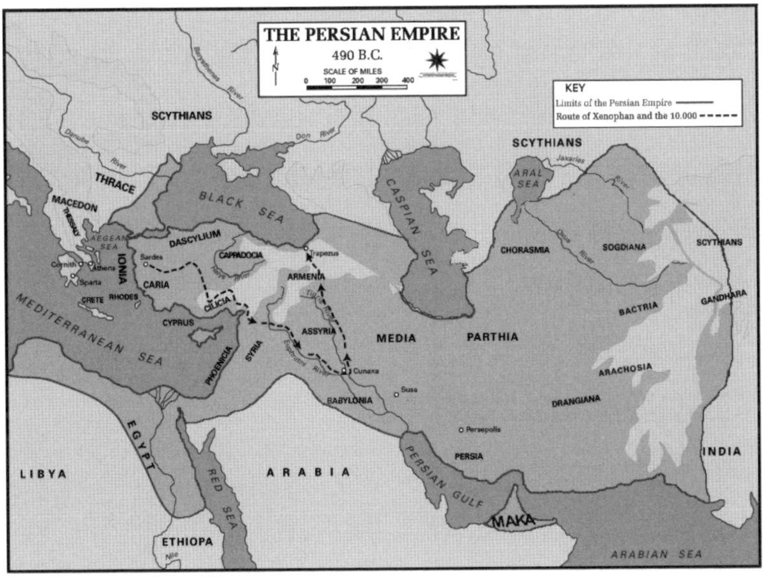

크세노폰의 1만 그리스 용병의 행군로(검은색 점선)를 나타낸 지도. 붉은 선 안의 지역이 페르시아 제국의 영토.
출처: https://commons.wikimedia.org/wiki/File:Persian_Empire,_490_BC.gif

이들은 처음에는 퀴로스가 페르시아 대왕을 축출하기 위한 전쟁인 줄은 모르고 참가했다. 그러다 점점 내륙 깊숙이 진입한 상태에서 뒤늦게 원정 목적을 알게 되자 퇴각하고자 했다. 하지만 급료 인상을 내거는 퀴로스의 제안과 독자 퇴각의 어려운 현실에 따라 할 수 없이 페르시아 대군과의 전투에 임한다.

하지만 퀴로스 2세 휘하의 10만여 명의 군사와 페르시아 대왕의 군사 40만여 명(책에서는 120만 명이라고 기술하고 있으나 과장된 것으로 보인다)이 접전한 쿠낙사(Cunaxa) 전투에서 헬라스 군 진영의 승리에도 불구하고, 퀴로스의 전사와 함께 반란군이 궤멸되고, 패잔병은 대왕에게 투항한다. 기원전 401년의 일이다.

오롯이 남게 된 헬라스 용병은 대왕의 항복 요구를 거절하고, 소아시아 지역의 페르시아 태수 팃사페르네스(Tissaphernes)와 협상을 통해 퇴각 안내를 받으며 퇴각한다. 그러다 그의 계략에 말려 주연에 초대된 헬라스 군 장군들이 사로잡히고 대왕에게 압송된 후 처형을 당한다.

고국 생환을 위한 처절한 투쟁

스파르타인 사령관 클레아르코스(Clearchus)와 헬라스의 주요 장교들의 몰살로 헬라스 용병은 공포에 사로잡힌다. 졸지에 장군들을 잃게 된 헬라스 군은 큰 충격을 받고 혼란에 빠졌지만, 곧 전체 병사가 참여한 가운데 장군과 대장들을 새로이 선출하고 전열을 가다듬어 퇴각하게 된다. 장군들의 몰살 이후 군대가 자멸할 수도 있는 상황에서 헬라스 병사들이 두려움에 떨며 투항하거나 분열하지 않고, 스스로 독자생존 방식을 찾아가는 대목이 인상적이다.

이 책은 크세노폰이 직접 장군으로 선출되어 군대를 통솔해 가면서 체험한 전쟁기 또는 전기(傳記) 형식을 띤다. 그의 문체는 화려하진 않지만, 군인답게 군대의 이동과 주둔, 병참 조달, 전투 전개 상황, 통과지역 지형이나 부족들의 생활상 등에 대해 소상히 기술해준다. 하지만 정작 더 눈길을 끄는 것은 이들 헬라스 용병이 다양한 위기에 처했을 때 이를 극복해 나가는 과정과 방식이다. 여기에 헬라스인의 저력과 이상적 지휘관의 모습이 잘 드러나기 때문이다.

이들이 페르시아 제국의 중심부로부터 흑해 연안의 헬라스 식민지까지 진출과 퇴각을 한 행군의 거리는 무려 1,150파라상게스(약 6,325km), 행군 날수는 1년 3개월이나 된다. 그 과정에 수많은 부족과 전투와 협상을 벌이며 생존을 위한 투쟁을 전개한다. 마침내 흑해 연안의 헬라스 식민지에 도착하여 때마침 페르시아 팃사페르네스를 치러 출전한 스파르타 군을 만나 이에 편입되면서 이들의 험난한 여정이 끝을 맺는다. 수많은 전투 과정에서 전사, 이탈 등으로 천신만고 끝에 남은 병력은 6,000여 명이었다.

맞서 싸워 얻어낸 자유

기나긴 퇴각 과정에서 이들의 앞길을 가로막는 페르시아 부족들에 대응하는 데 선택의 폭은 좁았다. 무기를 내려놓고 항복하느냐, 싸워서 정복하느냐 양자택일의 상황에 늘 맞닥뜨려야 했다. 이

때 이들이 택하는 기준은 분명했다.

"무기를 다른 사람에게 넘겨주었을 때보다는 그것들을 가지고 있을 때 더 값진 친구들이 될 것이며, 그리고 우리가 싸워야 한다면 무기들을 다른 사람에게 넘겨주었을 때보다는 그것들을 가지고 있을 때 더 잘 싸우게 될 것"이란 점이다. 이들은 무기를 버리고 굴종을 택하기보다 맞서 싸울 때 자유를 누릴 수 있다는 것을 잘 알고 있었다.

이들은 뒤에서 끊임없이 추격하는 페르시아 군과 간헐적인 전투를 벌이며 이들을 따돌려야 했다. 여러 호전적인 부족들이 안전한 귀로를 허가하지 않으면 가차 없이 공격해서 활로를 뚫었다. 이들을 가로막는 세력들에 대한 메시지는 단호했다. "우리가 고향에 돌아가는 것을 방해하지 않으면 우리는 되도록 피해를 적게 주며 이 나라를 통과할 것이나, 누가 우리의 길을 막으려 하면 우리는 그 자와 있는 힘을 다해 끝까지 싸운다"는 것이다.

불굴의 용맹과 귀향에 대한 강렬한 희구, 자유에 대한 소망, 리더를 정점으로 한 헬라스인들의 결속력이 이들을 살려낸 것이다. 하지만 이들이 겪은 최대의 고통은 정작 적군보다 배고픔이었다. 고립된 적국에서 일만여 군사와 종군하는 노예나 수송수단인 가축의 일용양식을 대주는 곳은 어디에도 없었다. 수시로 굶기 일쑤였고 그나마 우호적인 마을을 만나면 시장을 통해 매입하여 조달했지만, 시장에서 구하지 못할 땐 약탈 이외에 다른 방도가 없었다.

늘 생존을 위한 제로섬 게임이 계속되었다. 따라서 식량과 전리품 획득과정은 적과의 협상이냐 정벌이냐의 냉혹한 결정을 요구했다. 이때마다 이들은 민주적 방식으로 전체 군사들의 다수결 의사에 따르거나, 다양한 신들에게 제물을 바치고 난 후 예언자가 전해주는 전조(前兆)의 길흉에 따라 군대의 진퇴를 결정했다.

헬라스 군의 생환에 가장 중요한 동력은 군사력과 지휘관의 리더십이었다. 헬라스 군의 전투력은 페르시아 군을 압도했다. 개개인의 전투 능력뿐만 아니라, 중무장 보병과 경무장 방패병, 투석병, 기병 등을 적절하게 혼합하여 활용하는 전술 운용도 뛰어났다.

또 생면부지 적국의 자연 지형과 습속, 성곽, 도시 및 촌락들의 환경에 대한 정보가 없는 상태에서 현지인을 포획, 활용하며 늘 창조적 전술을 고안하고 실행했다. 산악과 평야 지역, 성채 등에서 각기 다른 진법이나 공격술을 선보였고, 이는 헬라스 군의 현지 적응력과 총체적인 역량을 높여주었다.

퀴로스가 반란을 일으키기 오래전부터 헬라스인에게 다양한 사전 지원을 하면서 인간관계를 구축하며 유사시 원활한 모병을 위해 공을 들인 것도, 일만여 명에 불과한 헬라스 군을 자신의 십만여 명의 '야만인(페르시아 군)'보다 더 믿고 의지했던 것도 이런 이유 때문이었다.

실제 페르시아 대왕의 사십만 대군과 접전한 쿠낙사 전투에서 우익을 맡았던 헬라스 군만이 페르시아 군 좌익을 허물고 압도한 것이 이를 증명해 준다. 군대의 수에 비해 실제 전투력은 취약한 것으로 드러난 페르시아 군의 약점은 훗날 스파르타와 알렉산더의 페르시아 동방 원정에 영감을 준 것으로 알려진다. 헬라스 군의 생환기가 마케도니아의 왕 필리포스 2세와 알렉산더에게 페르시아 정벌에 자신감을 심어준 하나의 요소였음은 틀림없다.

한편 적국의 한복판에서 '일만 인'이 살아남을 수 있었던 데에는 페르시아 제국이 여러 부족에 의해 분권적으로 느슨하게 통치되고 있었기 때문이기도 하지만, '야만인'에 대한 헬라스인의 우월감, 굴종보다 자유를 존중하는 특유의 자부심도 한몫했다고 볼 수 있다.

이 책은 군인에게는 군대의 전투와 전술 운용 대목이 주목을 끌 것이다. 하지만 각 분야의 리더들에겐 조직관리 과정의 설득과 협상 전략에 대한 교훈을 더 많이 얻게 해준다. 다양한 분쟁이나, 의사 선택, 적군과의 협상의 시기에 장군과 병사들이 행한 수많은 연설과 주장들을 유심히 살펴보라. 무조건 상명하복의 요구가 아니라, 개인이 아닌 공동체를 위한 공명정대한 자세와 정확하고 합리적인 상황 판단에 의한 설득과 협상으로 이해관계자가 수용하게 만드는 리더십의 전형을 여실히 확인할 수 있을 것이다.

추천 고전

- 크세노폰, 《아나바시스》, 천병희 옮김, 단국대학교출판부(2001).

10

리더의 부재가 그리스 쇠망을 불렀다

크세노폰, 《헬레니카(Hellenika)》

한 나라의 흥망성쇠를 좌우하는 요인은 다양하다. 국방력, 경제력, 정치체제, 문화 역량, 국민정신, 어느 것 하나 중요하지 않은 것이 없다. 하지만 총체적 국력의 진퇴를 결정짓는 요인은 역시 건강한 국민정신을 이끌 걸출한 지도자의 존재다. 이 책은 페리클레스라는 탁월한 지도자를 잃은 아테네가 어떻게 분열과 반목 속에 쇠망해 갔는지, 그리스 세계가 만성적 내란으로 어떻게 자신들의 역량을 고갈시켜 갔는지를 잘 보여준다.

크세노폰(BC 430?~BC 355?)의 《헬레니카(Hellenika)》는 투키디데스(BC 460?~BC 400?)가 완성하지 못한 《펠로폰네소스 전쟁사》의 전쟁 말기인 기원전 411년부터 362년까지 49년간의 그리스의 역사를 담고 있다. 이 책은 소중한 사료이자 당대의 정치 경제적 상황을 현실감 있게 묘사한 고전이다. 크세노폰은 자신이 직접 참여하거나, 지인을 통해 들은 바를 일부는 연대순으로, 일부는 사건 중심으로 재구성했다.

스파르타를 중심으로 한 펠로폰네소스 동맹의 주도권 다툼은 정치 경제적 측면에서 치열하게 전개되었다. 동맹의 맹주 자리를 놓지 않으려는 두 패권 국가의 경쟁이 뜨거운 와중에, 그 틈새에서 균형자 역할을 해보려는 코린트의 부상과 제3의 패권 국가로 등장하려던 테베의 반스파르타 연합전선은 그리스 세계의 크고 작은 도시국가들의 합종연횡을 촉진했다. 게다가 페르시아는 그리스 세계의 혼란을 교묘하게 이용하여 때론 아테네, 때론 스파르타와 연합하여 자국과 인접한 소아시아 도시 국가들은 물론 그리스 본토 국가들 사이에 반목과 분열을 부추겼다.

그리스 세계의 혼란은 정치체제의 불안정에도 기인했다. 이미 한계를 드러낸 아테네식 민주정과 스파르타식 2인 왕정은 물론, 10~30명이 공동통치하는 과두정 등 어느 정체도 안정적으로 작동되지 못했다. 그 가운데 패권 국가는 동맹 국가에게 자신들이 선호하는 정파를 지원하는 과정에서 정치적, 외교적, 군사적 대립을 격화시켰다.

이런 상황에서 동맹은 국제적 평화보다 자국의 이익에 따라 언제든지 깰 수 있는 취약한 것이었다. 사정이 이러하니 정파적 이익에 따라 적국과 서슴없이 손을 잡는 정치인들의 배신은 일상화되었다. 스파르타 편에 서서 군사전략을 자문한 아테네 알키비아데스의 배신이 아테네의 패배를 재촉한 것이 대표적인 예다. 그나마 스파르타의 경우 리산드로스나 아게실라오스 같은 걸출한 인물이 군사적, 정치적 역량을 발휘해서 스파르타의 패권과 영향력을 유지할 수 있었다.

민중의 폭주로 무너진 민주주의

이 책이 주는 인상적인 교훈 몇 가지를 들어 보자. 기원전 406년 아테네 해군은 아르기누사이 해전에서 스파르타에 크게 승리했다. 아테네 함선은 25척이 파괴되고 스파르타 동맹군 함선은 69척 이상이 파괴되었다. 아테네 장군들은 남은 배 47척으로 전투 중에 난파한 배와 선원들을 구하러 나섰다. 그런데 바람이 심하게 불고 파도가 거세 앞길을 가로막았다. 마침내 선원들을 구하지 못하고 귀환했다.

그런데 아테네에서는 선동가 아르케데모스가 민회에서 선원을 구하지 못한 장군들을 모두 기소하고 엄벌해야 한다고 선동했다. 흥분한 민중은 한 사람씩 죄의 유무를 따지고 기소된 사람들의 해명을 듣는 법적 절차를 무시하고 기소된 사람을 모두 사형에 처해야 한다며 일괄 표결하고자 했다. 더구나 칼릭세노스는 기소된 장군 8명의 사형 여부를 한 번의 표결로 끝장내자고 선동했다.

때마침 그날은 소크라테스도 무작위 추첨으로 선임된 민회의 행정위원 가운데 한 사람이었다. 요즘 국회 상임위원회 위원처럼 행정위원들은 민회에 표결 안건을 상정하는 결정권을 갖고 있었다. 소크라테스는 불법적인 표결을 비난하고 동참하지 않겠다고 선언했다. 하지만 민중들의 험악한 분위기에 눌려 나머지 행정위원들은 표결에 찬성했다. 이때 에우립톨레모스는 기소된 장군들을 변호하며 재판의 불법성을 지적하는 연설을 했다.

"한 사람씩 따로 하루 동안 세 부분으로 나누어 재판합시다. 첫 번째는 여러분이 함께 모여 이들이 죄가 있나 없나를 판단하고, 두 번째는 그들에 대한 비난을 듣고, 세 번째는 그들의 해명을 들으십시오. 이렇게 하면 죄인은 큰 벌을 받을 것이고, 죄 없는 사람은 아테나이인 여러분에 의해 풀려나 억울하게 죽지 않을 것입니다."

사리가 분명한 에우립톨레모스의 연설도 격앙한 민중을 설득시키지 못했다. 결국 인민재판식의 일괄 판결로 달아난 2명을 뺀 6명의 무고한 장군들이 처형되었다. 아테네 역사에서 승리한 장군들이 어이없게 처형 당한 최초이자 유일한 사건이었다. 민주주의가 우민(愚民) 정치로 흐른 표본으로 기억할 만하다.

아테네인들은 얼마 되지 않아 자신들이 중대한 실수를 했다는 것을 깨달았다. 그제서야 당시 민중을 현혹한 사람들을 기소했다. 몇몇은 달아났고 한번 표결로 사형에 처하자고 선동한 칼릭세노스는 사람들의 미움을 받아 굶어 죽었다. 하지만 민중들의 오판을 이끈 선동가들과 부화뇌동한 민중들의 잘못된 표결로 무고하게 죽은 여섯 장군의 원혼은 안식할 수 있었을까?

다수 민중이 주인인 민주주의가 최악의 참주 정치로 돌변한 사례도 이 시기에 일어났다. 기원전 404년 아테네가 스파르타에 항복하자 스파르타의 뒷배를 과시하며 30인 과두정이 들어섰다. 2년이 채 안 되는 동안이었지만 30인 참주정의 통치는 잔혹했다. 수많은 무고한 시민을 혁명의 이름으로 죽였다. 정파적 이익에 매몰된 정치인들이 민중의 삶을 얼마나 피폐하게 만들고, 인간성을 파괴할 수 있는지 잘 보여준다.

하지만 시민의 생명과 재산을 마음대로 처분하던 과두파에 대항한 트라시불로스와 몇몇 지도자의 살신성인적 용기와 투쟁을 통해 민주정이 회복된다. 그 치열한 과정은 자유를 신앙처럼 숭상했던 아테네인들의 희미해져 가던 저력을 확인시켜준다.

분열과 갈등, 그리스의 쇠퇴

30인 참주정의 잔혹한 통치에 대한 아테네 시민들의 트라우마는 소크라테스의 죽음에도 영향을 미쳤다. 기원전 399년에 아테네 시민들은 소크라테스를 신을 믿지 않고 청년들을 현혹한다는 이유로 사형에 처했다. 아테네 시민들은 평소 민주주의의 폭정을 경계하고 비난한 소크라테스가 달가울 리 없었다. 게다가 여기에 30인 참주정의 주도세력이었던 크리티아스가 소크라테스의 제자였기 때문에 그에 대한 증오가 소크라테스에 대한 경계와 미움으로 전가된 측면도 있었다.

테베의 침략으로 스파르타가 멸망의 위기에 빠졌을 때, 아테네와 스파르타의 연합을 이끌어냈던 플레이우스인 프로클레스의 연설도 인상적이다. 오랫동안 앙숙이던 두 도시국가 사이의 연합은 누구도 가능하다고 여기지 않았었다. 하지만 프로클레스는 설득력 있는 연설로 이를 성사시켰다.

그는 먼저 스파르타와 아테네가 이민족 페르시아와 맞서 싸워 그리스 세계를 구한 혈맹임을 상기시킨다. 또 아테네가 궁지에 몰린 스파르타를 돕는다면 영원한 우방이 될 수 있다고 강조한다. 특히 아테네가 과거의 나쁜 일을 기억하지 말고 아테네가 받은 은혜를 은혜로 갚는 것이 올바른 처사라고 역설했다.

이 책은 그리스가 내부 갈등과 분열, 끊임없는 소모전으로 도시국가의 국력을 쇠잔시켜 마침내 마케도니아의 그리스 정복을 성공하게 만든 시대적 상황을 이해하게 해준다. 한편으론 도시국가 문화에서 헬레니즘 시대로 넘어가는 길목의 모습을 담고 있다.

그리스 세계의 약화와 해체과정도 잘 보여준다. 민주주의가 다수 민중의 폭정으로 흔들렸던 시기다. 자유 시민의 이념을 기초로 한 민주정치 체계의 이상은 민중의 포퓰리즘 속에서 사라져갔다. 시대의 융성기보다 오히려 시대의 쇠퇴기에 역사적 교훈을 얻을 것이 더 많다.

5세기 아테네 황금기의 민주주의는 참여와 절제가 조화를 이루었다. 그런 토대가 그리스 문명의 융성을 가져왔다. 하지만 펠로폰네소스 전쟁과 그 여파로 오랫동안 계속된 그리스 도시 국가 간의 내전은 민주주의의 이상을 앗아갔고 그리스 문명을 급격하게 쇠락시켰다.

크세노폰은 이런 그리스 문명 쇠락의 과정을 안타깝게 그려내고 있다. 또한 자신이 장군으로 군과 전투에 대한 이해가 높았던 만큼, 다양한 전투 상황을 잘 묘사하고 있다. 독자들이 그리스 도시 국가들의 생존을 위한 치열한 외교전에서 드러나는 설득의 전략, 숱한 전투에서 보여주는 지휘관의 용기와 리더십, 다양한 전투의 성공과 실패 사례를 통해 군사전략을 살필 수 있는 건 덤이다.

추천 고전

- 크세노폰, 《헬레니카》, 최자영 옮김, 아카넷(2012).

11

이상적 정치가의 조건

플라톤, 《정치가》

플라톤(BC 427~BC 347)의 대화편 중 《소피스트》와 《정치가》, 《국가》에서는 정치가와 철학자, 유사 철학자의 특징과 역할이 여러 방식으로 기술되고 논의된다. 《소피스트》가 철학자인 체하는 소피스트의 정체를 집요하게 밝혀내고 있다면, 《정치가》에서는 참된 정치가의 기능이 어떠해야 하는지, 즉 참된 치자(治者, politikos)의 본 모습을 규명하고 있다. 여기서 도출되는 '왕도적 치자(basilikos)'는 《국가》에서 논의되는 철인왕에 다름아니다. 이런 통치자관은 아리스토텔레스의 《정치학》에서 '이상국가'의 주체에게도 상당 부분 투영된다.

플라톤은 《정치가》에서 바람직한 정치가의 기능과 기준을 드러내기 위해 상당한 분량의 변증술로 논의를 이끈다. 플라톤의 대화편 읽기는 이래서 인내심이 요구된다. 특정 개념을 도출하기까지

'그것이 무엇인지' 집요하게 묻고 대답하는 문답법(dialektike)를 통해 조금씩 그 개념을 드러내기 때문이다.

하나로 된 커다란 바위를 정으로 끊임없이 쪼아가면서 그 속에 확고하게 내재해 있던 개념의 상을 밖으로 꺼내는 작업 같기도 하다. 마치 미켈란젤로의 조각 작품이 돌 속에 갇힌 온전한 형체를 드러내기 위해 불필요한 군더더기를 덜어내는 작업의 과정에서 탄생했듯이 말이다. 소크라테스의 문답법을 산파술(産婆術)이라고 한 이유도 여기에 있다.

이 대화편이 이런 문답법의 대표적 예를 보여준다. 최종적으로 도출한 명제는 간명하다. 하지만 이를 도출하기까지의 치열한 논증의 문답이 바로 지혜를 찾는 과정 그 자체로서 더욱 중요하다. 독자들이 이러한 과정에 몰입하지 못하고 막바지에 도출되는 몇 가지 당연하게 여겨지는 명제에만 집중하면 이는 플라톤의 표면적 이해에 그치게 되기 쉽다.

지혜를 갖춘 '왕도적 치자'는 없을까?

플라톤은 이 책에서 변증술의 절차들을 구체적으로 수행하면서 통치자의 기능이 무엇인지 논리정연하게 보여주고 있다. 여기서 사용되는 변증술의 핵심 방법은 '나눔'이다. 바로 통치술을 동물의 양육술과 인간양육술의 이분법적 나눔을 통해 인간양육술의 일종으로 파악해내는 방식이다. 플라톤이 전술, 재판술, 수사술로부터 치술(治術)을 구분해내는 것도 같은 이치다. 전술, 재판술, 수사술이 왕도적 치술을 행사할 수 있는 보조적, 기여적 원인(synaitia)이지만, 그 자체가 왕도적 치술의 핵심적, 근본적 원인은 아니다. 플라톤은 화자들의 대화를 통해 이러한 개념들의 차이점과 유사점을 설명한다.

플라톤이 제시하는 최선의 통치는 법률에 의한 통치가 아니다. 사실 이는 차선의 통치이다. 최선의 통치는 지혜를 갖춘 '왕도적 치자'에 의한 통치다. 인간 통치와 관련된 완전한 지식을 갖춘 자만이 왕도적 치술을 행할 수 있다. 하지만 이런 '왕도적 치자'는 현실적인 정치가의 모습이 아니라 원론적인 의미에서의 통치자다. 현실에 존재하기 어렵지만 이상적 지향으로 삼아야 한다는 뜻이다. 그렇다고 이때의 왕도적 통치가 법 위의 통치를 의미하는 것은 아니다. 법률의 공백을 보충해주는 초월적 위치의 통치에 가깝다.

참된 왕도적 치술이 요구되는 이유는 간단하다. 국가의 법률은 인간 사회 개개인의 모든 상황에 적합한 적용을 그때그때 제시해주지 못한다. 즉 법률은 보편적 상황을 전제하여 입법되는 것이므로, 변화하는 상황에 놓인 개개인에게 적합한 적용을 위해서는 법률이 미처 제시하지 못하는 부분에 대한 통찰적 적용이 필요하기 때문이다. 탁월함(arete)과 지식을 갖춘 통치자는 가장 올바른 것을 지성(nous)과 기술을 통해 국가 안의 모든 이들에게 적정한 보살핌을 베풀 수 있게 된다.

플라톤은 왕도적 통치술의 핵심 기능을 옷감의 직조술에 비유한다. 씨실과 날실을 알맞게 엮어 짬으로써 훌륭한 모직 옷감이라는 직물을 만들듯 훌륭한 통치술은 지식과 기술의 적정한 교합이 이루어질 때 제대로 발휘된다. 왕도적 통치는 판단술이며, 일종의 지식(episteme)이여야 한다. 인간의 통치와 관련된 이러한 기준으로서의 지식은 지혜(phronesis)로부터 나오는 것이다. 지혜를 갖춘 통치자만이 법률이나 관습의 공백을 뛰어넘는 통치를 할 수 있다는 것이다.

따라서 법률이 없이도 다스릴 수 있는 왕도적 치자의 전제 조건은 최선의 것과 가장 올바른 것을 정확히 판별해서 모든 이들에게 이로운 결정을 해줄 수 있는 지혜를 갖춰야 한다는 의미다. 이런 '지성과 기술을 겸비한' '국가의 바른 경영의 가장 참다운 기준'을 갖춘 정치가가 현실에서 존재할 수 있을까?

무절제한 민주주의에 정치가의 용기와 절제가 필요

플라톤은 이런 최선의 정치가를 기대했지만, 그 역시 현실적으로 이런 철인 정치가의 출현이 어렵다고 보고 '차선의 방법(deuteros plous)'으로서 성문화된 법률을 구상한 것이 아닐까? 왜냐하면 지혜를 갖추지 못한 사람이 마치 지식이 있는 사람인 양 성문법을 어겨서까지 자신만의 관점에서 나온 최선을 행하겠다고 요구한다면, 이는 잘못된 요구에 사로잡힌 '참주(tyrannos)'에 불과하기 때문이다. 이런 참주는 법률을 벗어날 때 엄청난 해악을 만들어낸다.

이는 '왕도적 치자'와 유사 '왕도적 치자'가 만들어 낼 수 있는 결과의 극명한 차이다. '왕도적 치자' 자체가 내포하고 있는 위험성을 잘 보여준다.

플라톤의 왕도적 치자에게 어울리는 정체(政體)는 무엇일까? 왕도적 치자가 곧 군주를 말하는 것은 아니다. 다만 군주정, 귀족정 등 소수가 지배하는 정체에서 왕도적 치술이 더 용이하다고 본다. 민주정체의 경우 이성과 지혜보다 데마고그(demagogue, 선동가)의 선동에 휩쓸릴 개연성이 크기 때문이다.

소크라테스에게 죽음의 판결을 내린 것도 시민의 직접 평결이었다. 플라톤은 집단적 이기와 오류를 낳던 아테네 직접민주주의의 폐단에 대해 절감하고 있었다. 플라톤이 "모든 것이 무절제한 것들일 경우 민주제에서 사는 것이 일등감이지만, 모든 것이 질서정연할 때는 우리는 이 정체에서 가장 살아서는 안된다"고 말하는 것도 같은 맥락이다. 그가 왕도적 치자를 절실하게 희구한 배경이 아닐까.

왕도적 치자에겐 용기(andreia)와 절제(sophrosyne)가 씨실과 날실처럼 결합되어야 한다. 플라톤은 이런 완벽한 정치가가 있다면 일인 통치일지라도 최선의 정체가 될 수도 있다고 본다. 물론 플라톤이 도출해낸 정치가의 기능과 자격은 현실적으로 완벽하게 구비하기가 쉽지 않다. 정치가가 사회에서 제 역할을 해내지 못하고 국민의 불신과 조롱을 받는 것도 정치가의 본질적 기능인 통치술을 제대로 갖추지 못했기 때문이 아닌가. 최선의 통치를 해낼 수 있는 정치가가 되기 위해 지혜와 덕을 쌓아야 할 이유가 여기에 있다.

추천 고전

• 플라톤, 《정치가》, 김태경 옮김, 한길사(2011, 5쇄).

12

죽음 앞에서도 시민을 일깨운 소크라테스

플라톤, 《소크라테스의 변론》

예수를 논외로 친다면 한 인간의 죽음에 대하여 가장 오랜 세월 많은 이들에게 논란의 대상이 되어온 인물은 단연코 소크라테스일 것이다. 기원전 399년 그의 죽음에 대해 정치적, 철학적, 사회적 의미를 다양하게 불러일으킨 이는 소크라테스의 수제자였던 플라톤(BC 427~BC 347)이다. 그는 스승의 억울한 죽음을 신원(伸冤)하고자 대화편 《소크라테스의 변론(Apologia Sokratuos)》을 남겼다. 이 작품에서 소크라테스가 행한 변론의 다양한 주제는 두고두고 다양한 해석의 원천이 되고 있다.

이 작품은 소크라테스에게 사형을 선고하게 되는 아테네 시민 법정에서 소크라테스가 항변하는 내용이 담겼다. 이 작품은 우리나라에서는 오래전에 중역본(重譯本)으로 나온 《소크라테스의 변명》으로 널리 알려졌다. 그런데 '아폴로기아(Apologia)'를 번역한 우리말을 두고 어떤 용어가 적절한지 견해들이 엇갈리고 있다.

오랫동안 써온 '변명(辨明)'이 적절하다고 보는 사람들은 아직도 그 용어를 고수하고 있다. 하지만 천병희 번역의 경우 '변론(辯論)'으로 고쳐 썼다. '변명'이 적절하다고 구구하게 설명하는 이도 있지만 '변론'으로 새기는 것이 더 적실하지 않나 싶다. 내용과 의도가 어찌 되었든 이 글은 엄연히 피고로 선 소크라테스의 항변이기 때문이다.

소크라테스가 청년들을 타락시켰다고?

멜레토스, 아뉘토스, 뤼콘 세 사람은 소크라테스를 시민법정에 고발했다. 그런데 기소의 전문, 즉 고발자의 고발이유는 이 작품에서 기술되지 않았다. 그래서 소크라테스의 항변 속에서 기소 이유를 미루어 파악할 수 있을 뿐이다. 핵심적인 기소 이유는 두 가지다. "소크라테스는 젊은이들을 타락시키고, 국가가 인정하는 신들을 인정하는 대신 다른 새로운 신들을 믿음으로써 불법을 저지르고 있다"는 것이다.

소크라테스는 원고인 멜레토스와의 문답을 통해 그의 기소 이유가 부당함을 입증하고 있다. 첫 번째 기소 이유에 대한 항변을 들어 보자. 소크라테스가 국가의 신들을 인정하지 않는다는 주장에는 소크라테스가 아낙사고라스 류의 자연학자들과 비슷한 주장을 하거나, 한때 소크라테스가 자연학에 빠졌던 정황에 대한 시민들의 의심에서 비롯된 것 같다. 당시 아테네 시민들은 태양신으로 신성하게 여겨진 해를 '불타는 돌덩어리'로, 달을 흙덩어리라고 주장하는 자연학자들에 대해 적대감을 품고 있었다.

그러니 젊었을 한때 자연학에 심취했던 소크라테스에게도 아테네 시민들이 경계심을 품고 있었던 점은 자연스러운 일로 보인다. 당시 희극작가 아리스토파네스가 작품 《구름》을 통해 소크라테스의 이런 자연관을 신랄하게 비판한 것도 대중의 정서를 반영한 것이었다고 볼 수 있다. 대중의 눈으로는 아낙사고라스 식의 자연관은 아테네인들이 굳게 믿는 신을 부정하는 것으로 보였을 터였다.

하지만 소크라테스는 "내가 초인간적인 것을 믿는다면, 내가 초인간적인 존재도 믿는다는 것은 당연한 결론"이라며, 초인간적인 존재는 곧 신 또는 신의 자식인 만큼 자신이 신을 믿지 않는다는 죄목은 성립되지 않는다고 항변했다. 그는 "나 자신과 남들을 탐구하며 철학자의 삶을 살도록" 신께서 정해주었고, 이를 확신하는 만큼 자신이 신들의 존재를 믿지 않는다면 그것이야말로 자기모순에 빠지는 일이라고 강조했다. 소크라테스는 그러한 신에게 절대 복종하는 삶을 살아가는 자신이 어떻게 신을 부정하는 사람일 수 있느냐고 반문한 것이다.

소크라테스 좌상. 아테네 국립 아카데미 앞에 있다.

젊은이들을 타락시킨다는 두 번째 죄목 역시 소크라테스는 전혀 수용하지 않았다. 오히려 그의 반발은 한발 더 나아간다. 설령 아테네 시민들이 자신이 철학으로 소일하면서 시민들에게 쉼 없이 조언하고 지적하는 일을 그만두라고 명령하여도 자신은 결코 그런 삶의 방식을 바꿀 수 없다고 못 박는다.

소크라테스는 당시 지혜롭다고 자부하는 정치인, 지식인들을 찾아가 집요하게 질문을 던지며, 그들이 실은 지혜롭지 않다는 것을 입증했다. 그가 그렇게 사람들에게 캐묻는 것을 듣고 좋아한 청년들은 소크라테스를 흉내 내어 다른 사람들에게 캐묻고 다녔다. 같은 방식으로 청년들에게 논리적 봉변을 당한 사람들이 소크라테스를 원망하게 된 것도 그 때문이리라. 아테네 시민들이 소크라테스가 청년들을 타락시킨다고 여긴 것도 기성세대들의 위신을 깎아내리는 청년들의 도발적 행태들이 소크라테스의 영향을 받아 생겨나고 있다고 믿었기 때문일 것이다.

그럼에도 시민들은 소크라테스가 밉기는 했지만 애초에 그를 죽이려고 한 것은 아니었던 것 같다. 법정에 세워 추궁하면 소크라테스가 물러설 것으로 기대했는지도 모른다. 하지만 소크라테스는 자신은 '신이 보낸 등에'라면서 시민들의 그릇된 행태를 지적하는 일을 멈출 수 없다고 항변했다.

그동안 소크라테스는 끊임없이 아테네 시민들에게 요구해왔다.

"부와 명예와 명성은 되도록 많이 획득하려고 안달하면서도 지혜와 진리와 당신 혼의 최선의 상태에 대해서는 관심도 없고 생각조차 하지 않다니 부끄럽지 않소?"

"재산에서는 미덕이 생기지 않지만, 미덕에서는 재산과 그 밖에 개인이든 국가든 사람에게 좋은 모든 것이 생겨납니다."

소크라테스는 이렇게 시민들에게 끊임없이 조언하는 것이 신이 자신에게 내린 소명이라고 주장했다. 소크라테스는 행동이 굼떠 자극이 필요한 말에게 '등에'가 배정되듯, 신이 자신을 아테네 시민들을 일깨우고 설득하고 꾸짖으라고 등에 역할을 부여했다는 것이다. 그는 언제 어디서든 만나는 아테네인들을 일깨우는 등에 역할을 해온 만큼 청년들을 타락시킨다는 죄목은 얼토당토않은 일이므로 무죄 방면되어야 마땅하다고 역설했다.

소크라테스는 멜레토스 등이 기소한 죄목을 하나도 인정하지 않은 셈이다. 그렇지만 배심원인 아테네 시민들은 소크라테스의 주장에 설득되지 않았다. 사실 아테네 시민들에게 두 가지 기소 죄목 그 자체는 명목상의 이유였을 뿐, 기실 소크라테스의 집요한 '지적질'에 진력을 내고 있었던 것 같다.

이런 사회적 분위기 속에서 기소된 마당에 이르러서도 소크라테스는 시민들에게 선처를 구하기는커녕 '신이 보낸 등에' 운운하며 시민들을 추궁하는 자신의 행위를 멈추지 않겠다고 단언했다. 게다가 그런 자신을 죽이면 앞으로 대신할 사람을 찾기가 쉽지 않을 것이라는 배짱 발언까지 하니 배심원인 아테네 시민들의 심사가 뒤틀렸을 만하다.

소크라테스와 시민들의 불화는 정점을 향해 치달았다. 1차 표결에서 이미 유죄판결이 났다. 소크라테스가 30표만 방향을 바꾸었으면 무죄 방면되었을 것 같다고 말하는 것으로 보아, 아마 배심원 수가 501명이었다면 득표수는 유죄 280 대 무죄 221이었을 것이다. 무죄를 인정한 사람이 221명이었다면 아주 희망이 없었던 것은 아니다. 이 정도의 분위기였다면 소크라테스가 사형까지는 판결받지 않을 수도 있었을 것이다.

만약 피고가 배심원들에게 형벌의 수준을 제안하는 단계에서 소크라테스가 배심원들에게 읍소하였다면 사형은 면할 수 있었을지도 모른다. 그런데 소크라테스는 형량을 결정하는 2차 재판에서 오히려 죽음을 더욱 자초하는 발언으로 배심원들을 자극했던 것 같다.

소크라테스는 3인이 합세하여 자신을 고소한 만큼 멜레토스 한 사람을 놓고 본다면, 투표수의 5분의 1을 획득하지 못한(만약 유죄 찬성자를 280명으로 볼 때, 이를 고소인 3인으로 나누면 93명이 되므로 배심원 501명의 5분의 1에 미치지 못한다) 멜레토스는 무고죄로 1천 드라크메의 벌금을 물어야 하며, 나아가 그를 사형에 처할 것을 거꾸로 제의했던 것이다.

반면에 소크라테스 자신에 대해서는 "지금까지 나를 모함하는 사람들이 내 제자라고 말하는 사람들을 포함해서 어느 누구를 위해서도 정의에 반하는 행위를 용인한 적이 없으며", 시민들을 일깨우는 일을 그치지 않은 만큼 죄가 아니라 외려 시청사 무료 식사 제공의 영예를 받아야 마땅하다고 말했다.

그는 시민들이 자신이 "대화로 소일하는 것을 참다못해 부담스러워하고 싫어한다는 것을" 잘 알지만, "날마다 대화하는 것이야말로 인간에게 최고선이며, 캐묻지 않는 삶은 인간에게는 살 가치가 없다"고 역설했다.

소크라테스는 시민들이 결코 자신을 침묵시킬 수 없다며 한 치도 물러서지 않았던 것이다. 이는 자신의 목숨이 달린 재판에서 필요한, 배심원의 동정과 연민을 불러 일으킬만한 설득의 언변과는 너무나 거리가 멀었다. 그는 시민들이 듣고 싶었을 말을 하지 못했다. 아니 오히려 자신의 소신을 접고 시민들의 마음에 드는 말을 하지 않으려고 의도적으로 회피했다.

또 소크라테스는 자신에게 마땅한 형벌로 아주 적은 액수의 벌금형을 제시했다. 그러자 소크라테스의 이런 제안이 배심원들을 비웃는 것처럼 여겨질까 두려워한 제자와 친구들의 보증과 강권에 못 이겨 소크라테스는 30드라크메의 벌금형으로 수정 제안했다. 그러나 이미 대세는 기울었다. 아테네 시민들은 '신이 보낸 등에'를 자부해 온 고집불통 소크라테스를 더이상 견뎌낼 자신이 없었던 듯하다. 2차 표결에서 배심원들은 소크라테스에게 사형을 판결했다.

소크라테스는 사형을 판결받은 후 최후 변론에서도 자신의 소신을 굽히지 않았다. 그는 아테네 시민들이 "우리 도시를 헐뜯으려는 자들한테서 현자 소크라테스를 죽였다는 악명과 비난을 듣게 될 것"이라고 말했다.

그는 자신이 유죄판결을 받은 것이 자신이 시민들이 가장 듣고 싶었을 말투로 변론하지 못했기 때문이지만, 그렇게 변론한 것을 후회하지 않는다고 말했다.

"죽음을 피하는 것이 어려운 것이 아니라, 비열함을 피하는 것이 훨씬 더 어렵습니다. 죽음보다 비열함이 더 발이 빠르기 때문입니다."

그는 자신은 사형선고를 받고 법정을 떠나지만, 고소인들은 "진리에 의해 사악하고 불의한 자들이라는 판결을 받고 떠날 것"이라고 말했다. 소크라테스는 배심원들에게 가혹한 예언을 덧붙였다. "여러분이 나를 죽이면 여러분의 생활방식이 비판의 대상이 되는 것을 피할 수 있으리라고 믿었기 때문"이겠지만, 결과는 그와 정반대가 될 것이라고. 자신을 죽인 것보다 아테네 시민들이 더 가혹한 처벌을 받게 될 것이며, 자신을 죽임으로써 비판에서 해방되려고 하기보다 "되도록 훌륭한 사람이 되려고 스스로 노력"하는 것이 더 나을 것이라고.

소크라테스는 코앞으로 닥친 죽음을 전혀 두려워하지 않았다. 그는 죽음은 일종의 소멸이자 변화이므로 이승에서 저승으로 이주하는 것일 뿐이라고 담담하게 말했다. 그는 저승에 가서 미노스와 아이아코스와 같은 진정한 판관들, 호메로스와 헤시오도스 등 최고의 시인들, 그리고 팔라메데스나 아이아스 등 부당한 판결로 죽은 영웅들을 만나 자신의 경험담을 즐겁게 나눌 수 있게 될 것으로 기대했다.

소크라테스는 죽음의 판결도 어떤 필연에 의해 일어난 일이라고 믿었고, 죽음이 노고에서 벗어나게 하는 일이라고 확신했다. 늘 자신이 무엇인가 하지 말아야 할 일들에 대해 신호를 보내주곤 했다던 내면의 신 다이모니온(daimonion)이 자신을 말리지 않았던 것도 그 때문일 것이라고 여겼다.

소크라테스는 그렇게 자신의 죽음을 받아들였다. 자신의 죽음이 어떤 의미인지 되짚어 보라는 말을 남기고.

"나는 죽으러 가고, 여러분은 살러 갈 것입니다. 그러나 우리 중에서 어느 쪽이 더 나은 운명을 향해 가는지는, 신 말고는 아무도 모릅니다."

소크라테스의 예언은 들어맞았다. 그의 사후에 현인을 죽음으로 몰아붙인 아테네 시민들은 두고두고 역사의 심판을 받았고, 반면에 소크라테스의 철학은 영생하게 되었다. 소크라테스는 분명 사형을 당할 만큼 중죄를 지었던 것이 아님은 분명하다. 당시 배심원이던 아테네 시민들이 민주주의의 방종의 한 예로 질타받는 것도 그 때문일 것이다. 당시 아테네인들에게 소크라테스의 죽음은 과연 어떤 의미를 가졌을까.

먼저 정치적 측면에서 보자. 펠로폰네소스 전쟁(기원전 431~404년)에서 아테네는 스파르타에 항복하고 만다. 그 여파로 아테네의 민주정은 전복되고, 친스파르타 세력에 의한 과두정이 들어선다.

30인 참주정은 민주파 지도자는 물론 아테네 시민 1,500여명을 살해하고 재산을 몰수하는 등 혹독한 독재정치를 폈다.

특히 참주정의 주요 지도자 가운데 예전에 소크라테스의 가르침을 받았던 크리티아스가 있었다. 물론 소크라테스가 제자 크리티아스를 부추기지도 않았고, 참주정을 옹호하지도 않았지만 아테네 시민들은 참주정에 대한 원망의 기억을 소크라테스에게도 투사한 측면이 있었다고 보인다. 소크라테스가 평소 아테네 민주정을 타락한 중우정치(衆愚政治)라며 강하게 비판해왔기 때문에 더욱 그러했을 것이다.

또 한때 아테네의 최고 미남 스타이기도 했던 알키비아데스의 반역행위도 소크라테스에게 불리하게 작용했을 듯싶다. 그는 젊을 때 소크라테스의 사랑을 받던 제자였다. 알키비아데스는 성장하여 군사 지휘관으로 이름을 날렸지만, 시칠리아 원정(기원전 415~413)을 부추겼다가 아테네의 군사 7천여 명이 몰살당하는 참변에 관계가 깊었다. 이후 그는 아테네를 배신하여 스파르타 편에서 아테네와 맞서 싸우기도 하는 등 오락가락했던 인물이다. 그 역시 소크라테스를 심판하던 배심원들의 뇌리에 부정적 이미지로 스쳤을 가능성도 있다.

소크라테스의 제자들이 저지른 이런저런 사건들은 직접적으로 소크라테스와 관련이 없었지만 아테네 민주정에 반하는 일들이었고, 이는 소크라테스의 재판에 부정적 영향을 주었을 것이다. 걸출한 민주 지도자 페리클레스(BC 495?~BC 429)를 잃고 나서 가뜩이나 선동적 정치가들로 인해 타락해가던 아테네 민주정은 소크라테스의 비판을 견뎌낼 만한 내성을 잃어가고 있었던 것 같다.

소크라테스 죽음의 의미를 철학적·사회적 차원에서도 살펴볼 수 있다. 기원전 5세기 후반은 펠로폰네소스 전쟁의 여파로 민생이 피폐해지고 화려했던 문화 역량도 퇴조하면서, 올림포스 신들에 대한 믿음이 흔들리기 시작했다. 여기에는 자연철학자들의 영향도 적지 않았다. 천둥과 벼락이 제우스의 주재가 아니라 자연현상의 일부라는 자연철학자들의 주장은 그리스인들의 신앙체계를 뿌리부터 흔들 수 있는 위험한 사상으로 여겨졌을 것이다.

아테네 시민들은 소크라테스가 자연철학을 탐구하고 그에 동조한다고 믿었던 것 같다. 그러니 그가 신을 부정하고 있다고 여겼던 것이다. 아테네인들은 사회불안을 야기할 수 있는 이러한 풍조가 만연되는 걸 우려했을 것이고, 그 연장선에서 소크라테스와 같은 철학자들의 활동이 마뜩잖았을 것이다. 이 또한 소크라테스의 재판에 부정적인 영향을 미친 요소 가운데 하나였다.

아무튼 소크라테스는 당시 아테네인들에게는 더이상 용인할 수 없는 사람으로 비추어졌던 듯싶다. 페리클레스가 활약한 기원전 5세기 중엽만 해도 아테네 민주정은 어느 정도 민중의 오판과 폭주가 제지되었고, 대중의 욕구도 어느 정도 절제될 수 있었다. 그런 기초 위에 언론 자유가 만개했다. 주요 정치지도자나 철학자들이 희극에서 신랄하게 비판받을 정도였다. 그때만 해도 소크라테스의 따가운 비판과 조언도 넉넉히 수용될 수 있었다. 하지만 오랜 전쟁으로 경제가 파탄 나고 아테네의 자유 정신이 퇴조하면서, 심리적으로 좌절감에 사로잡혔던 아테네인들에게 저주의 희생양이 필요했었는지도 모른다. 때마침 그들 앞에 소크라테스가 있었을 뿐이다.

《소크라테스의 변론》은 소크라테스가 활약한 기원전 5세기의 아테네의 정치사회상을 추정해 볼 수 있고, 소크라테스의 철학적 관점과 인간성을 살필 수 있다는 점에서 거듭거듭 읽어보아야 할 고전 중의 고전이다.

추천 고전

- 플라톤, 《소크라테스의 변론》, 천병희 옮김, 숲(2012).

소크라테스 두상, 런던 대영박물관.

13

악법도 법이다?

플라톤, 《크리톤(Criton)》

기원전 399년 소크라테스는 아테네 시민 법정에서 사형판결을 받고 감옥에 투옥되었다. 독약을 마시고 죽을 날을 기다리던 소크라테스에게 죽마고우와 제자들은 탈옥을 강력히 권유했다. 소크라테스를 억울하게 죽게 내버려 둘 수는 없었기 때문이다. 하지만 소크라테스는 이들의 권유를 단호히 뿌리쳤다. 그 역시 아테네 법정의 판결을 부당하다고 여겼지만 그 결정을 거부하지는 않았다. 플라톤은 이 경과를 대화편 《크리톤》에 담아 후세에 전했다.

아테네 법정의 사형판결을 소크라테스가 담담히 수용한 데에서 소크라테스 하면, '악법도 법이다(Dura lex, sed lex)'라는 말이 연상된다. 그가 했다고 알려진 말이다. 하지만 소크라테스는 그런 말을 직접 한 적은 없다. 그런데 왜 그가 한 말처럼 널리 유포되어 있을까.

이 말은 직역하면 '법은 엄하지만 그래도 법이다'라는 뜻이다.

더군다나 실제로 이 말을 한 사람은 로마의 법학자인 도미티우스 울피아누스(Domitius Ulpianus)로 알려진다. 중고교의 교과서에 준법의 사례로 인용되던 이 어구는 2004년에 헌법재판소의 수정요청에 따라 삭제되는 해프닝도 있었다. 물론 '악법도 법이다'라는 말을 소크라테스가 직접 했느냐 하지 않았느냐가 중요한 것은 아니다. 플라톤(BC 427~BC 347)의 대화편 《크리톤(Criton)》에 나타난 소크라테스의 신념과 철학이 주는 연상은 '악법도 법이다'라는 말로 함축되기에 전혀 부족함이 없다. 그가 국법의 중요성을 갈파한 취지는 변함이 없기 때문이다.

살리려는 사람, 죽으려는 사람

작품 내용을 살펴보자. 소크라테스가 사형판결을 받고 집행을 기다리는 한 달여 동안 그의 어릴 적부터의 친구인 크리톤은 탈옥을 권유한다. 그러나 소크라테스는 판결을 준수하지 않으면 안 되는 이유를 친구에게 조목조목 설파하며 탈옥을 거부했다. 그 내용을 담은 이 책 《크리톤》은 플라톤이 쓴 소크라테스의 4대 복음서(소크라테스의 변론, 향연, 크리톤, 파이돈) 중에서 가장 짧은 분량이다.

크리톤은 소크라테스의 재판에 출석해서 그에게 벌금형을 제안하도록 권한 사람이기도 하다. 그는 어떻게든 억울하게 죽어야 하는 소크라테스를 살려내려고 애쓴 절친이었다. 크리톤은 소크라테스의 탈옥을 위해 많은 사람이 돈을 대려고 하고 있고, 텟살리아로 가면 자신의 친구들이 그를 보호해 줄 거라고 안심시키며 탈옥을 종용한다. 심지어 고아나 다름없이 될 자녀들에 대한 책임성을 강조하며 소크라테스의 부성애를 자극하기도 한다.

크리톤은 대중에게 모함당하는 것이 크나큰 해악을 입는다는 것임을 소크라테스의 예가 극명하게 보여준다고 생각했다. 그는 아테네 시민들이 소크라테스를 죽음으로 모는 것 자체를 최대의 해악이라고 여겼다. 하지만 소크라테스의 생각은 달랐다. 그는 민중이 그저 그때그때 되는 대로 할 뿐 최대의 해악도 최대의 선도 행할 수 없다고 보았다. 그런 만큼 그는 대중의 의견과 평판에 전혀 신경 쓰지 않았다. 기본적으로 소크라테스는 민중의 지혜를 믿지 않았다. 그는 전문 지식이 없는 사람들의 의견을 따르면 우리의 삶이 더욱 망가질 여지가 있다고 보았다. 그가 민중의 지혜로움에 의문을 가졌던 이유다. "불의한 행위로 탈이 나고 정의로운 행위로 덕을 보는 그 부분이 망가졌다면 우리의 삶은 살만한 가치가 있을까?" 소크라테스는 중우(衆愚)의 해악을 꿰뚫어 보고 있었다. 그는 민중의 의견과 판단에 휩쓸리는 것이 아니라 자신의 지혜를 행위의 척도로 삼을 뿐이었다.

국법 준수는 정의의 문제

소크라테스는 탈옥을 통해 삶을 이어가길 추구하지 않았다. "가장 중요한 것은 사는 것이 아니라 잘 사는 것"이라는 확고한 믿음에 기초해서다. "잘 사는 것은 아름답고 올바르게 사는 것과 같은 것"이라는 판단도 그래서 단단해진다. 자신이 죽게 되면 남은 자식들의 양육 문제 또한 소크라테스에게는 탈옥해서라도 감당해야 할 책임으로까지 여겨지지 않았다.

소크라테스는 죽음을 기꺼이 받아들여야 한다는 주장을 굽히지 않는다. 오히려 그는 크리톤에게 국가와 국법에 대한 자신의 철학을 거침없이 설파한다. 여러 주장을 크게 분류해 보면 네 가지로 요약된다.

첫째, 남으로부터 어떤 해악을 당하더라도 악으로 갚아서는 안 되고 피해를 주어도 안 된다는 것이다. 소크라테스는 "불의한 짓을 저지르는 것도, 불의한 짓을 앙갚음하는 것도, 해를 입은 사람이 앙갚음으로 자기를 지키는 것도 결코 옳지 못하다"고 주장한다.

소크라테스는 자신을 고발한 멜레토스에게도 사적인 원한을 앙갚음할 어떤 뜻도 비치지 않는다. 이런 맥락에서 오히려 그는 자신의 탈옥이 친구와 주변 사람들에게 해를 끼치게 될 것을 더 염려했다. 참 지혜를 추구하기 위해 세상과 불화한 완고한 그였지만 주변을 배려하는 소박한 인간애는 여느 사람들과 다름없었다.

둘째, 소크라테스는 만일 국법이 "한 나라에서 일단 내려진 판결이 아무 효력도 거두지 못하고 한 개인의 임의대로 무효가 되고 파괴될 경우, 그 나라가 전복되지 않고 존속할 수 있다고 생각하는가?" 라고 묻는다면, 어떻게 응답할 것인가 자문한다. 그는 나라가 자신을 무고하여 올바른 판결을 내리지 않았다고 국민의 생존과 양육, 교육의 바탕이 된 법률을 거역할 수 없다며 판결 준수의 당위성을 강조한다.

소크라테스는 조국을 파멸시키지 않기 위해 시민이 갖춰야 할 자세를 힘주어 말한다.

"조국이 노여워하면 그대 아버지가 노여워할 때보다 더 두려워하는 마음으로 더 공손하게 그대가 달래야 한다는 것도 모르는가? 그리고 그대는 조국을 설득하거나 조국이 시키는 것이면 무엇이든 해야 하며, 조국이 내리는 벌은 태형이든 투옥이든 묵묵히 참고 견뎌야 하네."

"어머니나 아버지에게 폭력을 행사하는 것이 불경한 짓이라면, 조국에 폭력을 행사하는 것은 훨씬 더 불경한 짓이라네."

셋째, 소크라테스는 국민들은 국가가 마음에 들지 않으면, 외국 등 어느 곳으로도 갈 수 있지만, 조국에 머물러 있는 한 국가가 명하는 것을 따라야 한다며 국민 복종의 의무를 강조한다. 특히 자신이 사형 대신 국외추방을 요구하지 않았던 건 스스로 사형판결을 받아들인 것이므로 이제 와서 파렴치하게 탈출하여 국법을 파괴할 수는 없다고 역설한다.

소크라테스는 누가 "우리의 재판 체계와 그 밖의 국정운영 방식을 보고도 이곳에 머무른다면, 우리는 그가 우리의 어떤 명령에도 복종하기로 사실상 합의한 것"을 의미한다고 규정한다. 따라서 "누구든 (자기가 머무는 조국에) 복종하지 않는 자는 삼중으로 불의한 짓을 저지르는 것"이라고 말한다. "복종하겠다고 합의하고 복종하지도 않고 우리에게 잘못이 있다면 그것을 고치도록 우리를 설득하려고도 하지 않기" 때문이라는 것이다.

소크라테스는 개인과 국가의 관계를 합의와 복종의 관계로 파악했다. 이런 주장의 취지는 문헌에 나타나는 인류 최초의 사회계약설로 볼 수 있다. 이런 관점을 가진 그였기에 탈옥을 "시민으로서의 모든 활동에서 우리의 국법을 준수하기로 합의해놓고 계약조건과 합의사항을 어기고 도주하려고 기도"하는 것으로 여기고 거부한 것이다.

소크라테스는 크리톤에게 자신이 만약 탈옥해서 다른 나라로 도주한다면, 그곳의 애국자들은 누구나 자신을 국법을 파괴하는 자로 의심하게 될 것이고, 그러니 아테네 배심원들에게 자신들이 올바른 판결을 내렸다는 확신을 심어주게 될 것이라고 설파한다.

넷째, 소크라테스는 국법을 준수하는 것을 정의의 문제로 보았다. 그는 자신이 "가장 중요한 국법을 어기면서까지 탐욕스럽게 삶에 집착한다"는 치욕적인 비판을 듣게 될 것을 우려했다. 그것이야말로 정의롭지 못한 일이고 수치스런 삶이 될 것이기 때문이다. 소크라테스는 탈옥해서 국법의 파괴자로 비난받고, 다른 사람들의 비위를 맞추면서 비굴하게 여생을 보낼 수는 없다고 믿었다.

그가 "악을 행한 자로서가 아니라 고난을 당한 자로서, 법률의 희생물로서가 아니라 인간의 희생물로서 순결하게 죽는" 길을 택하겠노라고 말한 이유다. 그는 자식이나 목숨, 그 어떤 것도 정의보다 소중히 여겨서는 안 된다며, 국법 준수의 정의 실천을 통해 내세에서 자신의 결백함을 증명할 수 있다고 확신했다. 소크라테스는 국법을 지키는 일을 신성한 책무로 받아들였다. 그의 마지막 말이 큰 울림을 준다. "크리톤, 국법이 권하는 대로 하세. 신께서 우리를 그쪽으로 인도하시니까."

소크라테스는 아테네의 국법체계와 아테네 시민들 판결의 절차적 정당성을 인정했다. 그는 아테네 시민을 대상으로 '무지(無知)의 지(智)'를 일깨워 주려던 자신의 소명(召命)을 마지막 명예로운 '사명(死命)'으로 받아들였다. 그는 죽음의 수용을 통해 스스로 영생의 길을 택했다.

개인의 정파적 이익과 안위만을 위해 국법을 무시하고 사법부를 조롱하면서도 부끄러움을 모르는 개념 없는 정치인과 자신과 조직, 지역의 특수한 이익을 쟁취하기 위해 탈법과 위법을 서슴지 않는 집단이 넘쳐나는 요즘의 세태에 경종이 되었으면 좋겠다.

추천 고전

- 플라톤, 《크리톤》, 이기백 옮김, 이제이북스(2009).

소크라테스가 독배를 받는 장면이다. 왼쪽 끝에 등을 돌리고 앉은 이가 애제자 플라톤이다. 그는 차마 스승의 죽는 모습을 바라보지 못하고 시름에 젖어 있다. 〈소크라테스의 죽음〉. 프랑스 자크-루이 다비드(Jacques-Louis David, 1748~1825) 1787년 작. 뉴욕 메트로폴리탄 미술관.

출처: https://commons.wikimedia.org/wiki/File:David_-_The_Death_of_Socrates.jpg

14

조국과 자유를 지키려는 죽음의 의미

플라톤, 《메넥세노스》

국가를 위해 목숨을 바친 전몰용사를 어떻게 추도하고 예우하는가를 보면 그 국가의 지향성을 파악할 수 있다. 우리나라는 정권의 변화에 따라 전몰용사를 홀대하기도 하고, 때론 나름의 예우를 갖추어 받들기도 했다.

고대 아테네는 전몰용사를 어떻게 대했을까? 아테네인들은 전몰용사에 대한 국가적 추도와 예우가 남달랐다. 그들은 국가를 지키려다 목숨을 바친 시민에 대한 합당한 대우와 명예를 선양하는 일을 매우 중시했다. 전몰용사 유가족의 살림을 돌보고 고아들의 교육도 국가가 끝까지 책임졌다.

당시의 이런 시대상을 알 수 있게 해주는 작품이 두 개가 있다. 투키디데스의 《펠로폰네소스 전쟁사》와 플라톤(BC 427~BC 347)의 《메넥세노스》가 바로 그것이다. 플라톤의 저작은 거의 대화체 또는 희극 양식이다. 추도연설 방식으로 기술된 것은 이 작품이 유일하다.

위 두 작품은 매우 밀접한 관계가 있는 것으로 평가된다. 《메넥세노스》에서 행해지는 소크라테스의 전몰자에 대한 추도연설은 투키디데스가 기술한 페리클레스의 추도연설에 대한 풍자와 조롱이 담겨있는 등 여러 가지 점에서 대척점에 있다는 연구자들의 주장들이 설득력 있게 제시되고 있다.

물론 연설 기술의 허구성에 대해 비판적 인식을 가진 소크라테스가 연설을 피하지 않고, 연설 기술에 속하는 추도연설을 했다는 점에서 과연 플라톤의 의도가 무엇이었는지에 대해 의문이 가시지 않고 있는 것도 사실이다.

하지만 페리클레스의 정치 스타일에 반감이 있는 플라톤이 똑같은 추도연설의 형태에 초점이 다른 방식의 연설을 함으로써, 페리클레스와 자신의 정치철학의 상이함을 대비시키려 한 것을 알 수 있다. 특히 소크라테스가 직접 연설하는 방식이 아니라, 페리클레스의 추도연설을 대필해 준 것으로 추정되기도 했던 페리클레스의 애첩 아스파시아가 한 추도연설을 듣고 이를 전달해 주는 방식을 취하고 있는 점도 이런 맥락과 닿는다.

결국 소크라테스가 전달해 주는 추도연설은 아스파시아의 이름만 빌렸을 뿐, 소크라테스, 아니 플라톤 자신이 대중에게 말하고 싶었던 메시지를 담고 있는 듯하다. 단순히 페리클레스 연설의 패러디나 풍사를 넘어서, 아테네인들이 숭상해야 할 가치가 무엇인지를 연설의 형식을 빌려 전달하려는 것으로 볼 수 있다.

따라서 이 작품을 읽기 전에 페리클레스의 연설을 먼저 읽어보는 것이 좋다. 투키디데스의 《펠로폰네소스 전쟁사》에 담겨있다. 하지만 역자가 이미 이 책의 부록에 투키디데스의 연설을 함께 싣는 친절함을 베풀고 있다. 그래서 독자는 한 작품에서 두 추도연설의 특징과 지향점을 쉽게 비교해 볼 수 있다.

조국을 지키는 용기와 희생

페리클레스의 추도연설은 그의 정치적 입장과 당시 아테네의 상황을 잘 반영하고 있다. 아테네는 페르시아 전쟁을 승리로 이끈 후 차츰 제국주의로 흐르고 있었다. 특히 이런 상황을 페리클레스가 주도했다. 결국 아테네의 제국화는 스파르타와 격돌을 불러왔고, 그리스의 많은 도시국가가 양분되어 전쟁을 벌이는 상황이 벌어졌다.

페리클레스의 추도연설은 전몰자를 위한 장례식을 국가 행사로 규정한 아테네의 법률에 대한 칭송과 아테네의 민주정체의 탁월성에 대한 찬양과 자부심을 드러내는 것으로부터 시작한다. 그는 "아테네 전체가 그리스의 학교"라고 강조하며, 아테네에서는 "매우 품위 있고 유연하며 자족적인 인간으로 배출될 것"이라고 주장한다. 특히 아테네의 이런 탁월성은 바로 전몰자의 희생 위에 세워진 것이라는 점을 강조한다. 페리클레스는 전몰자의 남자다운 용기를 칭찬하면서 공공의 선을 위한 헌신을 찬양한다.

"지금 이 자리에 있는 이분들의 죽음은 그분들이 처음으로 드러낸 것이건 최후의 확증으로 보여준 것이건 간에 남자다운 용기가 무엇인지를 분명하게 보여주고 있습니다. 사실 이분들 가운데 다른 일에 있어서는 능력이 떨어지는 분들도 있을 테지만, 조국을 위한 전쟁에서 그분들이 발휘한 용기만은 그 무엇보다도 우선적으로 칭송되어야 마땅할 것입니다. 그들은 선한 일로 악행을 지워 없앰으로써 사사로운 일 때문에 선한 일을 못한 것 이상으로 공공의 선을 위해 헌신했던 것입니다."

페리클레스는 시민들의 용기와 애국심을 고취하기 위해 노력했다.

"여러분은 이제 마땅히 이분들을 본받아, 행복은 자유에 있고, 자유는 용기에 있음을 명심하고, 전쟁의 위험 앞에 너무 망설이지 마십시오. 죽음조차 불사할 이유가 있는 사람이란 더 나아질 가망이 전혀 없는 불운한 사람이 아니라, 살아 있을 경우 운명이 역전될 수 있고, 실패할 경우 가장 잃을 게 많은 사람입니다. 자긍심을 가진 사람에게는 희망을 품고 용감하게 싸우다가 자신도 모르게 죽는 것보다, 자신의 비겁함으로 말미암아 굴욕을 당하는 것이 더 고통스러운 법입니다."

자유의 아버지들

페리클레스의 추도연설은 링컨(Abraham Lincoln, 1809~1865)의 게티스버그 추도연설에도 큰 영향을 줄 만큼 추도연설의 모범적 사례인 것만은 틀림없다. 하지만 플라톤의 평가는 달랐다. 소크라테스의 추도연설은 어땠는가? 페리클레스의 추도연설이 정치가의 특성을 그대로 반영하고 있다면, 소크라테스의 연설은 플라톤의 철학적 지향을 담고 있다. 소크라테스는 아테네의 위대성을 당대에서 찾지 않고 오랜 전통에서 유래되었음을 강조함으로써 제국주의로 흐르고 있던 당대를 간접적으로 비판한다.

또 죽음을 두려워하지 않는 전사의 용기뿐만 아니라, 오히려 정의, 절제와 지혜가 결합된 용기와 도덕적 이상을 강조한다. 특히 소크라테스는 페리클레스가 언급하지 않았던, 페르시아의 침략에 맞서 자유를 지켜낸 마라톤 전투와 살라미스 해전의 승전에 주목한다. 마라톤의 전몰용사를 "자유의 아버지"라고 칭송한 것도, 페리클레스의 팽창주의적 국가주의에 요구되는 용사상과 달리 전사의 책무를 외적으로부터의 자유 수호에 역점을 두고 있음을 확인시켜 준다.

"정말 그 당시에 태어난 사람이라면 누구라도 알 것입니다. 대체 그분들이 용기와 관련하여 어떤 사람들인가를. 즉 그분들은 마라톤에서 이민족 세력을 맞이하여 아시아 전체의 교만을 응징하였으며 이민족 사람들에 대해 최초로 전승비를 세웠고, 다른 그리스 사람들을 선도하는 교사가 되어 페르시아의 힘이 무적이랄 것도 없을 뿐 아니라, 어떠한 대군도, 어떠한 부도 그들의 용맹 앞에서는 굴복하고 만다는 것을 가르쳐 주셨던 것입니다.

그러므로 나는 그 용사분들을 우리들 육신의 아버지일 뿐 아니라 우리들과 이 대륙에 함께 사는 모든 사람의 자유의 아버지라고 주장하는 바입니다. 왜냐하면 그리스 사람들은 그분들의 위업을 본받아 그 이후의 전투에서도 그리스 사람들의 안녕을 위해 온갖 위험을 감수했기 때문입니다. 마라톤 전사들의 후예로서 말입니다."

아테네의 자유를 지키기 위해 제2차 페르시아 전쟁 마라톤 전투에서 전사한 192명의 아테네 전사들의 무덤이다. 아테네에서 40여km 떨어진 마라톤 평원 위에 잠들어 있다. 이 전투의 극적인 승리로 아테네는 그리스 '자유의 방파제' 역할을 했다.

화해와 평화를 향한 소크라테스의 소망

소크라테스의 추도연설은 이민족과의 전쟁에서의 승리를 회상시키고 그리스의 자유를 지켜낸 점을 칭송함으로써, 펠로폰네소스 전쟁이라는 그리스 도시국가 간의 소모전으로 자멸해 가던 당시의 아테네와 그리스인들의 독선과 오만, 분열에 대한 경종을 주고자 했다. 플라톤은 그리스의 자유를 지키기 위해 이민족에 맞서 싸워 이긴 페르시아 전쟁에서의 전몰용사들의 용기를 높이 기렸다. 하지만 그리스 동족끼리 맞서 싸운 펠로폰네소스 전쟁(BC 431~404)을 안타깝게 생각했다. 특히 펠로폰네소스 전쟁이 끝난 후에 다시 코린토스 전쟁(BC 395~386)을 벌인 아테네와 스파르타를 중심으로 대결한 양 진영이 하루빨리 화해하고 전쟁을 끝낼 것을 간절하게 바랐던 것이다.

"우리들은 이 싸움에서 서로에 의해 죽어간 사람들에 대한 추모의 염을 갖고 또 이러한 장례식장에서 우리가 할 수 있는 방법인 기도와 제물 의례를 통해 최선을 다해 그들을 화해시켜야 합니다."

플라톤은 소크라테스의 전몰용사 추모 연설을 통해 그리스 공동체의 파멸을 이끄는 내전인 펠로폰네소스 전쟁과 코린토스 전쟁을 비판한 것이다. 당시 그리스 내전의 과정에서 바쳐진 숱한 목숨은 페르시아의 침략에 맞서 자유를 지키기 위해 함께 협력하고 저항했던 동족이었기 때문이다.

페리클레스의 전몰용사 추도연설은 선조들의 위업과 전사들의 용맹에 대한 칭송에 집중했지만, 소크라테스의 추도연설에는 아테네를 지키기 위해 목숨을 바친 전사들의 용맹을 칭송하면서도 그들의 적이 같은 그리스 민족이라는 점에 대한 자괴감과 냉소가 짙게 배어있다. 이는 제국주의적 행태로 흐르는 아테네와 스파르타 시민들의 오만에 대한 경고이자, 정치지도자들에게 민중의 폭주를 절제시키고 덕으로 정치를 이끌어 평화를 회복해야 한다는 준엄한 요구이기도 했다.

추천 고전

- 플라톤, 《메넥세노스》, 이정호 옮김, 이제이북스(2008).

15

계층갈등 해소를 위한 중용의 지혜

아리스토텔레스·크세노폰, 《고대 그리스정치사 사료》

고대 그리스 문명이 인류 문명에 끼친 영향은 실로 막대하다. 그 가운데 아테네인들이 창안한 민주정이 으뜸일 것이다. 숱한 도시국가로 이루어졌던 그리스에는 아테네 민주정 이외에도 왕정과 과두정, 혼합정 등 다양한 정치제도가 시행되었다. 여러 정치체제의 특징은 아리스토텔레스의 《정치학》에 상당 부분 소개되어 있다. 하지만 그리스 고전 가운데 개별 국가의 정치체제를 구체적으로 기술한 문헌들은 매우 부족하다. 이런 까닭에 단편으로 전해진 아리스토텔레스와 크세노폰의 저작은 더욱 중요한 사료이다.

아리스토텔레스는 기원전 4세기 아테네에서 활동했다. 그의 저작으로 전해져 온 《아테네 정치제도사》는 아리스토텔레스 자신 혹은 그 제자들의 도움으로 이루어진 작품으로 추정된다. 1880년경 이집트의 사막에서 발견된 파피루스 속에 포함되어 있었다. 현존하는 본문의 첫머리 부분이 소실된 상태이다.

크세노폰은 아리스토텔레스보다 약 반세기 앞서 기원전 5세기 말에서 4세기 초반에 아테네에서 활동했다. 그가 쓴 《아테네 정치제도》, 《라케다이몬(스파르타) 정치제도》 역시 적은 분량이지만 매우 중요한 저작이다. 아리스토텔레스와 크세노폰이 남긴 저작은 고대 그리스 도시국가 가운데 대표적인 나라였던 아테네와 스파르타의 정치와 법률 등 국가 운영체제를 비교해 볼 수 있는 귀중한 문헌이다.

그런데 철학자였던 아리스토텔레스와 역사가이자 군인이던 크세노폰의 정치제도사의 기술 방식과 문체가 대조적이어서 흥미롭다. 앞서 저술된 크세노폰의 두 도시국가의 정치제도사는 각각 분량이 짧다. 특히 조문화된 구체적인 정치와 법률을 기술하기보다 두 도시국가의 사회 관습을 폭넓게 소개하고 있다. 반면 아리스토텔레스는 아테네의 법률 체계에 대해 자신의 평가적 의견을 드러내지 않으면서 시행되어온 제도와 규정을 상당히 구체적으로 기술하고 있다.

스파르타의 강건한 기풍

크세노폰은 아테네 출신이었지만, 한때 스파르타의 편에 서서 아테네와 싸우다 추방되었다가 다시 아테네로 돌아오는 등 인생 역정이 남달랐다. 이런 까닭인지 그는 스파르타의 엄격한 규율과 풍습에 대해 우호적인 평가를 하면서, 아테네의 지나친 무질서와 시민정신의 타락에 대해선 비판적으로 기술하고 있다.

고대 스파르타 아크로폴리스 안에 있던 원형극장의 유적이다. 앞쪽 평지에 올리브 나무가 가득하고, 그 뒤로 현대 스파르타 시내가 보인다. 멀리 보이는 흰 눈 쌓인 산봉우리가 연이은 곳이 타이게토스 산이다. 산맥을 넘으면 스파르타가 수백 년 동안 식민지로 지배하면서 그곳 주민들을 230여 년 간 농노(헤일로타이)로 부렸던 비운의 도시 메세니아가 자리하고 있다.

크세노폰은 스파르타가 인구가 적으면서도 그리스에서 가장 강력한 도시국가를 유지할 수 있었던 비결을 '리쿠르고스 입법'의 훌륭함에서 찾고 있다. 리쿠르고스는 다른 도시국가와 차별화된 독특한 입법체계를 만든 전설적인 인물이다. 그는 스파르타뿐만 아니라 펠로폰네소스 반도의 여러 도시국가에서 신으로 숭배되었다. 물론 실존 여부에 대해선 논란도 있다. 하지만 그의 실제 여부와 무관하게 그가 만들었다는 입법이 강성한 스파르타를 만든 원동력이 되었음은 분명하다.

리쿠르고스 입법의 특징은 육체적으로 강건한 시민을 만드는 데 초점이 맞춰 있었다. 결혼과 양육, 출산은 육체가 가장 왕성할 때 이루어지도록 통제했다. 이와 관련하여 다른 나라의 상식과는 반대의 입법이 많았다. 예를 들어, 결혼 후에도 남자가 여자 있는 곳에 자주 드나드는 것을 남에게 보이는 것을 부끄럽게 여기도록 만들었다. 서로 그리는 마음이 더욱 강렬해지도록 하기 위해서다. 이런 과정을 통해 더 튼튼한 자식을 낳을 수 있다고 믿었기 때문이다.

또 노쇠한 남편이 육체와 정신이 강건한 젊은 남자를 데려와서 여자에게 아이를 낳을 수 있도록 입법하기도 했다. 이는 단순히 대를 잇기 위한 것이 아니라 우수한 자질의 자식을 얻기 위한 '남자 씨받이'를 제도적으로 보장했던 셈이다. 현대인들은 이해할 수 없는 일이지만, 스파르타는 국가적으로 뛰어난 시민들을 생산하는 방편으로 이런 기이한 제도를 활용했던 듯하다.

양육의 방식도 강건한 아이를 만드는 데 초점이 맞춰졌다. 어린아이 때부터 1년 내내 단벌옷을 입게 하여 추위나 더위에 잘 견디도록 했다. 또 전투 능력을 배양하기 위해 맨발로 다니도록 하고, 약간의 먹을거리를 훔치는 것조차 허용했다. 그 대신 범행을 저지르다 붙잡힌 때에는 체벌함으로써 자기 생존력을 스스로 확보하게 했다.

스파르타 아크로폴리스에서 발굴된 실물 크기의 반신 전사상이다. '레오니다스'라는 별명으로 불린다. 물론 실제 레오니다스 상으로 볼 근거는 명확하지는 않다. 전쟁 영웅의 조각상으로 신전의 박공벽에 안치되었던 것으로 추정된다. 강인한 스파르타 전사의 형상을 잘 표현하고 있다. 투구의 상단을 볏 모양으로 장식하고 얼굴을 보호하는 투구의 옆면에 숫양의 머리를 부조한 점이 독특하다. 또 콧수염을 기르지 않았던 스파르타의 풍습도 엿볼 수 있다. 스파르타 고고학 박물관 공동식사를 제도화하고, 젊은이들이 연장자에 대해 예의범절을 엄격히 지키도록 했다. 또 노인의 경우에는 장로의회에서 의원이 될 자격 여부를 심사함으로써 노년에 이르기까지 일생을 올바른 삶의 덕(arete)을 쌓는데 경쟁하도록 만들었다. 이는 스파르타인들이 육체적 경쟁 못지않게 덕의 함양을 통한 정신의 경쟁도 중요시 했음을 보여준다.

특히 비겁자에 대해서는 손해와 불명예가 따르도록 다양한 방식으로 제재했다. 크세노폰이 스파르타의 이런 제도를 보고 스파르타에서는 "부끄러운 삶보다 죽음을 택하는 게 더 타당해 보인다"고 말했을 정도다. 이런 사회적 관습은 자연스럽게 시민들의 상무정신을 더욱 투철하게 만들었다. 이런 기풍이 기원전 480년 페르시아 전쟁 당시 테르모필레 전투에서 스파르타의 레오니다스 왕과 300명의 용사가 페르시아의 대군에 맞서 전멸할 때까지 싸울 수 있었던 원동력이 된 것이 아니었을까.

스파르타의 사회체제와 정치체제도 독특했다. 엄격한 사회 규율은 신분의 높고 낮음에 관계없이 동등하게 적용됐다. 특히 두 명의 왕을 두었다. 어찌 지존이 한 하늘 아래 둘이 있을 수 있는가. 하지만 스파르타인들의 생각은 달랐다. 권력을 틀어쥔 한 명의 왕은 폭군이 될 가능성이 있다고 여겼다. 즉 그들은 왕이 참주가 되는 것을 극도로 경계했다.

그래서 두 명의 왕을 두어 서로 견제하고 만들었다. 그것도 믿을 수 없었던지 왕의 정치와 행정을 감독하는 다섯 명의 감독관

에포로이(ephoroi)를 두었다. 이중 삼중의 견제장치가 작동되게 했던 셈이다. 이 모든 것은 소수에게 권력이 집중되고 종국에 폭정으로 흐르는 것을 원천적으로 막고자 고육지책으로 고안된 것이다. 이로써 왕과 시민 사이에 권력의 분점을 통해 조화를 이룰 수 있게 했다.

타락하는 아테네 민주정의 모습들

크세노폰은 스파르타의 정치체제에 대해선 우호적으로 평가했지만 아테네 민주정의 타락에 대해서는 날카롭게 비판했다. 아테네에는 민중의 무식, 무질서, 저속함이 가득하다고 꼬집었다. 자유인과 예속노동자, 거류외국인들에게도 평등권을 부여한 탓에 예속노동자마저 오만하고 건방져졌다는 것이다. 크세노폰이 기술한 아테네 노예들의 생활을 보면, 고대 그리스 노예에 대한 현대인의 상식적인 인상을 벗어난다.

아테네의 노예들은 조선시대까지 이어진 우리의 노예제도와 상당히 달랐다. 아테네 노예에게는 상당히 많은 자율권이 부여되어 있었다. 특히 해상세력이 발달한 곳에서 예속노동자는 단지 노동의 대가로 임금을 받고 주인은 그 소득을 차지하는 관계였다. 나머지 일상생활에서 그들은 자유로웠다. 노예와 주인의 관계는 한정된 직무에 대해 고용자와 피고용자의 관계였지 주인이 노예의 일상생활을 폭넓게 제약하는 관계는 아니었다는 의미다.

이런 차원에서 역자가 '노예'라는 용어 대신 '예속노동자'로 표현하는 것이 더 적절하다고 판단한 것이 이해된다. 크세노폰은 아테네 민중보다 더 잘 사는 예속노동자도 많았던 아테네의 현실을 개탄하면서 느슨한 신분 제도의 모순을 비판했다. 특히 아테네인들의 지나친 평등주의 추구가 가져온 무질서와 방종에 대해 한탄했다.

희극 배우가 연극 공연 시 얼굴에 쓰던 마스크 대리석 상. 국가 노예를 해학적으로 표현했다.
기원전 2세기경. 아테네 국립 고고학 박물관.

크세노폰은 아테네의 지나친 민주적인 제도가 만들어낸 나태한 시민정신도 지적했다. 특히 잦은 축제 동안 공무를 전혀 처리하지 않고, 심지어 재판도 진행하지 않는 관행은 시급히 개선되어야 한다고 역설했다. 그럼에도 크세노폰은 아테네가 민주정을 유지하면서 동시에 통치체제를 혁신하는 게 쉽지 않다고 스스로 전망했다. 소크라테스와 플라톤, 그리고 아리스토텔레스가 한목소리로 민주정이 가장 제대로 시행하기 어려운 정치체제이고, 우중의 폭정과 방종으로 흐를 소지가 많다고 비판한 것도 이와 무관하지 않다.

나아가 크세노폰은 다른 동맹 도시에게 조세의 징수와 재판권의 시행에서 상당한 차별과 불이익을 주는 아테네의 제국주의적 행태도 비판했다. 특히 동맹국 시민의 범죄행위를 아테네 법정에서 재판하는 것은 아테네 민중의 야비한 행태라고 질타한다. 크세노폰이 스스로 "아테네 정치제도를 좋아하지 않는다"고 분명하게 말하는 이유는 그만큼 타락한 아테네 정치제도의 개혁을 강렬하게 희구했기 때문이다.

계층 갈등 해소에 노력한 솔론의 지혜

아리스토텔레스는 아테네 정치제도사를 편년체 방식으로 객관적 사실 위주로 기술하고 있다. 솔론의 입법이 아테네에 민주적 성향의 기초를 다진 것으로 평가한 것을 제외하곤, 아테네의 정치적 격변과 제도의 변천에 대해 특별한 평가적 의견을 내놓지 않고 구체적인 정치제도사의 내용을 차분히 기술하고 있다.

아리스토텔레스의 이 저술로 아테네의 법제를 상세히 살필 수 있게 된 점은 참으로 다행이다. 그렇지 않았더라면 아테네의 정치 제도사는 헤로도토스의 《역사》, 크세노폰의 《그리스 역사》 등의 사서나 문학작품에 나오는 단편적인 내용만으로 그 윤곽을 추정할 수밖에 없었을 것이기 때문이다.

아리스토텔레스는 먼저 아테네의 주요 관직의 선출 제도와 방식, 재판 제도 운영, 행정관리의 임무와 직무 수행 절차를 소개하고 있다. 또 민회와 법률 관습 체계도 상술하고 있다. 귀족이 중심이 된 아레오파고스 의회와 민중이 중심이 된 민회의 운영, 그리고 시민의 사회생활에 대한 규율과 민사상의 분쟁 해결, 제례의 시행 규칙 등 광범위한 분야를 다루었다. 특히 아리스토텔레스는 아테네 민주정의 기틀을 다진 솔론의 개혁을 높이 평가하고 있다.

아리스토텔레스는 솔론이 귀족파와 민중파, 부자와 가난한 자 양쪽의 비난을 받으면서도 한편에 치우치지 않고 중립을 지켜내며 중용적인 법률을 입법한 과정을 여러 편의 솔론의 시를 인용하면서 자세히 기록하고 있다. 정치제도사의 기술 방식으로서는 상당히 인상적인 대목이다. 솔론이 얼마나 중립적 입장에서 혁신적 입법을 세우려 진력했는지 살필 수 있다. 솔론은 자신의 개혁정치를 이렇게 회고한다.

"민중에게 충분한 은혜를 베풀었다.

명예를 줄이지도 않았고, 과도하게 주지도 않았다.

힘이 있고 돈이 있는 사람들

그들도 아무런 불이익을 당하지 않도록 하였다.

나는 양편 모두를 위해 강한 방패를 들고 서서

어느 편도 부당한 승리를 거두지 않도록 하였다."

귀족과 민중의 대립 사이에서 솔론은 어느 한쪽에 과도한 이익이 돌아가 갈등이 증폭되지 않도록, 즉 어느 편도 승리하지 않도록 만드는 절묘한 입법과 정책을 시행하려 애썼다는 이야기다. 솔론은 범상한 정치가는 결코 가질 수 없는 사회갈등의 요체를 꿰뚫어 보는 안목과 이를 해결할 유효한 정책 수단을 제시하는 지혜를 두루 갖췄던 셈이다.

오늘날 계층갈등으로 몸살을 앓고 있는 많은 국가에서 솔론과 같은 지혜와 추진력을 갖춘 훌륭한 지도자가 절실하다. 국가 부도의 위기에 이른 오늘날의 그리스야말로 자신들의 훌륭한 조상인 솔론과 같은 현인이 다시 나타나길 염원할 것 같다.

솔론은 민중이 지도자를 어떻게 대해야 하고, 민중은 어떻게 대접받아야 하는지 의미심장한 시를 남겼다.

"민중은 이렇게 지도자를 따를 때 최선의 상태가 된다.

너무 자유로워도 안 되고 너무 압박받아도 안 된다.

정신이 온전하지 못한 사람에게
부가 많이 생길 때는 충족이 자만을 낳는다."

솔론은 민중에게는 지도자와 국가 법률에 순종하며, 건강한 정신과 자족의 미덕을 갖출 것을 권장했다. 또 권력을 가진 통치자들에게는 민중에게 지나친 자유를 주어서도 안 되지만, 그렇다고 지나친 통제를 가해서도 안 된다는 점을 일깨우고 있다. 국가권력에 대한 민중의 자발적 복종과 권력자의 자기 절제의 덕목을 강조한 것이다. 어느 한쪽이 상대에게 자신에게 유리한 덕목만을 일방적으로 요구해서는 안 된다. 국민과 권력자들이 각자 자신에게 요구되는 미덕을 먼저 실천하고 상대의 덕목을 요청할 때 건강한 사회가 만들어진다. 솔론의 갈파는 이런 덕목들이 희미해진 요즘 우리 사회에 주는 따끔한 교훈 같기도 하다.

이렇듯 2천 5백 년이 넘은 오늘날에도 고대 그리스 정치제도사가 주는 시사는 적지 않다. 스파르타나 아테네 모두 시민들의 자유를 신장시키면서도 시민들이 방종으로 흐르지 않도록 고민했다. 또 평등과 불평등 사이의 모순을 해소하기 위한 입법을 위해 끊임없이 갈등과 대립을 겪기도 했다.

스파르타의 리쿠르고스나 아테네의 솔론과 같은 영명한 정치가의 출현과 그들에 의한 현명한 입법은 고대 그리스의 대표적인 양대 도시국가의 번영의 초석을 다졌다. 물론 부국강병을 위한 훌륭한 정치제도의 설계도 중요하다. 하지만 건강한 사회 기풍의 조성이 뒤따라야 한다.

스파르타인들은 비겁함을 부끄럽게 여기는 사회 기풍을 통해 강성 군사국가로 도약했다. 또 아테네의 경우 솔론과 같은 걸출한 지도자가 나서서 아테네 시민들에게 자기 절제와 중용, 그리고 배려의 정신을 적극 권장했다. 이런 노력이 귀족과 민중의 계층갈등으로 분열되었던 아테네의 사회통합을 이루는 데 기여했다. 국민행복 시대를 열기 위해 국민통합을 추구하는 우리도 건강한 국민정신의 진작을 위해 애쓰던 스파르타와 아테네인들의 지혜를 다시 눈여겨볼 필요가 있다.

추천 고전

- 아리스토텔레스·크세노폰, 《고대 그리스정치사 사료》, 최자영·최혜영 옮김, 신서원(2002).

16

세계 최초의 제국 세운 제왕의 리더십

크세노폰, 《키로파에디아(Cyropaedia) 키루스의 교육》

그리스와 페르시아는 당대 동서양을 대표해 숙적의 관계였다. 특히 아테네는 페르시아의 3차례 침략(BC 492~BC 479)을 물리친 후 최고의 번영기를 맞았다. 페리클레스가 이끈 5세기의 번영은 페르시아라는 오랜 위협 세력을 몰아낸 국방의 안정이 토대가 되었다. 하지만 아테네의 번영은 곧 아테네의 퇴조를 함께 잉태하고 있었다. 아테네가 페르시아에 대항하기 위해 만든 그리스 동맹국가 위에 군림하는 제국주의로 흘렀기 때문이다. 결국 아테네의 독주를 견제하려는 스파르타와 펠로폰네소스 전쟁(BC 431~BC 404)이 발발하고 그리스 세계의 분열을 가져왔다.

크세노폰은 내전이 시작된 BC 431년에 아테네에서 태어난 것으로 추정된다. 그는 소크라테스의 제자가 되어 플라톤과 동문수학했다. 그는 아테네가 스파르타에 무릎을 꿇고(BC 404), 30인 참주정의 폭정을 거쳐 민주정의 복원이 이루어지는 등 격동하던 시대를 직접 겪었다. 그는 과거 페르시아의 현명한 군주로 이름났던 키루스 대왕의 일대기를 썼다.

어느 나라의 역사이든 국가를 융성시킨 인물은 무언가 남보다 탁월한 역량과 리더십을 가졌던 것 같다. 페르시아 제국은 인류 역사상 최대의 영토를 가진 최초의 대제국이었다. 하지만 그 출발은 아주 미미했었다. 그 작은 국가였던 페르시아가 주변의 큰 국가였던 메디아, 아르메니아, 리디아, 아시리아, 시리아, 바빌로니아를 잇달아 정복하며 대제국으로 성장했다.

대제국을 일군 키루스의 교육과 리더십

그 위대한 창건자가 바로 키루스 2세(BC 585?~BC 529)였다. 크세노폰은 키루스의 소년기 교육, 성장 과정과 주변국들을 정복해 나가는 과정에서 키루스가 보여준 지혜와 노력, 그리고 리더십을 보여주고 있다. 키루스는 왕자 교육과정에서 정의와 절제를 배웠다. 육체적 단련과 군사훈련과 함께 정신적 자질을 키우는 데에도 중점이 두어졌던 것 같다.

그는 판결을 내릴 때 언제나 법에 근거해야 한다고 배운다. 키루스는 아버지로부터 다른 사람이 자발적으로 복종하게 만드는 방법을 배웠다. 키루스는 "사람을 복종하게 만드는 가장 큰 동기는 복종하는 자에게는 명예를 주고 그렇지 않은 자에게는 처벌과 불명예를 주는 것"임을 깨닫게 된다. 아울러 주변의 사람들과 고락을 함께 하는 것도 중요하다는 것을 배운다. 키루스는 이런 리더십의 요체를 유효하게 발휘하여 제국을 성장시켜 나갈 수 있었다.

그는 자신이 이끄는 군대를 효율적으로 정비했다. 우선 병사들에게 강인한 체력을 키우게 하고, 전술을 습득시키며 전쟁에 필요한 용기를 갖도록 조련했다. 분대, 중대, 연대, 여단 등 군대의 편제를 정비하고, 훈련과 전투에서 항상 각 부대와 병사들이 경쟁하도록 유도하고, 실적과 전공에 따라 보상하는 원칙을 실천했다.

합당하고 공평한 보상 원칙은 군대를 통솔하는 효과적인 수단이었다. 귀족과 사병을 가리지 않고 실적에 근거한 보상을 함으로써 부하들이 공을 세우려고 서로 경쟁하도록 만들었다. 전리품의 분배와 승진은 실적에 의해 공정하게 실시했다. 이런 결과 "키루스의 군대는 열정과 야망, 힘, 용기, 격려, 자기 통제, 복종심으로 가득했다." 현대의 모든 조직의 리더가 주목해야 할 대목이다.

특히 키루스는 자신의 군대에 합류한 복속 국가들과 함께 전쟁을 수행할 때 획득하는 전리품의 배분 권한을 페르시아 군대가 독차지하지 않게 다른 국가의 지휘관들에게 맡겼다. 그의 논리는 신선한 역발상이다. 키루스는 이렇게 말한다. "그들이 우리에게 적은 양을 배분한다고 해도 나는 그것을 이득이라고 생각할 것입니다. 왜냐하면 그들은 더 많이 얻기 때문에 우리와 함께 있기를 기뻐할 것입니다."

페르시아 제국을 연 아케메네스 왕조의 첫 수도였던 파사르가데의 탈레 탁테(The Tall-e Takht) 성안에 있는 키루스 2세 무덤이다. 대 제국 창건자의 무덤치고는 검소하다. 알렉산드로스는 이곳을 점령한 후 키루스에게 경의를 표하기 위해 도굴당하고 크게 훼손된 키루스의 무덤을 복원하도록 지시했다. 그 후 오랫동안 방치되어 왕궁 터, 정원, 요새 등의 주춧돌과 기둥들이 조금 남아 있으나, 외성의 성벽은 남아 있지 않다. 방어에 유리하도록 산악 등 험준한 지형을 이용하지 않고 넓은 평원 한 가운데 왕성을 세운 것이 매우 독특하다.
키루스 대왕 무덤을 비롯하여 남아 있는 당시 건축물 유적들은 페르시아, 이집트, 그리스, 아시리아 등 여러 문명의 양식이 혼합된 모습을 보이고 있다. 이러한 역사적·문화적 가치가 인정되어 이 무덤은 2004년 세계문화유산으로 지정되었다. 기원전 540년~530년경 조성. 이란 파사르가데 유적지.

키루스는 현재의 이익을 확보하는 것은 수명이 짧은 부를 안겨주지만, “현재의 이익을 희생하고 부가 흘러나오는 근원을 확보하는 것은 부가 영원히 솟아나는 샘을 소유하는 것과 같은 것”임을 알았던 셈이다. 참으로 소탐대실하지 않는 지혜로운 판단이 아닐 수 없다.

또한 키루스는 페르시아 군대의 약점과 강점을 분석해 늘 새로운 발전적 변화를 이끌었다. 페르시아 군대에 없던 기병대가 창설된 것도 메디아 기병대의 전투력을 보고 곧바로 벤치마킹한 덕분이었다.

전차부대도 창설했다. 하지만 그때까지 활용되던 키레네인의 전차 운용 방법을 대대적으로 혁신했다. 전차 운전석을 탑 모양으로 만들고 바퀴에 날카로운 쇠낫을 달았던 것도 그의 창안이었다. 페르시아 전쟁 당시 다리우스 대왕과 크세르크세스가 이끈 전차부대는 바로 키루스의 전차 운용법을 그대로 전수한 것이었다. 키루스는 적진을 교란하는 이동식 망루도 개발했다.

또 아시리아와 전쟁을 할 때는 전쟁 기간에도 농부들이 평화롭게 농사를 지을 수 있도록 계약을 맺음으로써 식량을 구하기 위해 약탈을 하지 않아도 되게 했다. 이는 전쟁 수행 과정에서 식량자원을 안전하게 확보하게 하는 길이기도 했다. 전쟁 중에도 적과의 윈윈(win-win)이 가능하다는 것을 보여준다.

키루스는 용기 있고 지혜로운 적장은 포용하고 아량을 베풀었다. 그가 엄청난 부와 강력한 군대를 가졌던 리디아를 정복했을 때, 크로이소스 왕을 죽이지 않고 곁에 두어 핵심 참모로 활용한 것이 대표적인 예이다. 물론 그가 어디를 가든지 크로이소스를 데리고 다녔던 이유는 "그렇게 하는 것이 더 안전한 처사라고 생각했기 때문이기도 했다." 적에게 아량을 베풀고, 반란을 꾸미지 못하게 하는 이중의 포석이었는지도 모른다. 키루스의 영악함을 알 수 있는 사례이기도 하다.

키루스의 제국 경영

키루스는 대제국이 완성되자, 제국을 효율적으로 통치할 수 있는 국가 경영 체계를 수립한다. 자신의 신변 안전과 경호를 위해 거세를 시킨 환관 제도를 만들었다. 인간의 욕망이 거세된 환관이 더 주인에게 충성을 보일 것으로 생각했다. 또 페르시아 군대에서 1만 명의 군사를 뽑아 왕의 수호부대로 활용했다. 페르시아 전쟁 당시, '불사부대'로 불린 1만의 병사들이 바로 이 전통에 의해 만들어진 부대였다.

그는 드넓은 제국의 영토를 효과적으로 다스리기 위해 총독을 파견하여 왕을 대리하여 통치하게 했다. 한편으로 '왕의 눈'과 '왕의 귀'를 심어 이들을 상시 감시하여 반란을 일으키지 못하도록 통제했다. 총독이 다스리는 지방 정부는 페르시아가 복속시킨 국가들에서 일상 시 세금을 징수하고, 전쟁 시에는 군대와 물자를 징발하는 효과적인 기구가 되었다. 총독이 뒷받침하는 중앙집권적인 이런 체계는 제국 경영의 기본 시스템이 되었다.

키루스는 귀족들을 견제하기 위해 소송이나 경연에서 판결이 필요한 문제가 생겨 재판관을 선정할 때 당사자들이 서로 동의해야 한다는 규정을 만들었다. 귀족 간의 분쟁 시에 키루스 자신을 판관으로 선정하도록 경쟁하게 만든 것이었다. 이는 귀족들의 결집을 방해하고 자신에게로 권력이 집중되도록 고안한 장치였던 것 같다.

키루스는 제우스 신을 섬기는 의식을 자신의 왕권을 강화하는 수단으로 삼아 정비했다. 왕의 위엄과 권위를 드높이기 위해 권표(權標)를 든 대신과 화려한 전차와 제단, 수만 명의 기병대와 병사와 전차부대가 뒤따르는 대규모 대왕의 행렬을 만들었다.

다리우스 1세의 경호대인 '불사의 군대' 행렬이다. 화려한 의복을 착용했고, 활과 창으로 무장하고 있다. 페르시아의 수도 수사와 페르세폴리스의 왕궁에 부조되었던 작품. 기원전 6세기 말~5세게 초. 베를린 페르가몬 박물관.

자신을 돋보이게 하는 화려한 의복을 갖추고 전차에 탄 키루스는 대왕 행차 대열의 웅장함에 압도된 백성들의 부복을 받았다.

또 이동 간에 백성들의 청원을 대신과 군사 지휘관을 통해 받았다. 왕을 만날 수 없는 일반 백성과 소통하는 창구를 지나치게 화려하고 격식 있게 만든 셈이다. 이 권위적이고 장대한 왕의 행차 방식은 페르시아 역대 왕들에게 전수된다.

크세노폰은 이 책에서 키루스가 자연사한 것으로 그리고 있지만, 실제와는 다르다. 그는 마사게타이를 정벌하는 도중에 죽었다. 이 책에는 키루스가 이집트를 정벌한 것으로 나오는 데 이것 역시 사실이 아니다. 이 책은 순수 역사책이 아니다. 그런 탓에 크세노폰은 키루스의 위대함을 강조하기 위해 사실과 창작을 적절하게 뒤섞은 것 같다.

아무튼 키루스 2세가 정립한 제국의 통치 방식과 군대의 관리 방식, 그의 빛나던 덕목들은 오랫동안 유지되지 못했다. 그의 아들 캄비세스 2세는 아버지에 견줘 상당히 용렬했던 것 같다. 캄비세스 2세는 이집트를 정복하는 공을 세운다. 하지만 동생 스메르디스를 죽이고 이집트 원정 중에 반란이 일어나 되돌아오는 길에 자신도 죽는다. 결국 키루스 2세의 직계 아들이 이어받아야 할 왕권은 귀족들의 반란으로 다리우스 1세에게 넘어간다. 키루스 2세가 어렵게 세운 대제국의 대왕 자리는 아들 대에 끊기고 말았다.

크세노폰은 마지막 장에서 키루스가 제국을 번영시키던 덕목들이 제대로 계승되지 못한 현실을 지적하고 있다. BC 4세기 당시의 페르시아인은 키루스 대왕 시절에 비해 정직하지 못하고 매우 나약했고, 예의범절도 무너졌다고 기술한다. 왕실의 교육에서도 승마 수업과 실습이 없어졌고, 사냥도 자주 나가지 않아 나약해졌다고 말한다. 군대의 용맹성도 예전보다 훨씬 뒤떨어졌고, 백병전을 회피하며 그리스 용병의 도움 없이는 전쟁에 나가려고 하지 않는다고 꼬집는다.

크세노폰은 왜 페르시아의 역대 왕 중 가장 큰 영토를 정복했던 키루스 2세의 이야기를 썼을까? 펠로폰네소스 전쟁이 끝난 BC 4세기에 그리스에서는 페르시아를 정복하자는 분위기가 팽배했다고 한다. 아마 분열되었던 그리스 세계를 하나로 결집시키기 위해 또 다른 적을 외부에서 찾고자 했었던 것은 아닐까? 당시 아테네의 웅변가 이소크라테스도 페르시아에 대한 범 그리스적 전쟁을 멈추지 말아야 한다고 선동했다고 한다.

크세노폰 역시 아테네가 다시 부흥하여 강력한 국가가 되길 희구했을 것이다. 그는 페르시아를 작은 도시에서 대제국으로 비약적으로 발전시킨 키루스 2세의 리더십에 주목했다. 크세노폰이 키루스의 성장 과정과 자질, 그의 정복 활동을 재조명한 이유도 아테네에게 새로운 자극을 주고자 했기 때문인 것 같다.

크세노폰이 적국이었던 페르시아 제국의 실질적 창업주였던 키루스를 어떤 이유로 주목했는지 확실하지는 않다. 하지만 이 책의 저술에 자신의 경험이 큰 도움이 되었을 것이다. 그는 한때 페르시아 내전에 그리스 용병으로 참여하여 페르시아 군과 대적하다 패한 후 고립된 그리스 용병을 이끌고 무사히 생환했다. 크세노폰은 그 과정에서 페르시아에 진해 내려온 키루스 대왕의 제국

건설의 일대기를 인상적으로 접하고 이를 그리스 세계에 전하고자 했었던 것 같다.

이 책이 전하려 했던 의도가 무엇이든 간에 독자들은 국가의 통치와 기업의 경영, 가족의 운용에서 키루스가 발휘한 덕목과 리더십에서 많은 시사점을 얻을 수 있다. 한발 더 나아간다면 창업자의 열정과 덕목, 그리고 전략이 어떻게 하면 체계적이고 영속적으로 유지 계승될 수 있을지 고민해보면 좋겠다. '창업(創業)보다 수성(守成)이 어렵다'는 실례를 키루스가 잘 보여주고 있기 때문이다.

추천 고전

- 크세노폰 지음, 《키로파에디아(Cyropaedia) 키루스의 교육》, 이은종 옮김, 주영사(2012).

17

알렉산드로스의 리더십

아리아노스, 《알렉산드로스 원정기》

고대 그리스 문명이 낳은 인물을 논할 때 알렉산드로스를 빼놓고 이야기하기 어렵다. 하지만 그의 삶을 추적할 문헌은 그리 많지 않다. 소크라테스, 플라톤, 아리스토텔레스와 같은 걸출한 철학가의 사상은 당대의 여러 저작을 통해 음미할 수 있지만, 알렉산드로스의 서른세 살의 불꽃같이 짧았던 삶은 당대에 제대로 기록되지 못하고 특별한 조명을 받지 못했다. 반면에 아킬레우스는 호메로스라는 탁월한 시인을 만난 덕에 자신의 영웅적 행적을 후대에 인상적으로 남길 수 있었다. 서사시 《일리아스》는 고대 그리스인들의 교과서였고 그리스인들의 삶 전반에 깊은 영향을 미쳤다.

불멸의 영웅을 꿈꾼 알렉산드로스

알렉산드로스 역시 자신에게는 호메로스와 같은 위대한 시인이 없어 자신이 제대로 평가받지 못하게 될 것이란 점을 아쉬워하기도 했다. 그래서 그는 아리스토텔레스의 제자이기도 한 칼리스테네스를 종군시켜 자신을 아킬레우스와 같은 전설적 영웅과 비슷하게 묘사하도록 했다. 하지만 그는 도중에 반역 혐의로 처형됨으로써 호메로스의 역할을 끝내 다하지 못했다.

이런 탓에 불행히도 알렉산드로스 생전의 생생한 삶을 추적한 작품들은 《일리아스》나 《오디세이아》와 같은 전범이 될 문학작품의 반열에 오른 것은 없다. 다만 알렉산드로스와 함께 참전한 부하들이 투박하지만 진솔하게 쓴 몇몇 저술들은 있었다. 그의 부하 장군이던 프톨레마이오스는 동방원정의 경과를 주로 군사 운용의 측면에서 자세히 기술했다. 시종이었던 카레스는 몇몇 단편적 일화를 소개한 책을 썼다. 또 인도 원정 이후 더 이상의 원정을 접고 회군하는 과정에서 함대를 이끌고 인도에서 페르시아만까지 항해한 네아르쿠스의 기록도 있다. 또 아리스토불루스는 원정 지역의 지리와 지형학적 특성들을 세세하게 기록하기도 했다.

《알렉산드로스 원정기》는 후대의 인물인 아리아노스(95~175)의 작품이다. 아리아노스는 로마와 아테네의 집정관을 역임한 정치가이자 에픽테토스에게서 스토아 철학을 배운 철학자였다. 그는 알렉산드로스의 사후 400여 년 후대의 인물이다. 그리스 철학과 문화를 애호한 그는 알렉산드로스 생전에 부하 장군들이 남긴 저작들과 2세기 활약한 로마의 수사학자이자 정치가였던 퀸투스 쿠르티우스 루푸스가 쓴 《알렉산드로스 전기》, 플루타르코스가 쓴 《영웅전》 속의 알렉산드로스 전기 등을 종합적으로 참조하여 알렉산드로스의 전기를 남겼다.

호메로스 상. 로마 카피톨리노 박물관.

그는 여러 저작을 참조하면서 기술 내용이 서로 상충하거나 사실 여부가 미심쩍은 부분들은 채택하지 않고 당시 군대의 내부 사정에 밝았던 장군들의 기록에 우선적인 관심을 두었다. 그는 알렉산드로스 생전의 활약상을 보다 생동감 있게 그리기 위해 주로 휘하 장군이었던 프톨레마이오스와 아리스토불루스의 저작을 참고했다. 이런 까닭에 동방원정 과정의 군사 작전에 대한 상세한 묘사가 탁월하다. 따라서 고대 그리스군과 페르시아군의 병법과 원정 상황에 관심이 있는 독자들에게 깊이 있는 정보를 제공한다. 반면에 전쟁터를 누비면서 겪는 알렉산드로스의 다양한 정서와 사유를 가늠해 볼 수 있는 대목은 적은 편이다.

탁월한 전사이자 왕, 알렉산드로스의 리더십

이 동방원정의 기록에서 알렉산드로스의 전투 지휘 능력(generalship), 부하 통솔력(leadership), 그리고 인품과 성격을 엿볼 수 있는 몇 대목을 살펴보자. 알렉산드로스는 동방원정에서 자신이 직접 지휘한 전투에서 모두 승리했다. 불패의 신화는 그렇게 만들어졌다.

그는 전투마다 적이 미처 생각할 수 없는 대담하고 창의적인 작전을 구사했다. 그는 지형지물이나 군대의 포진, 군세와 기상 상황을 면밀하게 파악해 기마병을 이용한 기동전은 물론 보병의 도강, 매복, 포위 공격, 공성 장비를 이용한 성벽 공격 등 다양한 형태의 전술을 자유자재로 구사했다. 그는 다뉴브강에 다리를 놓지 않고 하룻밤에 건너버려 적을 동요시켰다. 인도 원정 때 인더스강을 건널 때에는 배를 해체하여 숨겨두었다가 일시에 조립하여 띄우기도 했다. 튼튼한 성채를 구축한 티레를 공격할 때는 투석기와 같은 공성 장비를 효과적으로 사용하고, 토루를 쌓거나 성벽 밑을 파서 무너뜨리는 작전을 써서 효과를 보기도 했다. 알렉산드로스는 전략과 전술에 있어 천재적인 역량을 보였다.

알렉산드로스는 군사적 탁월성 못지않게 부하들을 휘어잡는 리더십 또한 뛰어났다. 그는 대전투가 끝나고 나면 항상 각종 운동경기와 문학 경연, 음악 경연 등을 열어 병사들이 타고난 재능을 발휘하고 전투로 지친 심신을 풀게 했다. 병영 내의 문화 체육 행사를 통해 동료애를 북돋우고 그리스인의 정체성을 고양시켰다. 이러한 비군사적 활동 또한 부하들의 마음을 사는 효과적인 방법이었을 것이다.

알렉산드로스는 부하 사랑도 남달랐다. 그의 군대가 인도 정복을 마치고 귀로에 게드로시아 사막을 지날 때였다. 지독한 갈증으로 장졸들이 고생했다. 물을 구하러 갔던 병사들이 어렵게 구한 물을 투구에 담아와 알렉산드로스에게 바쳤다. 그러자 알렉산드로스는 병사들에게 감사를 표한 후 모든 병사가 보는 앞에서 그 물을 사막의 모래 위에 쏟아버렸다. 병사들을 내버려 두고 자신만 혼자 마실 수 없으니 차라리 그 물은 없는 것만 못하다고 여겼기 때문이리라. 병사들을 애틋하게 생각하는 그의 행동에 병사들이 감동하지 않을 수 없었을 것이다. 이렇듯 지휘관이 병사들과 고락을 함께하면 리더십은 자연히 만들어진다.

기원전 4세기 그리스 회화를 바탕으로 로마 시대에 만든 모자이크 작품. 알렉산드로스 부분. 국립 고고학 박물관.

알렉산드로스는 사람을 다루는 데 있어 배포가 컸다. 부하 장졸들에 대해 한번 믿음을 주면 굳건하게 신뢰했다. 유명한 사례가 있다. 한번은 알렉산드로스가 병에 걸려 고생할 때 주치의 필리포스가 물약을 준비했다. 그런데 그때 마침 알렉산드로스가 신임하는 장군인 파르메니오가 필리포스가 알렉산드로스를 독살하려는 정보가 있다는 쪽지를 알렉산드로스에게 전했다. 그러나 이 경고의 글을 읽은 후에 알렉산드로스는 그 쪽지를 필리포스에게 건네주고 그가 쪽지의 글을 받아 읽는 동안 물약을 받아 태연하게 마셨다. 필리포스가 말한 대로 그 약을 먹고 알렉산드로스는 건강을 회복했고, 필리포스는 알렉산드로스가 진정한 친구임을 알게 되었다.

하지만 부하들을 믿었던 알렉산드로스의 통 큰 신뢰의 덕성은 아쉽게도 나중에는 점점 흐려져 갔다. 동방원정의 성취가 높아질수록 자만심도 높아졌기 때문이다. 특히 그가 페르시아를 완전하게 정복한 후 동화정책으로 페르시아의 복식과 음식 문화를 차용하고, 페르시아 병사들을 중용하면서 마케도니아 부하 장졸들과 불협화음이 자주 일어났다. 그로 인해 부하들의 모반이나 배반을 두려워하는 마음이 생겨 부하들을 의심하는 경우가 자주 생겼다.

알렉산드로스가 무릎을 꿇고 절을 하는 페르시아 방식의 부복례를 요구하자 이를 술자리에서 비판한 친구 칼리스테네스를 충동적으로 죽이게 된 것도 알렉산드로스가 부하에 대한 불신과 분노를 다스리지 못한 사례로 볼 수 있다.

알렉산드로스는 용맹한 전사이자 탁월한 왕이었다. 그는 자신처럼 용맹한 전사에 대해서는 비록 패장이라도 예의를 갖추어 대했다. 인도 정벌에서 용맹하게 싸우다 포로로 잡힌 인도 왕 포루스가 목숨을 구걸하지 않고 자신을 왕으로 대해 달라고 당당하게 말하자 알렉산드로스는 그에게 자신의 왕국을 그대로 통치하도록 하고 더 넓은 영토까지 얹어주기까지 했다.

동서양 문명 융합 추구, 헬레니즘을 낳다

알렉산드로스는 왜 그렇게 험난한 정복 전쟁을 벌였을까. 그는 페르시아 전쟁을 일으켜 그리스를 침탈했던 것에 대한 복수를 명분으로 내세웠다. 아테네 아크로폴리스의 여러 신전을 불태운 만행도 응징한다는 이유로 들었다. 그가 페르시아의 수도 페르세폴리스의 왕궁을 불태워버린 것도 그리스의 최종적인 복수를 완결하기 위한 것이었는지도 모른다. 하지만 당시 지구상에 존재했던 건축물 가운데 가장 거대하고 웅장했던 왕궁이 소실된 것은 인류의 중요한 유산 하나를 통째로 잃어버린 것으로 매우 안타까운 일이다.

전쟁의 명분은 분명 페르시아 응징이었지만, 알렉산드로스가 그 유일한 목적 달성에만 혈안이 되었다면 그는 후대에 좋은 평가를 받기 어려웠을 것이다. 그는 페르시아 정벌을 통해 동방과 서방의 완전한 통합을 꿈꾸었다. 그는 그리스 문화와 페르시아 문화의 융합을 희구했다. 그가 자신과 부하 장졸들이 합동으로 페르시아 여인들과 결혼식을 올리고, 페르시아 귀족 자제들을 마케도니아 최고의 정예 기병으로 편입시킨 것도 양국 간의 인적 결합을 통한 동화정책의 일환이었다.

알렉산드로스는 페르시아를 정벌하면서도 페르시아인들의 원성을 사기는커녕 환대와 칭송을 받았다. 전쟁 포로로 잡은 페르시아 왕 다리우스의 모친과 왕비 등 왕족들을 우대하고, 페르시아의 왕 다리우스를 배반하여 죽인 총독 베수스 일당을 끝까지 추적하여 잡아서 공개 처형한 행위들이 페르시아인들의 호의를 샀기 때문이다. 저자 아리아노스는 알렉산드로스의 이러한 덕목을 곳곳에서 칭찬하고 있다.

알렉산드로스는 명예욕이 유달리 컸다. 그는 아킬레우스, 헤라클레스, 디오니소스와 같은 고대 영웅들의 행적을 선망했고, 그들의 업적을 뛰어넘으려는 강렬한 경쟁심을 갖고 있었다. 정복 전쟁 과정에서 그들의 성취와 관련된 지역에 이르면 기어코 자신도 그곳에서 더 큰 성취를 만들고자 했다. 알렉산드로스가 헤라클레스도 차지하지 못했던 지금의 아프가니스탄 지역인 소그디아나의 아오르노스 바위산을 점령한 사실을 자랑한 것도 하나의 예이다.

알렉산드로스는 과음과 풍토병 등의 원인으로 바빌론에서 33세의 꽃다운 나이에 세상을 떴다. 그는 건강이 악화된 와중에도 아라비아 정벌을 계획한 것으로 아리아노스는 기술하고 있다. 그의 끝없는 정복욕을 보여주는 대목이다.

아리아노스는 전반적으로 알렉산드로스에게 우호적인 시선을 보낸다. 그는 알렉산드로스가 자신이 이집트의 최고신 아몬 라의 아들이라고 주장한 것도 자신의 존엄성을 증대시키려는 수단이었다고 보았다. 또 부하 장수들과 갈등을 겪게 만든 궤배례 또한 페르시아의 관습을 받아들여 페르시아인들을 동화시키려 했던 정책적인 선택이었다고 평가하고 있다. 특히 아리아노스는 알렉산드로스가 불굴의 인내력과 예리한 지성의 소유자였으며, 용감하고 모험심이 강한 탁월한 전사이자 왕이었다고 기술하고 있다.

우리는 알렉산드로스에 대해 온전한 평가를 내리기는 어렵다. 숱한 작가들이 어떤 이는 불세출의 영웅으로, 어떤 이는 그칠 줄 모르는 정복욕에 사로잡힌 무모한 이로 그린다. 그는 아리스토텔레스에게서 학문을 배웠다. 하지만 그와 같은 현인은 아니었다. 알렉산드로스는 끝없는 야망에 불타는 청년이었음이 분명하다. 그로 인해 그가 이룬 비교할 수 없는 탁월한 군사적 성취만 도드라질 수 있다. 하지만 알렉산드로스의 광대한 정복 활동이 결과적으로 동서 문화교류를 촉진하고, 마케도니아인들이 이어간 후계 왕국들을 통해 헬레니즘 문명을 가능하게 했다는 점은 부인할 수 없는 큰 업적이라 하겠다.

추천 고전

• 아리아노스, 《알렉산드로스 원정기》, 박우정 옮김, 글항아리(2017).

제우스 아몬 대리석 두상. 이집트의 최고 신 아몬을 그리스 최고 신 제우스와 동일하게 여겨 숫양의 뿔을 단 제우스의 형상으로 조각했다. 현존하는 몇 개의 제우스 아몬 상 가운데 가장 탁월한 작품이다. 빈 예술사 박물관.

18

정치인이 민심을 얻는 법

키케로,《후대 경세가들에게 보내는 로마인의 편지》

이 책은 기원전 1세기 중엽 로마 정계의 주요 인사이던 마르쿠스 키케로 형제의 정치 철학을 살필 수 있는 서간문이다. 키케로가 자신의 동생 퀸투스 키케로와 주고받은 충고와 조언이 편지 형식으로 담긴 짧은 분량이다. 로마의 최고관직인 집정관에 출마하는 형 키케로에 대해 동생이 훈수(?) 두는 선거전략과 아시아 속주의 총독인 동생에게 형 키케로가 당부하는 편지 2편이 실렸다. 두 편의 편지는 키케로 형제의 각기 다른 성격과 특징, 우애를 엿볼 수 있게 하면서 당시 로마의 정치 상황과 공직 선거 풍토, 그리고 속주와 로마 중앙정계의 관계를 이해하게 해준다.

역자는 퀸투스가 형 마르쿠스에게 보내는 편지는 '키케로의 선거전략', 마르쿠스가 동생 퀸투스에게 보내는 편지는 '키케로의 국가경영론'이라는 제목을 붙였다. 두 편 모두 짧은 글이지만, 당시 로마의 정치 상황에 대한 키케로 형제의 내밀한 현실 인식과 지향 가치를 보여준다는 점에서 의미 있는 사료이다. 퀸투스가 제시하는 선거전략은 상당히 구체적이고 현실적이다. 그래서인지 퀸투스가 이처럼 치밀한 선거전략을 구사할 만큼 정치적 감각과 경험이 충분했을까 혹자가 의문을 제기하기도 하지만 그의 저작이 아니란 명확한 근거는 없다.

선거 이렇게 해야 이긴다

퀸투스는 형 마르쿠스의 자질을 높이 사면서도 냉혹한 선거에서 승리하기 위해 자질보다 기교에 의지하는 편이 좋다며, 구체적인 선거의 스킬을 제시한다. 조언의 내용이 상당히 현장 중심적이다. 지지 기반을 다지기 위해 영향력 있는 개개인과 직능단체, 마르쿠스에게 웅변을 배우는 청년 문하생, 주변의 지지자 등 인적 자산을 최대한 활용하고, 이런 폭넓은 지지를 주변에 과시하며, 연설할 때 지지자들의 호위를 받아 위엄을 뽐내라고 조언한다. 지지자들을 몰고 다니며 선거 흥행몰이에 골몰하는 현대의 선거 풍경과 겹쳐 보인다.

또한 어떻게 로마시민들에게 호감을 사고 지지로 연결할 것인지에 대해서도 각 유권자의 심리와 기대를 살피고 이에 부응해야 한다고 지적한다. 특히 모든 시민에게 열린 마음과 표정, 태도를 갖추어야 하며, 친절한 대응과 시민을 대변하는 자세야말로 민심의 우호적 향방을 좌우하는 중요한 요소라고 강조한다. 현대 선거 운동의 핵심적 전략들로도 손색이 없는 주문이다.

하지만 선거에 이기기 위해서는 수단과 방법을 가리지 말고 전력투구해야 한다고 조언하면서, 경쟁 후보에게 소송 제기의 가능성을 부각하거나 그들의 회계원들을 겁주며 어떤 수단을 써서라도 상대 후보의 재정 후원자들을 겁박하는 방법을 조언하는 대목에서는 약간 수위가 높아진다. 하지만 당선을 위해 네거티브 공세와 협박과 공작을 마다하지 않는 요즘의 추악한 선거 백태에 비교하면 고전적이며 순진한 수준이다.

사실 마르쿠스 키케로가 집정관 선거에 도전한 것은 로마 정치사에 일대 사건이었다. 로마 공화정의 집정관은 비록 임기 1년에 불과했고, 원로원과 민회, 호민관 등에 의해 견제를 받는 정치구조 속에 있었지만, 군통수권을 가진 최고 권력자에 틀림없었다. 유사시 법령에 의해 독재관이 될 수도 있었다. 그런 만큼 원로원에서 일정한 세력을 확보한 귀족 출신들이 집정관을 돌아가며 독점했었다.

편지글에서도 간간이 엿보이지만, 키케로는 귀족 출신이 아닌 기사계급 출신으로서 최초의 집정권 도전이었으니, 그의 도전은 현실적으로 무모한 도전일 수 있었던 것 같다. 동생 퀸투스가 형 키케로의 낮은 인지도 극복과 선호도 제고를 위해 냉정하고 치밀한 선거전략을 제시한 까닭이 이해된다.

물론 키케로는 뛰어난 웅변술과 최고의 변호사로 이름을 날렸지만 정치인으로서는 완전 신인이었기 때문이다. 다행히 그의 천

부적 재능과 입지전적 노력에 힘입어 재무관, 조영관, 법무관 등 행정직을 잘 수행한 경험도 보탬이 된 듯하다. 어떻든 동생이 조언한 선거전략 덕분이었는지 키케로는 기원전 64년에 대망의 집정관에 선출되었으니 형제의 주도면밀한 노력이 결실을 거둔 셈이다.

키케로의 국가 경영 철학

마르쿠스 키케로가 동생에게 보낸 편지에서는 중앙정치인으로서의 '키케로의 국가 경영관'을 엿볼 수 있다. 키케로는 아시아 속주 총독으로 임기를 연장하여 재임하게 된 동생 퀸투스가 대과 없이 총독직을 완수할 수 있기를 염원하면서 소소한 유의사항까지 전달한다. 동생의 실책으로 자신의 중앙정계의 입지가 흔들릴까 염려하는 마음도 엿보이지만, 동생의 성공을 바라는 형의 진심 어린 태도를 동시에 느끼게 한다.

퀸투스는 정직하고 청렴한 총독으로 알려졌지만, 불같은 성격 때문에 주변 사람들에게 불필요한 오해와 갈등을 만들 소지를 많이 안고 있었다. 형 마르쿠스는 이러한 동생의 강점과 약점을 보완해주기 위해 중앙 정계의 경륜 있는 정치인으로서의 안목과 식견으로 현실적인 조언을 하고 있다.

또 청렴한 동생 퀸투스가 과도하게 공지자들이 치부를 들추거나 개개인의 행정을 감시하는 것은 자제하고 각자의 청렴도에 따라 신뢰도를 조정하는 것으로 만족하라고 조언한다. 당시 부정과 부패에 대해 지나치게 관대했던 세태에 비추어 지나친 결벽이 만들어낼 역기능을 우려한 정치인 키케로의 노회한 태도를 엿보는 듯하다. 하지만 차분히 생각해보면, 도덕성을 추구하되 현실의 상황과 조화를 이루면서 점진적 개혁을 추구한 냉철한 현실주의자의 면모로 읽힐 수도 있겠다.

또 마르쿠스는 동생의 불같은 성격이 만들어낼 예기치 않은 사고와 부적절한 처결을 염려하여 자신의 영혼이 격정과 분노에 굴복하지 않도록 매일 매일 감정과 언사를 조절하고 격정과 고통을 통제하는 마음의 훈련을 할 것을 권고한다. 철저한 감정관리를 통한 정신의 수양을 주문한 것이다. 키케로가 자신의 아들에게 보낸 《의무론》의 또 다른 한 대목을 보는 듯하다.

아울러 키케로는 중앙과 지방 총독과의 관계 정립에 대해서도 크게 신경 쓴다. 특히 로마 중앙의 세리(稅吏)와 원만한 관계를 유지할 것을 당부한다. 당시 로마의 조세 행정을 담당했던 세리들은 통행세를 부과하거나, 각종 경기대회의 재원을 속주들로부터 거두어들이면서 횡포를 부려 속주민들의 반발을 사는 경우가 많았다. 이에 속주 총독들은 아예 중앙 세리나 징세 청부조합과 결탁하여 함께 이익을 취하는 일이 잦았던 것 같다.

이런 상황에서 마르쿠스는 동생 퀸투스가 나름대로 속주민들의 민생을 파탄으로 몰아넣지 않도록 경계하고 노력하고 있는 점을 격려하면서 중앙 세리와의 원만한 관계를 설정하고 관리하는 일이 매우 중요함을 강조하고 있다. 당시 총독들에게 속주의 통치에 상당한 자율권이 주어져 있었지만, 총독의 임기 종료 후 중앙 정계 복귀와 정치적 입지를 유지하기 위해 중앙 세리와 원로원 등 중앙행정 권력 및 정치권과의 유대가 상당히 중요한 역할을 하고 있었음을 짐작하게 한다.

마르쿠스는 총독으로서 속주를 다스리는 일이 평생 재임하는 왕과는 달리 짧은 임기로 인해 직무 수행의 어려움이 많다는 것을 잘 알고 있었다. 그럼에도 동생 퀸투스에게 총독으로서 속주민의 영원한 평화와 안전을 제공할 책무가 있음을 상기시킨다. 또한 당대의 의견과 판결에만 신경 쓰지 말고 가문의 영광과 후세의 평가를 생각하며 사심 없이 총독직무에 정진하라고 독려했다. 오늘날의 사회 지도층이나 고위 공직자의 책무와 도리를 일깨우는 교훈처럼 느껴진다.

대중을 의식하지 않고 쓴 격식을 갖추지 않은 서간문들은 당대의 사회상이나 필자들의 솔직하고 담백한 내면을 그대로 드러내는 경우가 많다. 이 책에 나온 키케로 형제의 편지 역시 정치인으로서의 야망을 숨기지 않지만, 한 개인의 소박한 욕망과 혈육 간의 우애를 여과 없이 드러내어 인간적 면모를 살필 수 있게 한다.

추천 고전

• 키케로, 《후대 경세가들에게 보내는 로마인의 편지》, 이영훈 역, 굿인포메이션(2002).

19

철인 황제의 경건한 자기 성찰

마르쿠스 아우렐리우스, 《명상록》

대통령이나 국회의원, 지방선거로 당선된 수많은 지방자치단체의 정치와 교육 지도자들이 제일 먼저 읽어야 할 단 한 권의 책을 들라면, 나는 주저하지 않고 로마 황제 마르쿠스 아우렐리우스(121~180)의 《명상록》을 추천하겠다. 그는 자신의 인격을 끊임없이 도야하면서, 공동체의 유지와 발전을 위해 노심초사한 5현제(賢帝)의 마지막 황제였다. 이 책에는 그의 수신과 치국을 위한 고매한 철학이 담겨있다.

나아가 이 책은 모든 사람에게 인생의 연륜이 높아지면서 더 자주 손길이 갈 수 있는 책이기도 하다. 인생의 의미를 예리하게 통찰해 내고 삶을 조망하는 폭넓은 시야로 인생을 성찰하게 해주기 때문이다. 인생의 길잡이로 삼을 책 가운데 마르쿠스 아우렐리우스의 《명상록》이 으뜸이 아닌가 싶다.

이 책이 널리 사랑받는 만큼 수십 종의 번역서가 출판되었다. 하지만 그리스 원전 번역의 대가인 천병희 선생님이 2005년 그리스 원전을 번역한 이 책이 가장 충실하게 저자의 철학을 전달하고 있는 것 같다. 청년기에 중역본(重譯本)으로 읽었던 기억이 새롭다. 오십이 훌쩍 넘어 이제 다시 읽으니, 노(老) 황제의 달관의 인생 철학이 가슴에 더욱 절절하게 와 닿는다.

이 책은 로마 5현제 중 최고의 철인 황제였던 마르쿠스 아우렐리우스의 비망록이다. 그의 사후 100여 년 후에 발견되어 전해진 이 내밀한 사적 기록은, 끊임없이 자신의 인생을 성찰하고 다잡아 나간 자기와의 치열한 싸움을 기록한 고백 일기라고 할 수 있다.

따라서 특정한 주제로 길게 서술된 산문이 아니라, 짧으면 한두 줄, 길어도 몇 단락 정도의 짧은 글들이 열거되어 있을 뿐이다. 하지만 짧은 비망 기록의 묶음에서 마르쿠스 아우렐리우스의 인격과 지혜는 물론 철학적 사유의 폭과 깊이를 고스란히 보여준다. 그가 황제이기 이전에 에픽테토스, 세네카와 더불어 대표적인 후기 스토아 철학자로 인정받고 있는 배경을 알게 해준다.

짧은 잠언들을 관통하는 그의 철학과 인생관의 바탕에는 자연적 본성과 섭리에 대한 숭상, 인간 이성에 대한 신뢰는 물론, 삶과 죽음을 초월한 그의 사생관, 공동체의 목표에 대한 헌신하는 그의 인간상이 두껍게 깔려 있다. 그는 끊임없이 자연의 본성과 인간의 지배적 이성에서 벗어나지 않도록 스스로 경계하고 질책하면서, 공동체의 이익을 위해 헌신하도록 자신을 독려하고 있다.

이 책에서는 황제의 오만한 그림자를 전혀 찾아볼 수가 없다. 오히려 평범한 인간으로서 갖추어야 할 규범과 도덕성을 갖추기 위해 노력하는 겸허한 철학자의 모습을 인상적으로 마주하게 된다.

"황제 티를 내거나 궁중 생활에 물들지 않도록 조심하라. 그러기가 쉽기에 하는 말이다. 따라서 늘 소박하고, 선하고, 순수하고, 진지하고, 가식 없고, 정의를 사랑하고, 신을 두려워하고, 자비롭고, 상냥하고, 맡은 바 의무에 대하여 용감한 사람이 되도록 하라. 철학이 너를 만들려고 했던 그런 사람으로 남도록 노력하라. 신들을 공경하고 인간들을 구하라. 인생은 짧다. 지상에서의 삶의 유일한 결실은 경건한 성품과 공동체를 위한 행동이다."

이성과 자연의 섭리에 순응하는 삶

그는 자신이 그리는 이상적 인간상을 유지하기 위해 '지배적(hegemonikon) 이성'을 강조했다. "'나'라는 존재는 육신과 짧은 호흡과 '지배적 이성'에 불과하다." 따라서 변화하고 소멸하는 육신의 충동이나 쾌락에 제압되지 말고 오로지 이성으로서 자기 자신 전체를 지배할 때 인간은 자연의 섭리에 순응하고, 절제와 질서 있는 삶이 가능하다고 본 것이다.

마르쿠스 아우렐리우스는 인간의 삶과 죽음에 대해 초탈하다.

탁월한 사람이나 범인(凡人)이나 모두 언젠가 죽게 된다며, 이런 덧없는 인생 필연의 운명을 담담하게 받아들인다. 그에게 죽음 앞에선 권력과 부, 신분의 귀천도 아무런 의미가 없다.

"마케도니아의 알렉산드로스나 그의 노새 마부나 죽은 뒤에는 같은 처지가 되었다. 그들은 둘 다 똑같이 우주의 생식력이 있는 이성으로 환원되었거나 아니면 원자들로 분해되었기 때문이다."

그는 죽음을 우주의 순환 운동의 한 과정으로 보는 것이다. 이런 관점에서 보면 죽음이란 고통이 아니라, "감각적 인상과 충동에 따른 조종과, 마음의 방황과, 육신에 대한 봉사로부터의 휴식"이 되는 것이다. 따라서 그는 "죽음에 무관심하거나 조급하거나 거만한 태도를 취하지 않고 자연의 한 과정으로서 기다리는 것이 이성을 지닌 인간에게 맞는 태도"라고 생각했다. 죽음에 대한 지나친 두려움과 삶에 대한 추한 집착을 버린 진정한 철학자다운 모습을 잘 보여준다.

그의 죽음에 대한 달관의 깨달음은 현세의 삶의 태도를 더욱 겸손하고 진지하게 만들어 준다. 그가 진실로 두려워한 것은 누구나 맞게 될 죽음이 아니라, 자신의 '지배적 이성'이 잠들어버려 육체적 자극과 쾌락에 자신이 제압당하거나, 고통에 굴복하는 상황이다. 그의 비망록은 바로 이런 굴욕적 상태가 되지 않기 위한 끊임없는 자책과 각성의 자기 주문이다.

“지배적 이성은 자신 속으로 물러나 자신에게 만족하고, 설사 그것이 비이성적인 반항이라 해도 자신이 원치 않는 것은 아무것도 하지 않을 때는 불패(不敗)이다. 하거늘 그것이 어떤 사물에 대하여 이성적으로 신중하게 판단을 내린다면 어떻겠는가? 그러므로 정염(情炎)에서 자유로운 마음은 성채이다. 그곳으로 피신하면 앞으로는 함락되지 않을 것이기 때문이다. 이런 사실을 모르는 자는 무지한 자이고, 알면서도 그곳으로 피신하지 않는다면 불운한 자이다.”

마르쿠스 아우렐리우스는 세계 대제국 로마의 황제로 무한권력을 가졌다. 그는 원하는 쾌락은 어떤 것도 취할 수 있었고, 그의 감성과 욕망, 방종을 제어할 현실적 제약은 거의 없었다. 하지만 스스로 규정한 자신의 모습이 흐트러지지 않도록 철저히 감독했다. 모든 것을 가진 그가, 외부의 시선을 의식해서가 아니라 자신 내면과의 치열한 투쟁을 통해, 자신을 곧추세우는 수신에 매진했다는 점에서 그의 고귀한 인간성이 더욱 빛난다.

“너 자신에게 선하고, 겸손하고, 진실하고, 지혜롭고, 공감하고, 고매하다는 이름을 붙인 다음에는 다른 이름이 붙여지지 않도록 조심하라. 그리고 그런 이름들을 잃게 되면, 서둘러 그런 이름들로 돌아가라.”

사리사욕을 버리고 공동체에 유익한 행동만 하라

그가 자신을 다잡으며 그토록 정진한 이유는 무엇이었을까. 내면의 수양을 통한 인격의 완성 그 자체가 삶의 전부는 아니었던 것 같다. 그는 자신을 끊임없이 연마시켜 현실의 사회적 의무 실행의 동력으로 연결하고자 했다.

그는 이성적인 존재는 공동체적 존재이기도 하므로 국가 공동체에서 시민들의 지적 능력과 이성과 법의식이 더욱 다져져야 한다고 보았다. 따라서 그의 인격 수양 노력은 내면의 소극적 차원이 아니라 공동체에 기여할 리더로서 고귀한 품성을 갖추고자 했던 더 높은 차원의 적극적 행동이었던 것이다.

이런 맥락에서 그는 사회 구성원들은 이기와 쾌락, 충동적 행위에 휩쓸리지 말고 공동체를 위한 활동을 목표로 삼아야 한다고 생각한 것 같다. "목적 없이 무턱대고 행동하지 마라. 공동체에 유익한 것만을 네 행동 목표로 삼아라"고 자신에게 지속적으로 요구한 이유다. 노블레스 오블리주(noblesse oblige)를 실천하기 위해 노심초사하던 철인 황제의 면모를 여실히 읽을 수 있다.

"나는 나와 동종인 부분과 밀접한 관계를 맺고 있는 한 공동체에 반하는 행동을 하지 않고, 오히려 내 모든 노력을 공동체에 유익하도록 조절하고 그와 반대되는 것을 삼가게 될 것이다. 이런 원칙을 지켜나가면, 동료 시민들에게 유익한 일을 하나씩 실행해 나가고 공동체가 부과하는 의무를 기꺼이 받아들이는 시민의 삶이 행복하리라고 네가 생각할 수 있듯이, 삶은 행복할 수밖에 없을 것이다."

마르쿠스 아우렐리우스 기마상. 로마 카피톨리노 박물관 앞에 있다.

그가 재위하던 2세기 말은 페스트가 크게 유행하여 시민의 삶이 피폐해지고, 게르만족의 침입으로 군사적 어려움에 시달리는 등 내우외환으로 로마의 전성기가 저물어가기 시작하는 상황이었다. 그는 외적과의 방비에 헌신해야 했고, 사회의 기강과 도덕성을 바로 세우고자 고심했다. 그는 도나우강 전선에서 죽음을 맞이할 때까지 현실의 적은 물론 자기 내면의 적과도 끊임없는 전쟁을 벌였던 것이다.

마르쿠스 아우렐리우스에게 인간 세상에서 최고의 권력자였던 황제의 호방한 기개, 카리스마, 넘치는 오만과 독선의 자취를 발견하기 어렵다. 자연의 섭리를 마음으로 수용하고 경건한 삶의 자세로 자신의 내면을 다스리고 로마의 국가 공동체를 유지 발전시키려 애쓰던 위대한 철인 황제의 모습이 그의 비망과 잠언에 절절하게 배어있다.

한 사람의 인간으로서, 한 사람의 국가 최고지도자로서 한 점 부끄러움이 없기를 희구하며 자신을 채찍질하는 도덕적 인간의 전형을 보여주는 마르쿠스 아우렐리우스의 《명상록》은 현대의 지성인, 사회지도자들이 자신을 비추어보고 성찰하는 거울로 삼기에 부족함이 없다.

특히 공직자들이 사리사욕을 버리고, 오로지 "공동체에 유익한 것만을 네 행동 목표로 삼아라"는 마르쿠스 아우렐리우스의 경구(警句) 한마디라도 거듭 되새겼으면 좋겠다.

추천 고전

- 마르쿠스 아우렐리우스, 《명상록》, 전병희 옮김, 숲(2012).

제3부

희망의 국가, 어떻게 만들 것인가

20

플라톤의 이상국가 실험과 실패

플라톤, 《편지들》

플라톤(BC 427~BC 347)의 여러 대화편에는 플라톤이 대담자로 직접 나서지 않는다. 이 책은 플라톤이 일인칭 화자로 직접 등장한 편지글을 모았다. 따라서 플라톤의 내밀한 생각과 사적 생활을 생생하게 엿볼 수 있는 소중한 사료이기도 한 작품이다. 길고 짧은 13편의 편지가 실려 있다. 다만 이 편지들 가운데 플라톤 저작 전문 연구자들 사이에서 위작 논란이 일고 있는 몇몇 작품도 포함되어 있다. 이 책의 해제 부분에서 각 편지에 제기된 위작 시비에 대해 간략히 소개하고 있다.

하지만 편지글을 플라톤이 직접 썼든, 아니면 그의 제자 중의 누군가가 썼든 그것이 결정적으로 중요한 것은 아니다. 일부 글에 대해 위작 논란이 있기는 하지만 이 편지글들이 플라톤의 철학과 현실에서의 실천적 지향을 상당 부분 담고 있다는 점에 주목해야 한다. 고대는 물론 중세기까지 이 편지글들을 모두 플라톤의 진작이라 믿어 의심치 않았고, 2300년 동안 계속 전수되며 많은 이들에게 읽혀온 이유가 여기에 있다.

따라서 근대기에 몇몇 연구자들에 의해 위작 논란이 제기된 작품들이 몇 개 있지만, 역자의 설명처럼 일반 독자들은 전문가들의 위작 논의에 지나치게 민감할 필요는 없을 것 같다. 오히려 당대 그리스 세계의 정치적 상황은 물론 정치가들과 플라톤의 관계를 살피게 해주는 이 편지글의 행간을 잘 음미할 필요가 있다. 특히 플라톤의 철학과 그가 구현하려고 애쓰던 지향이 무엇이었는지 탐색하며 읽는 것도 흥미로운 일일 듯싶다.

플라톤이 서쪽으로 간 이유는?

이 책의 특별한 가치는 여기 담긴 편지글들이 하나하나 플라톤이 현실정치에 참여하여 자신의 철인정치를 구현해 보려고 시도하던 시기의 상황과 고민을 담고 있다는 점이다. 편지글들은 그가 말년에 이탈리아 남부 시칠리아의 최대 도시였던 시라쿠사 참주 디오니시오스 2세의 요청에 따라 3차례나 시라쿠사를 방문하여 이 참주에게 정치 철학을 전수하려 했던 특별한 시기에 이루어진 것들이기 때문이다.

따라서 편지글들은 특정 주제에 대한 철학적 논의에 머물지 않고, 다양한 정치적 사안에 대한 플라톤의 견해를 보여주고 있다.

시라쿠사 군주에 대한 플라톤의 정치적 조언이 담겼고, 플라톤을 지지하고 후원하던 시라쿠사의 민주파 정치가 디온과 그의 추종자들과 나눈 내밀한 교신도 포함되어 있다.

플라톤은 아테네의 명망가 집안에서 태어났고 젊은 시절 자연스럽게 정치 일선에 나서려고 했었다. 하지만 아테네가 펠로폰네소스 전쟁에서 스파르타에 패전한(BC 404) 이후 들어선 30인 참주정의 비민주적이고 폭압적인 정치를 보면서 그는 정치에 환멸을 느낀다. 더구나 참주정을 전복하고 들어선 민주정 지도자들마저 민중에 휘둘리고 급기야 스승인 소크라테스를 무고하여 사형에 처하는(BC 399) 폭정을 겪으면서 플라톤은 아테네에서 정치가의 꿈을 완전히 접는다.

그대신 플라톤은 교육기관 아카데미아를 창설하여 후진 양성에 매진하면서 바람직한 국가 통치에 대한 정치 철학을 계속 갈고닦아나갔다. 《국가》, 《법률》과 같은 대작은 바로 이런 노력의 과정에서 플라톤이 통찰해 낸 이상 국가 건설을 위한 정치철학의 진수를 고스란히 담고 있다.

플라톤은 덕성을 잃어가던 아테네 정치에 환멸을 느끼고 자신의 철인정치를 구현할 신천지를 찾게 된다. 플라톤이 훌륭한 철인교육을 통해 철인 정치가를 길러내려던 집념과 염원이 실험되었던 곳은 바로 시칠리아의 시라쿠사였다. 플라톤은 시라쿠사의 젊은 참주 디오니시오스 2세를 철학교육을 통해 새로운 정치체제를 만들어 낼 주체가 될 수 있을 것으로 보았다.

디오니시오스 2세와 인척 관계에 있던 정치적 실력자인 디온이 플라톤의 시라쿠사 방문을 강력히 요청한 것도 플라톤의 시라쿠사 방문에 한몫했다. 디온은 플라톤의 정치 철학을 통해 조국 시라쿠사에 민주정을 세울 수 있길 염원했기 때문이다.

실패로 끝난 플라톤의 철인정치 실험

하지만 초기에 플라톤의 가르침을 따르며 철학 공부에 관심을 보이던 디오니시오스 2세는 날이 갈수록 공부엔 뒷전이고 디온과 플라톤의 우호적 관계에 대한 질시와 견제로 과민해져 갔다. 급기야 플라톤의 후광을 입은 디온이 정치적 영향력을 키워 자신을 축출하지 않을까 하는 의구심과 두려움을 갖기 시작한다. 디온의 민주파와 반대에 섰던 주변 중상모리배들의 이간은 이런 상황을 더욱 악화시킨다. 결국 디온과 디오니시오스 2세 사이가 틀어지고 디오니니오스 2세의 플라톤에 대한 경계심은 극도로 높아진다.

디오니시오스 2세는 유명한 현인 플라톤에게서 철학을 배운다는 명분을 얻는 데 관심을 두었을 뿐 지혜 사랑에 대한 진정한 열정은 부족했다. 다만 플라톤을 내치면 현인을 멀리했다는 비난을 받을 것을 우려해 겉으로만 존중하는 척했을 뿐이었다. 결국 디오니시오스 2세는 디온에게 모반 혐의를 씌워 국외로 추방한다. 지적 허영심이 가득하고 오만했던 참주의 태도에 실망한 플라톤은 결국 아테네로 돌아간다.

플라톤의 마지막이자 세 번째 시라쿠사 방문은 망명 중이던 디온과 이탈리아 그리스 식민 도시 타렌툼의 아르키타스의 간곡한 요청에 의해 이루어졌다. 이들은 플라톤이 디오니시오스를 계몽할 수 있는 마지막 가능성에 희망을 걸었다.

플라톤 역시 디온 추방을 철회하겠다는 디오니시오스 2세의 약속을 믿고 시라쿠사로 건너갔지만, 그와의 관계는 더이상 진전되지 못하고 끝내 결별하게 된다. 플라톤은 사실상 참주에게 연금된 상태에서 아르키타스와 타렌툼 친구들의 도움으로 간신히 시라쿠사를 빠져나와 아테네로 귀국한다. 플라톤은 시라쿠사에서 거의 살해될 위험 수준까지 처했었다. 참주에게 철학을 가르쳐 '아름다운 철인통치'를 구현해 보려던 플라톤의 정치적 꿈은 결국 실패하고 만 것이다.

디온은 플라톤이 시라쿠사 방문에서 아무런 성과를 거두지 못하고 돌아오자 크게 실망한다. 게다가 시라쿠사에 있는 자신의 전 재산마저 디오니시오스 2세에게 몰수당하자, 디온은 반군을 조직하여 시라쿠사를 탈환하고 디오니시오스 2세의 오랜 참주정을 끝장낸다. 하지만 디온 역시 시라쿠사를 탈취한 지 4년 만에 자신의 부하인 칼리포스파에게 살해되면서 시라쿠사는 다시 혼란에 빠진다.

여러 편지에는 플라톤과 디오니시오스 2세 사이에 서서히 스승과 제자의 관계가 형성되어가는 아름다운 모습이 잠시 보이기도 한다. 하지만 여러 차례 신의를 저버리는 디오니시오스 2세의 행태에 실망하여 플라톤은 그의 태도를 '늑대의 우정'이었다며 차갑게 비난한다. 반면 "시라쿠사 사람들이 최선의 법에 따라 살아가는 자유인이어야 한다는 생각을 갖고 있는" 디온에 대해선 따뜻하고 애정 어린 충고를 자주 보낸 것을 볼 수 있다.

민주정과 철인정치의 성공 조건

역사에 가정은 부질없는 일이지만, 만약 디오니시오스 2세의 참주정을 붕괴시킨 민주파 디온이 살해되지 않고 좀 더 오래 시라쿠사를 이끌 수 있었다면 플라톤의 철인통치가 어느 정도 구현될 가능성이 있지 않았을까. 디온은 플라톤의 정치 철학을 이해하고 충실히 수행하려는 의지와 역량을 어느 정도 갖고 있었기 때문이다. 하지만 시라쿠사는 민주파의 정치적 기반이 확고하지 못했고 잇단 정변으로 정치적 혼란에 빠져 안정된 민주정을 확립하지 못했다.

편지글에는 플라톤의 자전적 이야기가 상당히 많이 진술되었다. 그가 정치에 입문하려다 포기하게 된 배경도 담겼다. 또 군사반란에 성공하여 정권을 잡은 민주파 디온과 디온의 사후 다시 정권을 잡은 그의 추종자들에게 당부하는 통치의 방략에는 플라톤이 《국가》와 《법률》에서 전개한 정치 철학의 일단을 엿볼 수 있다.

플라톤은 통치자와 철학자가 우애와 친교를 유지하며 "권위를 가진 법"을 지주 삼아 우정의 결속으로 나라를 통치해 나가도록 권고하고 있다. 또 기본적으로 폭력에 의한 정치체제 변혁에는 반대했다. 플라톤이 디온의 추종자들에게 당부한 대목에서 이런 점이 명확히 드러난다.

"설사 사람을 추방하거나 죽이는 일 없이는 최선의 정치체제를 실현하는 것이 불가능한 경우일지라도, 정치체제의 변혁을 위한 폭력을 조국에다 가해선 안 됩니다. 그때는 오히려 평온을 유지하면서 자신과 나라를 위해 최선의 것을 기원해야만 합니다."

플라톤은 폭력이 폭력을 부르는 악순환을 경계했다. "싸움에 이긴 자들이, 여러 사람을 추방하고 살해하는 식으로 분풀이를 한다거나 복수를 위해 원수들에 대해 앙갚음하는 일을 그만두고, 오히려 스스로에 대해 절제력을 가진 자로서 자기들 못지않게 패자들에게도 만족을 가져다주는 공동의 법률을 제정"할 것을 권고했다. 정파적 파벌 싸움과 적대관계에서 나오는 증오와 불신이 끊임없이 나라를 분열시킬 수 있다고 보았기 때문이다.

플라톤의 시라쿠사에서의 정치적 실험의 실패는 철학자적 자질과 역량을 갖추지 못한 참주 디오니시오스 2세에 대한 그의 과도한 자기충족적 희망, 중상과 모략이 지배하는 냉혹한 현실정치의 부조화에서 초래된 결과였다. 디오니시오스 2세는 철인 정치가의 자질을 갖추지 못했고, 참주 주변 정치가들이 자신들과 적대적 관계였던 민주파 디온의 후견인 역할을 한 플라톤에 대한 의식적인 배척도 부정적으로 작용했던 것 같다.

아무튼 당대 최고의 현인이었던 플라톤의 철인정치 구상은 실패로 돌아갔다. 편지 곳곳에서 이상적 정치 모델에 대한 플라톤의 열정과 희망, 그리고 아쉬움과 좌절감이 언뜻언뜻 보인다. 이 책은 플라톤의 정치 철학과 구상이 현실 정치가의 편견과 몰이해, 집권적 권력욕과 정파적 파벌의 복잡한 이해관계에 치여 제대로 뿌리내리지 못했던 시대적 상황과 한계를 잘 보여준다. 플라톤의 철인정치가 구현될 현실 국가는 어디에 있을까. 우리의 정치 현실을 보면 요원한 일이다.

추천 고전

• 플라톤, 《편지들》, 강철웅·김주일·이정호 옮김, 아카넷(2021).

21

이상향 아틀란티스의 부활을 꿈꾸다

플라톤, 《크리티아스》

나라와 시대를 불문하고 정치인들은 대중에게 끊임없이 복지 국가의 꿈과 달콤한 약속을 쏟아붓는다. 지상낙원을 그리는 인간 본연의 욕망에 부응하기 위해서다. 유토피아가 어딘가 존재하지 않을까? 현실이 고단할수록 이런 희망은 끊이지 않는다. 현실에서 유토피아를 발견할 수 없다면 내세를 기약하기도 한다. 인간이 종교에 의지하는 이유도 현실의 위안과 피안의 약속을 기대하기 때문이 아닐까?

기원전 4세기 전성기를 지나 쇠퇴기로 접어든 아테네의 어두운 현실 속에서 플라톤(BC 427~BC 347)은 아테네에 새로운 힘과 희망을 불어 넣어주고 싶었던 것 같다. 플라톤은 인생 말년에 이르자 인생 중반에 쓴 대자 《국가(Politeia)》에서 제시했던 이상국가론을 보다 현실적으로 구체화하기 위한 노력에 집중하게 된다. 그 일련의 과정에서 나온 저작이 《크리티아스(kritias)》다.

그는 《티마이오스》, 《크리티아스》, 《헤르모크라테스》의 3부작을 구상했지만, 아쉽게도 두 번째 책인 《크리티아스》는 미완성에 그쳤다. 《헤르모크라테스》는 전혀 쓰이지 못했다. 플라톤은 《티마이오스》에서 펼친 우주론을 통해, 현실 세계의 인간 국가 역시 하나의 생명체처럼 우주적 질서와 구조를 지닌 이상적 모습이 되길 희구했다. 이상국가의 이론적 근거를 우주론적 질서라는 튼튼한 토대에 두고자 했다.

플라톤은 현실 세계에서 이를 보다 구체적으로 보여줄 필요가 있었다. 이를 위해 《크리티아스》는 현실에 한발 더 가까이 다가갔다. 아테네를 어떻게 질서 있고 아름다운 통치체제와 법률에 기초한 국가로 만들 것인가를 예시적으로 보여주고자 했다.

그 방편으로 플라톤은 고대 아테네의 찬란했던 과거를 상기시킨다. 이와 연관되어 나타나는 것이 바로 '아틀란티스'라는 이상국가였다. 아테네와 아틀란티스의 전쟁에서 아테네가 승리하고 나서 아틀란티스의 이상적 사회체제와 덕목을 이식받았었다는 이야기를 전하고자 했다. 물론 아테네와 아틀란티스 전쟁이 역사 속의 전쟁은 아니다.

신비한 이상향 아틀란티스

《크리아티스》는 당시 지중해와 대서양의 길목이던 헤라클레스

기둥 바깥쪽에 있었다는 아틀란티스의 지리적 특성과 자연환경, 생산물, 도시생활상, 신전과 각종 시설, 통치 체계를 상세히 소개하고 있다.

'아틀란티스' 대륙은 현재의 대서양 한 가운데쯤 존재했었던 것으로 묘사되고 있다. 하지만 기원전 9000년 전에 존재했었다는 이 아틀란티스에 대해 플라톤이 최초로 제기하는 방식을 취하진 않았다. 이전 시대의 정치지도자였던 솔론(Solon, BC 640~BC 560?)이 이집트 신관에게서 들을 이야기를 크리티아스의 조부 드로피데스(Dropides)에게 전해주었고, 손자인 크리티아스가 소크라테스, 티마이오스, 헤르모크라테스에게 다시 들려준 이야기를 기록한 형식을 취하고 있다.

과연 아틀란티스 섬은 어떤 나라였을까? 우선 규모가 대단하다. 섬 중앙에 있는 직사각형의 평야 지대의 크기가 동서로 3000스타디온(약 532.8km), 남북으로 2000스타디온(약 355.2km)에 이를 만큼 광대하다.

게다가 평야 지대는 가로세로 100스타디온의 정사각형 모양을 한 600개의 구역으로 구획되고, 각 구역은 모두 수로로 연결되어 편리하게 농업용수를 공급받고 수확물을 운반할 수 있었다고 한다. 아래 그림은 플라톤이 묘사한 아틀란티스의 형상을 상상하여 만든 지도이다. 바둑판 모양의 지형이 평야지대를 600개의 구역으로 나누고 수로로 연결 지은 모습이다.

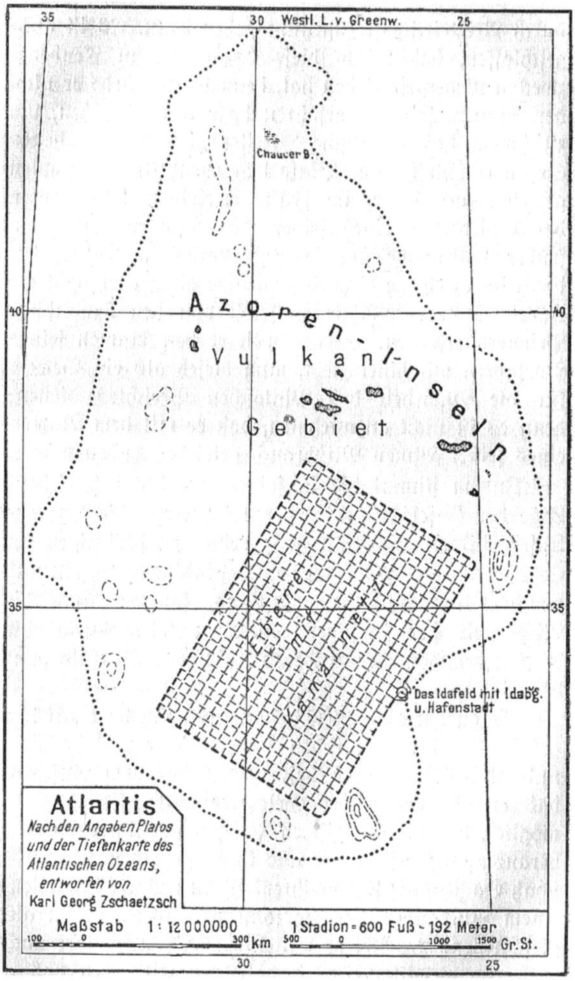

아틀란티스의 상상 지도, Karl Georg Zschaetzsch(1870–1937), 1922 이전 작품. 출처: https://commons.wikimedia.org/wiki/File:Zschaetzsch_Atlantis_Urheimat_der_Arier.jpg

아틀란티스의 중앙부는 고리형 육지 띠와 해수 띠로 이루어져 있고, 중앙 섬으로 자유롭게 출입할 수 있는 수로가 외해와 연결되어 있었다. 가운데 섬에 장대한 궁전과 성역이 황금 담장으로 둘러싸여 있고, 국가의 신성한 법을 새긴 오레이칼코스 비석이 안치되어 있었다.

아래 그림은 플라톤이 묘사한 아틀란티스의 도시 중심부의 모습을 평면도로 그린 것이다. 1번이 중앙 섬, 2번과 4번이 육지 띠를, 3번과 5번이 해수 띠를 나타낸다. 6번 지역은 외곽 도시 지역이다. 8번은 외해로 나가는 연결 운하다. 중앙 섬에는 신전과 왕궁, 온천과 냉천이 있었다. 4번 육지 띠에는 전차 경기장과 선박 계류장 등이 있었다.

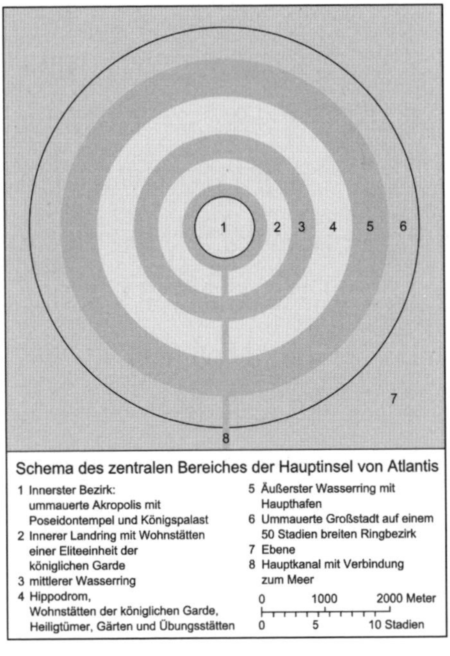

아틀란티스 도시 중심부의 모습, Lencer, 2008 作

출처: https://de.wikipedia.org/wiki/Atlantis#/media/Datei:Schema_Atlantis.png

아틀란티스는 포세이돈과 클레이토가 낳은 다섯 쌍둥이, 즉 10명의 아들이 성장하여 나누어 지배했고, 장자인 아틀라스가 왕 중의 왕으로 최고 권력을 가졌다. 공고한 동맹으로 맺어진 국가들은 5년 간격으로 포세이돈 성역에 모여 국사를 협의하고, 제례와 재판을 행했다고 한다.

아테네에 아틀란티스의 부활을 꿈꾸다

가장 중요한 것은 아틀란티스 섬이 큰 영토와 체계적이고 계획적인 도시 구조를 갖추었으며, 농산물이 풍부하게 생산되고, 세계 각지의 산물이 모여든 풍요로운 국가였다는 점이다. 특히 이들은 "진실하고도 아주 고매한 정신을 소유"하고 있었고, "법에 귀를 기울였고 또 동족신들에 대해 정중했던 사람들"이었다는 것이다. 그야말로 꿈에나 그릴 수 있는 '이상향'이었던 셈이다.

하지만 이들이 넘치던 부를 감당해 내지 못하고 신성의 고매한 정신을 잃어버리고, "사악한 탐욕과 권력"을 꾀하는 인간적 성정이 지배하기 시작하자, 제우스가 이들을 징벌했다는 것이다. 결국 훌륭한 문물과 제도, 행복한 삶을 누리던 아틀란티스가 멸망하고 그들이 과거에 가졌던 바람직한 덕목을 아테네가 이어받게 되었다는 점이 강조된다.

아틀란티스 대륙의 상상 지도, 독일의 수학자, 고고학자이자 자연과학자인 아타나시우스 키르허(Athanasius Kircher, 1601~1680)가 그렸다. 지도의 하단에 방향이 그려져 있는 데 아래 쪽이 북쪽 방향이다. 1669년 作으로 추정된다.

출처: https://commons.wikimedia.org/wiki/File:Atlantis_Kircher_Mundus_subterraneus_1678.jpg

하지만 《크리티아스》의 이야기가 미완성됨으로써 아틀란티스에서 계승 받은 아테네가 어떤 이상국가를 만들었는지에 대해 기술하지 못하고 말았다. 플라톤이 《크리티아스》를 쓰고자 했던 의도는 고대 아테네가 아주 오래전에 이미 아틀란티스에 못지않은 훌륭한 국가를 이루었었다는 점을 상기시키고자 했던 듯싶다.

플라톤은 암울한 아테네를 다시 부흥시켜 보고자 했다. 27년 동안 계속되던 펠로폰네소스 전쟁에서 아테네가 스파르타에게 굴욕적으로 패해 항복하게 되자(BC 404), 아테네인들은 실의와 좌절에 빠진다. 또 BC 399년 소크라테스를 사형에 처할 정도로 아테네 시민들의 분별력과 자유정신은 급격하게 붕괴되고 있었다.

이런 현실에 절망한 플라톤은 새로운 이상국가를 만들기 위해 과거 선조들이 찬란하게 구현했던 '이상향'을 아테네인들이 재현해야 한다는 점을 강조하기 위해 《크리티아스》를 쓴 것 같다. 하지만 이야기 자체를 역사적 사실로 볼 수는 없다.

그가 기술한 아틀란티스가 구현했던 도시 계획과 제도, 생활상은 사실 당대 그리스인들이 경험적으로 인식할 수 있는 수준을 벗어날 수 없었다. 더구나 플라톤이 외부 세계 특히 지중해를 넘어 해양과 지리에 대한 충분한 지식을 갖고 있었다고 보기도 어렵다.

결국 《크리티아스》는 플라톤의 허구적 창작으로 보는 것이 옳을 것이다. 그렇다면 아틀란티스의 존재 여부 그 자체보다 더 중요한 것은 플라톤이 이 허구적 이야기를 통해 무엇을 구현하려 했던 것인가이다. 그런 점에서 미완성으로 끝난 점이 아쉽지만, 아테네인들에게 아테네의 부활을 위해 과거의 탁월한 국가모델을 제시하고자 했던 것만은 틀림없다.

하지만 플라톤의 희구에도 불구하고 그의 생전에는 아틀란티스에 대한 관심이 저조했다. 플라톤 사후 300년 정도까지 이 책에 대해 언급하고 있는 문헌이 전혀 남아 있지 않을 정도였다. 지리학자이자 자연철학이던 스트라본(Strabon, BC 64?~23?)이 자신의 책에서 최초로 아틀란티스에 대해 언급했다. 그는 자신의 저서에서 아리스토텔레스가 "플라톤 역시 아틀란티스에 관련해 '스스로 그것을 만들었다가 또 파괴하고 있다'"고 언급한 대목을 소개했던 것이다.

아틀란티스에 대한 플라톤의 기술이 완전한 허구이고, 무언가 자신의 정치 철학을 구현해 보이기 위한 우화일 수도 있다. 그러면 플라톤이 이를 통해 상징하고자 한 것이 무엇인지가 궁금하다. 이상향을 기대하는 인간의 호기심과 희구는 플라톤이 제기한 아틀란티스의 실재 여부에 대한 진지한 검토와 신비한 관점을 끊임없이 만들어냈다.

'잃어버린 대륙 아틀란티스'에 대해 실재했었다는 주장이 나오기도 하고, 이와 유사한 이상향을 그린 작품들이 계속 쏟아져 나왔다. 기원전 1세기 지리학자 마르켈루스(Macellus)는 아틀란티스 제국의 전설을 전하고 있고, 6세기 무렵 이집트의 기독교 수도사 코스마스(Kosmas)는 아틀란티스의 실재를 증명하고자 했다.

아틀란티스는 이상 사회를 꿈꾸는 세상 사람들의 호기심을 자극하는 숱한 문학작품으로 되살아나기도 했다. 토마스 모어(Thomas More, 1477~1535)가 1516년에 쓴 《유토피아》, 프랜시스 베이컨(Francis Bacon, 1561~1626)이 쓴 《새로운 아틀란티스》 같은 작품이 대표적이다. 이후에도 현재까지 아틀란티스에 관해 전 세계에서 쏟아진 책이 무려 5천 권이 넘는다고 하니 아틀란티스가 만들어 낸 이상향을 그리는 마력이 얼마나 큰지 알 수 있다.

하지만 이상향 아틀란티스와 같은 유토피아는 이 세상 어디에도 존재할 수 없다. 인간 세상은 이미 순결한 신성을 유지할 수 없을 만큼 온갖 탐욕과 이기심이 판을 치는 게 냉혹한 현실이다. 현실에 대한 고통과 불만이 크면 클수록 욕망을 마음껏 충족시킬 수 있는 행복한 지상낙원을 꿈꾸게 마련이다. 그러나 신비로운 이상 국가를 그리는 것은 허망한 일이다.

플라톤이 《크리티아스》에서 하지 못했던 이야기, 합리적 제도와 법률이 작동하고, 고매한 인간성을 가진 사람들이 서로 협력하며 살아가는 세상을 만드는 일은 결국 우리의 몫이다. 왜 세상 사람들이 유토피아를 갈망하는지 그 깊은 비원(悲願)을 읽어내는 책무가 정치인, 학자, 관료, 건강한 시민들 모두에게 있다는 점을 기억하자.

추천 고전

- 플라톤, 《크리티아스》, 이정호 옮김, 아카넷(2020).

22

그리스인이 꿈꾸던 이상국가

플라톤, 《국가》

《국가》는 플라톤(BC 427~BC 347) 정치 철학의 백미이다. "서양 철학의 모든 결과물들은 플라톤 저술의 각주에 불과하다"는 화이트 헤드(Alfred North Whitehead, 1861~1947)의 말이 통용될 만큼 이 책의 1권부터 10권까지 다양한 논쟁적 주제들이 고스란히 담겨있다. 플라톤은 《국가》에서 스승인 소크라테스의 입을 빌려 자신의 철학과 이상국가의 꿈을 그리고 있다.

여러 번 통독해도 여전히 지적 호기심을 자극하는 고전이다. 올바른 국가체계를 세우기 위해 어떤 것들이 필요한지, 그러한 것들이 가져야 할 바람직한 속성은 무엇인지에 대해 소크라테스와 당시 지식인들의 대화형식으로 진리를 탐구해 나간다.

정의란 무엇인가

처음 이들을 뜨겁게 달군 주제는 '정의란 무엇인가'이다. 트라쉬마코스는 '정의란 강한 자의 이익'이라는 현실론을 편다. 전문가와 마찬가지로 제대로 된 지배자는 지배자인 한에는 실수하는 일이 없다. 그가 부과하는 법은 자신에게 최선의 일이므로 이를 이행하는 것은 피지배자의 당연한 일이고, 강한 자의 이익이 되는 일을 행하는 것이므로 그게 곧 정의라는 것이다.

하지만 소크라테스는 지배자는 자신의 이익만을 생각해서는 안 되며, 피지배자에게 이익이 되는 일이 궁극적으로 자신에게 이익이 되며, 그때 비로소 정의로운 것이라고 반박한다.

플라톤에게 바람직한 국가수호자는 철학과 기개, 민첩함과 힘을 가진 사람이어야 하고, 철저하게 국가의 자유를 확보하는 일에 몰두해야 한다. 또 시민들 간의 관계를 교화하고 조화시키는 힘을 가져야 한다.

특히 국가수호자는 국가 전체의 행복을 만들어 낼 수 있어야 한다. 이를 위해 시민 각자 자신의 두드러진 재주를 갖도록 권장해서 자기 위치를 지키도록 해야만 나라가 번영하고 국민 전체의 행복이 증진된다는 본업 충실론을 설파한다.

플라톤은 트라시마코스를 통해 '정의란 강자의 이익'이라며 현실의 부조리를 반영한 명제를 제기하도록 하고, 소크라테스는 삶의 원리로서의 정의의 관념을 하나하나 추적해 나가게 한다. 플라톤은 소크라테스의 대화를 통해 상대방이 정의로운 행위의 선이 어디에 있는지를 검토하도록 함으로써 '철학적 마음'을 획득하도록 안내하고, 정의 그 자체로서 선을 불완전하게나마 의식하도록 도와준다. 소크라테스의 대화술을 산파술이라고 부르는 이유이다.

철학적 마음은 궁극적 지혜를 추구하는 마음이다. 이는 현실에서 겪으면서 얻어지는 경험적 마음과는 차원이 다르다. '정의란 강자의 이익'이란 인식은 현실 속에서 보는 부정의(不正義)한 현상들을 그대로 받아들인 불완전한 측면이 많다. 그러니 철학적 마음으로 인식하는 정의의 관념과는 거리가 멀 수밖에 없다. 플라톤은 경험과 인식의 부조화와 모순을 극복할 수 있는 삶의 원리로서 정의가 오로지 교육을 통하여 철학적 마음을 획득함으로써 실현될 수 있음을 강조한다.

트라시마코스는 자신이 원하는 대로 행동하고 처벌을 피할 수 있는 인간이 번영을 누린다고 주장했지만, 플라톤은 인간 본성의 참다운 내면에 조회해서 자아를 만족시킬 수 없는 그런 행태는 자신과 사회에 해악을 끼치는 불의의 양태라고 규정한다.

어느 시대이든 '트라시마코스'류의 주장에 동조하는 사람들이 많다. 이는 삐뚤어진 인간의 욕망이 분출된 현실의 위력에 짓눌린 자괴와 분노의 표현인지도 모른다. 사정이 이러하니 소크라테스의 입을 빌려 주장하는 플라톤의 설득이 공허하게 들릴 만도 하다. 하지만 이는 플라톤이 '동굴의 비유'로 설명하듯 참된 지혜를 보지 못하고, 현실에 비추어진 허상을 참된 양상으로 믿는 인간의 어리석음에 기인하는 것이 아닌가.

불의한 삶을 쟁취하여 정의로 포장하려는 왜곡된 인간의 욕망은 극단적 이기심에서 비롯된다. 플라톤은 삶의 모든 죄악은 이기심에서 생겨난다고 보았다. 인간 본성 중 하위의 요소에 만족을 찾는 이기심을 극복하고, 인간 영혼 속의 최상위의 요소인 철학적 마음을 갖게 되어야 비로소 '무사(無私)의 마음'을 가질 수 있다는 것이다.

트라시마코스는 '완전한 불의가 인간의 진짜 이익'이라고 주장하지만, 플라톤은 '정의란 무엇인가'에 대해 즉답하지 않는다. 오히려 무엇이 최선의 삶인가 지루하리만큼 다양하게 보여주고, 불의가 인간의 이익과 얼마나 멀리 떨어져 있는지 보여줌으로써 정의로운 삶의 모습을 반추하게 하고, 그 속에서 정의의 원리를 스스로 발견하도록 이끈다. 독자 역시 소크라테스의 이런 산파술의 도움을 받아 책 속의 대화에 자연스럽게 이끌려 가다 보면 어느덧 서서히 정의의 관념을 깨달아갈 수 있다.

국가수호자는 처자식을 공유하라?

아울러 플라톤은 이상국가의 바람직한 덕목으로 지혜·용기·절제·정의, 네 가지를 제시한다. 나아가 플라톤은 사적 소유욕을 차단하고 공동선에 집중하기 위해 국가수호자에게 재산과 처자를 공유하라고 주장할 만큼 국가 전체의 행복 추구를 위해 국가지도

자의 희생과 절제를 요구하는 이상정치를 추구했다.

플라톤은 왜 처자 공유제와 같은 비합리적으로 보이는 주장을 했을까? 이상국가를 만들기 위해서는 국가를 굳건하게 단결시키고, 하나로 유지하는 것이 최선이다. 하지만 플라톤은 '내 것'과 '내 것이 아닌 것'에 대한 의미가 일치되지 않기 때문에 분열이 생긴다고 보았다.

누군가 손가락 하나를 다쳤을 때, 몸 전체, 마음 전체가 하나의 공동체가 되어 아픔을 느끼듯, '내 것'에 대한 의미가 일치된다면 한 사람의 고통이나 기쁨을 국민 전체가 공유하게 된다는 것이다.

'내 것'과 '내 것이 아닌 것'을 구별하게 될 때, 국가가 분열되므로 국가의 참된 수호자는 재산과 처자식을 공유함으로써, 즉 사유물을 갖지 않음으로써, 재산과 친족을 둘러싼 이익추구와 알력을 방지할 수 있을 것으로 보았다. 국가수호자가 소유로부터 자유로울 때 어떤 특수한 계급의 행복을 위한 것이 아니라 국가 전체의 행복을 증진하려 노력하게 된다는 것이다.

이에 대해 플라톤의 수제자인 아리스토텔레스는 자신의 저서 《정치학》에서 처자를 공유하면 진정한 가족 간의 우애가 불가능하고, 근친 사이의 학대, 고의적 또는 우발적 살인, 말다툼, 비방 등 여러 가지 폐해가 발생한다고 비판한 바 있다. 정확한 지적이다. 플라톤 또한 이를 몰랐을 리 없다.

어떻든 플라톤의 과격한 처자식 공유 주장을 보면서 인간의 본성을 다시 생각하게 한다. 인간도 야생적 군집 생활 초기에는 동물적 수준과 유사한 '처자의 공유'가 있었다. 하지만 인간이 지각 능력과 도덕의식을 갖게 되면서 독점적 소유욕에 따라 일부일처제와 가족공동체가 형성되었다. 이런 사회제도는 인간에 내재된 본성의 산물로 지극히 자연스럽다.

하지만 이로 인해 '내 것'과 '내 것이 아닌 것'에 대한 차별적 의미가 싹트는 걸 피할 수 없게 되었다. 플라톤은 이런 '내 것'에 대한 애정과 우애, 보호 본능, 더 많은 것을 주고 싶은 욕망이 클 수밖에 없는 인간 본성의 약점을 간파한 것이다. 이런 자연적 본성은 이타적인 행태로 돌보아야 할 '공동체'에 대한 장애물 내지는 억제되어야 할 본성으로 본 것 같다.

플라톤이 실제 처자 공유제의 실현을 꿈꿨다고 보기보다는 국가수호자들이 시민 모두를 '내 처자식'처럼 여기도록 하는 관념적 처자공유를 꿈꾼 것은 아닐까. 현대 사회의 온갖 사회적 병폐는 개인적, 가족적 욕망의 추구에서 비롯된다고 볼 때, 사회 지도층이 단 하루라도 이러한 처자공유의 지향 가치를 수용해 본다면, 세상을 또 다른 따뜻한 눈으로 바라볼 수 있게 되지 않을까.

이상국가는 최고역량의 지도자를 기다린다

플라톤은 적합한 역량을 갖추지 못한 선원들이 서로 배의 키를 잡겠다고 경쟁하면서 빚어지는 혼란을 비유로 들며, 이상국가의 정치를 위해 전문성을 갖춘 철학자가 국가의 통치자가 되어야 함을 역설한다. 곧 "철인이 통치자가 되거나 통치자가 철인이 되어야 한다"는 철인왕(哲人王)론이다.

플라톤은 참다운 철학적 삶 이외에 정치적 통치도 바람직한 삶이라고 강조한다. 하지만 올바른 통치자의 자질을 갖추기 위해 거의 전 생애주기에 걸친 지도자 수업을 전제 조건으로 제시한다. 구체적으로 음악과 체육을 통한 건강한 심신의 단련, 전쟁 기술 습득, 기하학, 천문학 등을 30세까지 학습하도록 한다.

이후 사람들과의 문답 수련에 5년, 군사 관계의 지위나 관리 등 실무경험 15년을 거쳐 50세가 되어 학문적 지식이나 모든 점에서 우수하게 된 자만이 비로소 국가지도자의 직무를 수행할 준비가 된 사람이라는 것이다. 우리의 정치지도자들은 이렇게 충분히 역량을 갈고 닦아 정계에 진출한 것일까?

플라톤은 자유에 대한 무한한 탐욕이 민주정을 무정부적 상태로 만들어 결국 참주정을 낳게 된다며, 극단적 자유의 추구가 오히려 예속을 초래하는 민주정의 타락에 대해 경고한다. 지금 우리 사회가 지나친 자유방임적 상황으로 흐르고 있지는 않은가 돌아볼 일이다. 국가 유지에 필요한 권위와 법치가 무너져 경박해지고, 중심을 잡아주어야 할 기성세대는 젊은이들의 비위 맞추기에 급급한 요즘 세태를 질책하는 듯하다.

플라톤이 추구했던 이데아(idea)의 세상은 공동선과 전문성, 덕을 갖춘 완벽한 지도자에 의해 통치되는 이상국가이다. 아테네가 전성기를 지나 펠로폰네소스 전쟁에서 스파르타에게 패배하고 몰락해 가는 시점에서, 전통적 가치관의 혼돈과 변화의 격류를 보면서 새로운 가치관과 국가 경영철학을 정립하고자 절치부심하던 그의 고뇌와 노력의 총체적 산물이 바로 이 책이다.

정의 구현과 이상국가 건설은 교육에 달렸다

플라톤은 장기적이고 체계적인 교육을 통해 국가 통치자와 수호자 집단을 육성할 것을 강조했다. 특히 '정의로운 사람'을 기르는 교육에 중점을 두었다. 우리는 《국가》를 관통하는 핵심 논지인 정의로운 사람을 기르는 교육을 살펴봄으로써 삶의 원리로서의 정의가 무엇인지 파악하게 된다. 플라톤은 인간 삶의 개혁을 통해 이상국가의 건설을 추구했기 때문이다. 플라톤은 삶에 대한 성찰과 이상사회를 만들기 위한 최상의 인간적 삶의 모습이 어떠해야 하는지 보여주려 했다.

플라톤은 책의 상당한 분량에서 '정의'가 무엇인지에 대해 치열하게 탐색하고, 탐욕과 어리석음, 인간 본성의 타락이 모든 죄악의 원형이 됨을 보여주었다. 결국 사람을 어떻게 교육할 것인가는 인간적 선과 공동체의 정의 구현에 필수적인 요건으로 귀결되는 것이다.

이런 관점으로 바라보면 플라톤이 10권으로 구성된 《국가》의 많은 부분에서 통치자가 될 사람이 받아야 할 교육과정을 치밀하게 제시(제2권~제3권)한 이유도, 참된 선을 찾기 위한 인간 지식의 발달단계(제6권)를 제시하고, 과학 교육과 철학교육의 중요성을 강조(제7권)한 것도, 타락한 사회와 영혼의 행태(제8권~제9권)를 경계한 까닭도 자연스럽게 이해된다.

권력을 진실로 원하지 않는 이에게 권력을 주어라

플라톤이 인식하는 최선의 삶은 인간의 욕구 중 최상위에 있는 영혼의 욕구를 충족시키는 삶이다. 이런 참다운 만족만이 참다운 자아를 만족시키게 되고, 완전한 삶에 가까워진다. 따라서 플라톤은 인간의 행복, 이익, 소득은 인간의 가장 내면적인 삶에 비추어서 표현되거나, 영혼의 본질과 관련하여 조명되지 않으면 안 된다고 본 것이다.

플라톤은 개인의 사사로운 탐욕을 모두 내려놓는 '무사(無私)의 마음'을 가진 자만이 통치자가 될 수 있다고 보았다. 권력을 가지려 하는 자에게 권력을 주어서는 안 된다는 역설이다. 곧 권력을 진실로 원하지 않는 사람에게만 권력이 주어져야 한다는 것이다. 물론 권력의 흑심을 감춘 채 고사의 외양을 갖추는 위선적 겸양과는 거리가 있다. 현실에서 발견하기 매우 어려운 인간 유형이다.

역사 속에 누가 있을까? 필자의 뇌리를 스치는 인물이 있다. 농부였다가 전쟁 수행을 위해 독재관이 되었지만, 국가적 분쟁을 해결하고 보름 만에 다시 농부로 돌아간 로마 공화정 초기의 영웅 킨킨나투스 정도나 여기에 해당될까. 또는 키케로가 "로마 공화정을 위한 최상의 의도와 최고의 존경심을 갖고 있으며 로마의 하수구가 아닌 플라톤의 《국가》 속에 사는 것 같다"고 평한 소(小) 카토 정도는 되어야 하지 않을까. 이런 무욕의 통치자들이 다스리는 나라가 바로 이상국가이다.

플라톤이 수호자 계층의 절대적 자기 규제를 강조한 것도 이 때문이다. 현대적 관점에서는 이해할 수 없지만, 플라톤이 수호자 계층에 한해 '처자 공유제'나 '사유재산 포기'를 요구한 것도 사사로운 이기심을 버리고 최상의 공동체의 삶을 이룰 조건을 만들기 위해서이지 않았을까 싶다. 공적인 권위에 올라가고자 하는 사람들은 공동체의 이익에 헌신하기 위해 자신의 이익을 포기할 수 있어야 하고, 이런 사람들이 선발되어야 국민의 자발적 복종을 얻어낼 수 있다고 본 것이다. 요즘 정치인들은 어떨까?

플라톤의 공동체주의적 관점은 때론 공산주의의 관념으로 오해되기도 하지만, 그가 꿈꾼 공동체주의는 전체에 개인이 함몰되는 공동체가 아니라, 개인의 이익과 공동체의 행복이 조화를 이루는 공동체를 의미한다. 이런 공동체의 일원을 만들기 위해 이에 적합한 교육을 치밀하게 설계하고 집행해야 한다.

특히 현대 공산주의가 인민을 규제하고 국가에 종속시키는 것이라면, 플라톤의 공산적 구상은 국가 속의 최상위 계급, 즉 통치 계급에게만 한정적으로 적용되는 개념으로 근본적으로 차이가 있다.

플라톤이 개체성을 무시하고 있거나 공동체를 위해서 개인의 권리를 희생시킨다는 비판도 있다. 하지만 플라톤은 개체성과 공동체 사이에 상호배타적 관계가 존재하지 않는다고 인식하고 있었다고 보아야 한다. 참다운 개체성은 공동의 삶이나 이익에 참여함으로써 감소하는 것이 아니라, 공동체 정신을 통하여 자신의 삶을 더욱 완전하게 만들어 개체성을 최상의 정도로 끌어올릴 수 있다고 본 것이다.

정의로운 공동체의 삶을 만들기 위해 통치자 계급에게 자기 절제와 희생을 요구하고, 국민 개개인이 최선의 삶을 인식하게 하는 도덕교육을 강조한 플라톤의 사상은 국가의 바람직한 모델을 제시한 것으로 평가할 수 있다. 지혜, 용기, 절제, 정의를 중요한 덕목으로 제시한 것도 같은 맥락이다.

우리는 플라톤이 이상국가를 만들기 위해 설계한 아동교육 체계, 도덕원리, 통치자의 교육과정 등을 주목해야 한다. 특히 현대교육이 경시하고 있는 음악교육, 체육교육, 철학교육의 지향을 가벼이 보아서는 안 된다.

특히 플라톤은 문학과 예술이 영혼을 끌어당기는 민감성을 길러주므로 이런 교육이 올바르게 이루어지면 용기와 인간다움, 아름다움을 식별할 수 있는 참다운 안목을 함양시켜 공동체의 일원으로서의 바람직한 삶을 이끄는 데 도움이 된다고 생각했다. 하지만 플라톤은 당대 예술에 대해선 상당히 비판적 태도를 취했다.

플라톤이 보기에 당시 그리스의 문학과 음악은 쇠퇴일로를 걷고 있었고, 특히 문학은 병적이라고 할 만큼 불건전한 상상력을 자극하는 매체로 전락하고 있었기 때문이다. 플라톤은 예술의 타락은 사람들이 맹목적으로 다양성을 추구하게 했고, 이는 방종한 민주적 인간들의 성격 형성에 영향을 미치고 있었다고 인식했을 듯싶다.

또 플라톤은 그리스 민주정의 타락을 극도로 비판했는데, 그 원인 중의 하나를 교육의 실패에서 찾고 있었던 셈이다.

플라톤은 당대의 음악 역시 지나치게 자극적인 선법(旋法)이나 무절제한 리듬이 범람하고 있다고 비판했다. 그는 절제와 용기라는 인격적 특질을 고취하는 데 어울리는 화음만이 참다운 예술적 기능을 발휘하게 된다고 믿었다. 예술교육이 인간 품성의 형성에 미치는 영향을 예민하게 인식하고 있었다는 점에서 플라톤의 독특한 교육철학이 드러난다.

플라톤은 사람마다 '철학적 마음'을 바탕으로 최선의 삶을 살 수 있도록 공동체와 개인이 조화를 이루는 이상국가를 만드는 데 교육적 목표와 수단을 중요한 동인으로 활용하고 있다. 그가 철인정치를 꿈꾸었듯이, 예나 지금이나 개인적 삶과 공동체의 삶 속에서 행복을 추구하고 정의를 구현하는 원동력은 역시 그 사회를 작동시키는 인간에 대한 교육임을 확인해준다.

추천 고전

• 플라톤, 《국가, 정체》, 박종현 옮김, 서광사(2005).

23

법치로 만드는 차선의 국가

플라톤, 《법률》

플라톤(BC 427~BC 347)의 전체 대화편 43편 중 최고봉은 역시 《국가(Politeia)》와 《법률(Nomoi)》이다. 이 두 권의 분량이 전체 대화편의 약 30%를 넘을 만큼 그 분량이 방대하고 철학의 깊이와 비중이 남다르기 때문이다. 《국가》가 50대 플라톤의 열정을 담고 있다면, 《법률》은 그의 최후 역작답게 70대를 넘어서 집필을 시작, 팔순에 생을 마칠 때까지 연필을 놓지 않은 원숙한 철학자의 경지가 투영된 대작이다. "플라톤 철학의 전체적 진면목을 달관의 경지에서 보여주는 거작"이라고 해도 과언이 아니다.

법치로 달성하는 차선의 국가

플라톤이 추구했던 이데아(idea)의 세상은 공동선과 전문성, 덕을 갖춘 완벽한 지도자에 의해 통치되는 '이상국가'이다. 그는 아테네가 전성기를 지나, 펠로폰네소스전쟁에서 스파르타에게 패배하고 몰락해 가는 시점에서 전통적 가치관의 혼돈과 변화의 격류를 보면서 새로운 가치관을 정립하고자 절치부심하며 《국가》를 썼다. 하지만 그리스를 '이상국가'로 만들어내고자 했던 그의 철학적 신념과 희구는 스승인 소크라테스를 사형에 처할 만큼 타락한 현실에 부딪혀 좌초했다.

이런 아테네에 환멸을 느낀 플라톤이 약 12년 가까이 메가라, 시칠리아, 북아프리카 등지로 외유를 떠났던 것도 그의 이상과 현실 사이의 철학적 고뇌를 풀어낼 방도를 찾기 위함이 아니었을까? 그 오랜 기간 숙고의 산물이 《법률》이다. 플라톤은 《국가》에서 아테네의 직접 민주정을 군사독재나 금권정치보다 더 나쁜 정체(政體)라고 비판했고, 말년의 저술인 《법률》에서 완벽한 이상국가 다음의 국가 형태로 법을 우선시하는 민주정체를 설계하게 된다. 결국 합리적 법치로 방종한 직접 민주정의 폐단을 제어할 수 있기를 희구한 셈이다.

플라톤은 법치의 모델을 멀리서 찾지 않았다. 고대 아테네 조상들의 습속과 관행에서 자유와 우애의 균형을 이루던 때를 복원하려 했다. 자연법에 더 가까웠던 합리적 불문법에 기초하여 새로운 성문법을 설계하고자 했다. '법률'로 옮긴 "헬라스어 nomoi는 nomos의 복수 형태로, nomos가 '법'을 뜻하기에 앞서 원래는 '관습', '관례'를 뜻하는 말"이었던 점도 이와 무관하지 않다.

불문율로 굳어진 '조상 전래의 율법(partrioi nomoi)'이 사회에 구속력을 갖고 있었지만, 국가 체제와 상황의 변화에 따라 인위적 법률의 제정이 필요하게 되었다. 아테네인들은 제우스나 아폴론의 재가를 받는 형식적 절차를 통해 법률을 제정함으로써 법률에 대한 정당성과 권위를 부여하는 관습이 있었다. 《법률》은 변화된 시대적 상황에 맞는 새로운 성문법에 대한 제안을 담고 있으며, 담론에서 주도적인 역할을 한 플라톤의 법치 철학이 짙게 배어 있다.

법은 지성의 배분이다

이 책은 플라톤 자신이라고 할 수 있는 아테네인, 메길로스라 불리는 스파르타인, 클레이니아스라는 크레테인 등 세 명이 크레테의 새로운 가상의 식민지인 마그네시아(Magnesia)의 법률을 입법하기 위한 토론을 통해 법률안을 만든 후에 제우스의 재가를 받으러 떠나는 과정을 담고 있다. 세 사람은 각각 아테나, 스파르타, 크레테의 관습이나 관례, 현실의 성문법 등의 가치와 내용을 대변하면서 각자의 인식과 해석의 차이를 좁혀가면서 법률 조문을 성안해 나간다.

주로 마그네시아의 입법을 위임받은 클레이니아스가 의제를 제기하고, 아테네인이 법률 조문과 입법의 취지를 설명하는 방식으로 전개된다. 플라톤은 아테네인의 입을 빌려 자신의 국가 통치 철학과 법률안을 제시한다. 법률은 현실의 분쟁과 문제를 해결하는 방안이다. 따라서 법률로 제시되는 해결책은 누구나 납득할 수 있어야 하고 만족한 결과를 얻어낼 수 있어야 한다.

이러한 입법의 목적을 구현하기 위해서는 그럴만한 지혜를 갖춘 '진리를 고수하는 입법자'가 필요하다. 플라톤은 지성(nous)을 갖춘 입법자가 만든 '최선의 법률(aristoi nomoi)'에 통치자를 포함한 모든 사람이 복종할 때 이상적 법치가 구현될 수 있다고 보았다. 그가 법률은 '지성의 배분'이 되어야 한다고 강조하는 이유가 여기에 있다.

법의 지배(rule of law)와 법에 의한 지배(rule by law)

플라톤은 통치자들을 '법률에 대한 봉사자(hyperetes)'로 규정했다. 법이 통치자와 권력자에게 휘둘리고 권위를 잃을 때 나라의 파멸을 가져올 수 있다고 생각했다. "법이 통치자의 주인이고, 통치자들은 법의 종들인 곳에서는 구원이 그리고 신들이 나라들에 내주었던 온갖 좋은 것들"이 생긴다고 믿었다. 플라톤의 이런 법치 철학은 바로 근대적 '법의 지배(rule of law)'의 정신의 발현에 다름없다.

'법의 지배'는 법 자체에 의해 지배되는 것을 의미한다. 법이 궁극적 목적이 되고 통치자와 모든 사람은 그 법 아래에 놓인다. 따라서 통치자가 법을 자의적 전제권력의 수단으로 활용하여 지배하는 '법에 의한 지배(rule by law)'와 근본적으로 다르다. '법에 의한 지배(rule by law)'는 전제정치, 전체주의와 친화적이고, '법의 지배(rule of law)'는 민주정치와 사법부의 독립 등 삼권 분립의 취지와 잘 부합된다.

이런 점에서 '법치'란 동일한 이름과 외양에도 불구하고 동서양이 추구해 온 개념은 극명하게 다르다. 한비자 등 중국의 법가사상은 '법에 의한 지배'로써 황제의 전제권력을 공고히 할 것을 주문했다. 하지만 이들보다 100여 년 전에 생존했던 플라톤은 법 위에 군림하는 초월적 군주의 위치를 인정하지 않았다. 군주 1인에 의한 자의적 인치(人治)가 아닌 '지성의 배분'으로 확립된 '최선의 법률'에 의한 통치를 희구했다. 이 점이 바로 근대 주권재민과 삼권 분립의 정치 철학과 맥락이 닿는 부분이다.

중국 공산당은 중국의 역대 왕조가 황제의 절대권력 유지를 위해 금과옥조처럼 활용해 온, 겉으로는 유학의 덕치를 강조하는 듯하면서, 속으로는 가혹한 형벌과 적나라한 폭력정치를 뒷받침한 법가의 사상에 의지하는 양유음법(陽儒陰法)을 계승해 왔다. 따라서 중국은 아직도 기초적 근대 법치의 구조인 삼권 분립조차 제대로 구현하지 못하고 있다. 2300여년 전 플라톤이 추구한 '법의 지배(rule of law)'와 사뭇 대조적인 상황이다.

설득과 소통을 구현하는 이중적 형식의 법

플라톤이 추구한 '법의 지배(rule of law)'는 필연적으로 그 지배의 대상들에게 강제적 방식으로 주어지는 것이 아니라, 설득과 이해를 구하는 방식으로 다가갈 것이 요구된다. 플라톤은 반드시 강제성(ananke)과 설득(peitho)을 혼화하여 법률을 제정해야 하며, 민중에 대한 교육(paideia)을 통해 사전적으로 충분히 소통할 것을 강조했다.

동양의 법가가 법의 강제성과 위협성을 강조했다면, 플라톤은 설득의 중요성에 초점을 맞췄다. 플라톤이 방대한 《법률》의 기술 내용 중 3분의 2 정도를 법을 입법하게 되는 취지와 입법의 철학을 어떻게 구현하며 시민교육을 어떻게 할 것인가에 대한 논의로 채운 이유가 여기에 있다.

이런 차원에서 플라톤은 법률을 만들 때는 "입법자가 법으로 공포하는 것을 받아들이게 될 사람이 호감을 갖고 받아들이도록 그리고 호감으로 인해서 더 쉽게 알아듣도록 하기 위해서" 법의 본문(logos)이 아닌 충분한 분량의 설득적인(peisitkon) 전문(前文, prooimim)이 기술되어야 한다고 역설했다.

현대의 법 체계에서는 대개 헌법에만 전문이 수반되는데 이 또한 플라톤의 입법 방식의 부분적 수용이라고 볼 수 있다. 물론 플라톤은 모든 법률 조문마다 전문이 필요하다고 보지는 않았다. 하지만 중대한 법률은 반드시 전문으로 시작되어야 완전한 법률이 된다고 생각했다.

이런 차원에서 플라톤은 단순히 법조문을 제시하는 것을 '단순한 형식의 법(ho haplous nomos)'으로, 설득적 전문이 포함된 법 형식을 '이중적 형식의 법(ho diplous nomos)'으로 구분했다.

그 활용의 예를 살펴보자. 현대의 우리나라에도 결혼과 출산의 장려가 큰 사회적 정책 현안이 되고 있다. 고대 그리스에서도 역시 청년들의 결혼과 출산은 중요한 시민의 덕목이었다. 플라톤은 결혼과 출산을 권장하는 법률을 두 가지 방식으로 보여준다.

먼저 '단순한 형식의 법'은 이렇게 만들 수 있다.

"개인은 30세가 되면 35세까지는 혼인을 할 것, 그렇지 않을 경우에는 벌금과 불명예에 의한 처벌을 받을 것임. 벌금은 얼마 얼마이며 불명예는 무엇 무엇임."

반면에 '이중적 형식의 법'의 입법 조문은 설득적 전문이 가미된다.

"개인은 30세가 되면 35세까지는 혼인을 할 것, 유념할 것은 인류가 어떤 본성에 의해서 불사성(不死性: athanasia)에 관여(참여)하는 방식이 그것이며, 또한 이에 대한 온갖 욕구를 모두가 선천적으로 지니고 있다는 것이니라.

유명해지며 죽어서 이름 없이 묻히지 않는 것이 그런 것에 대한 욕구이기 때문이다. 따라서 인간들의 종족은 모든 시간과 함께 묶이어 있으니, 모든 시간이 끝까지 인류에 동반하고 있으며 또한 동반할 것이다. 아이들의 아이들을, 언제나 같은 하나인 것인 것을 남기는 이 방식으로,

곧 출산에 의해서 불사성에 관여(참여)할지니라. 그러니 자의로 저에게서 이를 앗음은 결코 경건하지 못한 일이거니와, 자식들과 아내에 대해 무관심한 사람이라면, 의도적으로 그걸 앗는 것이다.

따라서 법에 복종하는 자는 벌을 받지 않고 자유로울 것이나, 반대로 불복하는 자는, 즉 35세가 되어서도 혼인을 하지 않는 자는 해마다 얼마 얼마를 벌금으로 내게 하라. 독신 생활이 자신에게 이득과 편함을 가져다주리라고 생각하는 일이 없도록 하기 위해서다. 또한 그 나라에서 젊은 연배의 사람들이 자신들보다 연장인 사람들을 그때마다 존경해 주는 그런 명예도 누리지 못하게 하라."

법률안이 단순히 '35세까지 결혼하라. 그렇지 않으면 벌금을 내라'고 강제하는 방식이 아니다. 그 대신 결혼을 통해 자녀를 낳는 일이 유한한 생명을 가진 인간이 영원히 사는 불사에 참여하는 경건한 일이다. 그러니 이런 책무를 수행하는 자만이 존경과 명예를 누릴 자격이 있다며, 설득(peitho)과 강제력(bia)을 병행하고 있어 흥미롭다. 단순한 형식의 법보다 훨씬 호소력이 있지 않은가.

이렇듯 플라톤은 '이중적 형식의 법'에 의한 결혼 및 출산 장려 법안에서 입법의 당위성과 중요성을 설득력 있게 설명하면서, 혼인과 출산이 공동체 시민으로서의 으뜸의 덕목이고 국가를 유지 발전시키는 중대한 일이라는 점을 강조했다. 플라톤은 설득과 강제를 혼화한 이러한 방식의 입법을 '최선의 법률'로 보았다.

민주적 법질서와 공동체의 윤리

플라톤은 입법 이전에 최선의 통치체제와 통치 조건들에 대해 먼저 숙고했다. 특히 '법의 지배'를 위해 통치자에게 과도한 권력을 부여하는 것을 크게 경계했다. 알맞은 정도(적도, 適度: to metrion)로 통치 권력을 제어해야 한다고 강조했다. 1인 통치체제가 되었을 때 초래하는 자유와 우애의 위축을 우려했던 듯하다. 스파르타가 2명의 왕을 선출하고, 거기에 에포로스(ephoros)라는 5명의 국정 감독관을 두어 왕의 국법에 따른 통치를 감독하고 견제하도록 했던 것도 이런 철학과 취지가 같다.

플라톤은 '훌륭한 법질서(eunomia)'를 위해 시민들 간에 자유(eleutheria)와 우애(philia) 그리고 지성(nous)의 공유(koinonia)가 중요하다고 역설한다. 이러한 덕(arete)을 쌓기 위해 지혜와 절제가 요구되었고, 자연히 이를 함양시키기 위한 시민교육의 중요성이 강조되었다. 플라톤의 입법안은 공동체가 추구해야 할 이념과 가치 그리고 유지해야 할 질서의 틀을 만드는 데 초점이 맞춰 있다.

교육과 학습에 관한 법률을 상세히 규정하고, 축제에 관련한 법률도 지나친 쾌락의 추구나 방종으로 흐르지 않도록 규율했다. 토지와 가축 등 사유재산권의 침해에 대한 합리적 보호와 침해 시 충분한 보상 제도를 마련하고 있는 점도 주목을 끈다.

특히 반역자와 신전 약탈자, 법률을 강제로 무너뜨리는 자에 대해서는 추방이나 사형 등 엄벌하도록 하고, 모든 범죄에 대해 고의 여부에 따라 형량을 달리 규정했다. 또 과실(過失)에 대해서는 최대한 관용을 유지하되, 자발적인 범죄에 대해서는 형량을 무겁게 제시했다. 이는 사회적 교육의 기능이 제대로 발휘되지 못한 측면에도 기인한다는 인식에서 비롯된 것으로 볼 수 있으며, 이로써 시민교육을 통한 범죄 예방의 중요성에 대해 환기하는 취지가 깔린 듯싶다.

아울러 플라톤은 부모 공경의 덕목을 해치는 존속 구타, 학대, 살인 등의 패륜적 범죄에 대해서는 영원한 추방과 사형 등 엄벌하도록 했고, 이를 목격하고도 가해자를 제지하거나 피해자를 돕지 않은 경우에도 태형, 추방 등으로 강력하게 처벌하여 시민이 공동체의 일원으로서 사회 윤리의 수호를 위한 사회적 책무를 인식할 수 있도록 했다.

차선의 나라

플라톤이 꿈꾼 나라는 어떤 나라일까? 참된 의미의 '철인 통치자(philosiphosbasileus)'는 절대적 권력을 확보했을 때나 기대할 수 있는 '아름다운 나라(kallipolis)'이다. 이런 나라는 현실적으로 존재하기 어렵다. 결국 플라톤은 '철인 통치자'에 의한 권력 남용의 위험성을 내포한 '최선의 나라'보다 현실적으로 실현 가능한 '차선의 나라'를 구상하게 된다.

플라톤의 《법률》은 실현 불가능한 '이상국가'가 아닌 '훌륭한 법질서(eunomia)'를 통해 차선의 '아름다운 나라(kallipolis)'를 구현하려 했다는 점에서 근대적 법치(rule of law)의 초석을 다졌다고 평가할 수 있다.

우리의 법률은 '지성의 배분'의 의해 만들어진 '훌륭한 법질서'일까? 통치자들은 '법률에 대한 봉사자'란 인식을 제대로 하고 있을까? 국가는 공동체가 추구해야 할 가치와 질서를 존중하기 위한 민주시민 교육을 포기하고 있는 건 아닐까? 성찰해 볼 대목이 꼬리를 문다. 합리적 법치를 통한 이상국가를 만드는 답안은 우리 손안에 있다. 실천이 문제다.

추천 고전

• 플라톤, 《법률》, 박종현 역주, 서광사(2012).

24

선동가를 막아야 민주주의가 산다

아리스토텔레스, 《정치학》

국가란 무엇인가? 국가를 유지 발전시키기 위한 조건은 어떤 것일까? 국가의 본질적 의미와 기능, 국민 행복을 위한 이상적 정체(政體)에 대해 고민했던 이가 바로 아리스토텔레스((BC 384~BC 322)이다. 그의 《정치학(Politika)》은 소크라테스와 플라톤의 영향을 받았다. 하지만 자신만의 창조적 사유를 통해 국가의 형성과 바람직한 국가 형태, 통치의 기술과 원리를 체계적으로 정리했다.

고대 세계의 학문을 체계적으로 정립한 '학문의 아버지' 아리스토텔레스는 국가 공동체의 본질에 대해 집중적으로 논한다. 국가는 치자(治者)와 피치자(被治者)의 결합으로서 본성상 존재하기 마련이며, 가정과 개인에 우선한다. 전체는 필연적으로 부분에 우선하기 때문이라는 것이다.

자급자족이 국가의 본질이며, 국가형성은 정의 실현의 전제라고 말한다. 인간은 가장 '훌륭한 동물'이지만, 법과 정의에서 이탈했을 때는 '가장 사악한 동물'이 될 수 있기에 국가가 정의로서 공동체의 질서를 유지해 줄 필요가 있다고 본 것이다.

국가를 형성하는 가족관계, 가사 관리, 노예제도 등에 대해서도 그는 지배자와 피지배자의 관계로 보았다. 나아가 각자의 본성에 맞는 역할과 그에 수반되는 정도의 탁월함을 갖는 것이 효율적이라고 보았다. 그는 정의의 대리자로서의 국가를 상정하고 각자의 자질과 특성이 잘 발휘되는 국가가 번영할 수 있다고 보았다. 즉 국가의 역할이 개인의 창의성과 탁월성을 진흥하는 것이라는 점을 강조한 셈이다.

재산 획득의 방법에 있어 그는 물물교환과 상업을 통한 화폐의 증식은 바람직하지만, 고리대금은 화폐 자체에서 이득을 취하는 것이기에 자연에 배치된다고 보았다. 이는 생산물과 교역 그 자체를 중시하던 고대 경제의 특성을 반영한다. 금융경제가 만개한 현대적 기준으로 보아서는 안 될 부분이다.

통치자들은 가족과 재산을 버려라?

플라톤과 아리스토텔레스가 의견을 달리했던 '처자 공유제' 논란은 흥미롭다. 플라톤은 통치자 그룹의 처자와 재산을 공유함으로써 하나의 통일체가 되는 것이 최선이라는 과격한 주장을 했다. 하지만 아리스토텔레스는 국가는 본성적으로 복합체이므로 가성과 개인이 통일체의 주체가 되어갈수록 결국 국가는 파괴되고 만다고 반박한다. 통치자들의 겸애를 극대화하기 위해 지나치게 통일성을 추구하는 것이 비현실적이라고 비판한 것이다.

그리스 원작을 로마 시대에 복제한 아리스토텔레스 흉상.

사실 플라톤의 처자공유 주장의 핵심 취지는 통치자들의 사유의 탐욕에서 빚어지는 갈등을 최소화하기 위한 것이었다. 통치지도자는 자신의 가족과 재산에 연연하지 말라는 의미였다. 하지만 아리스토텔레스는 인간의 본성과 배치되는 그러한 주장의 허점을 지적한 것이다.

처자와 재산의 공유를 통해 '모두'의 것이 되면, '누구의 것'도 되지 않을 수 있기 때문이다. 인간의 본성상 공유재산보다 사유재산에 더 애착을 갖게 되므로 공유재산이 되면, 개인적 보살핌을 덜 받게 되고, 부자, 부부, 형제 사이에 진정한 우애와 유대감의 형성이 불가능하다. 아리스토텔레스는 '공유 목초지의 비극'을 정확히 인식한 셈이다.

나아가 아리스토텔레스는 공유제도가 인간 본성이 사유재산에서 느끼는 즐거움을 앗아가는 부자연스러운 것이라고 비판한다. 아리스토텔레스는 인간의 본성에 맞는 제도와 사유재산의 보장이 가져오는 사회적 편익을 간파했던 것이다.

민주정체를 위협하는 선동가를 경계하라

국가의 정체에 대해서도 두 거두는 견해를 달리했다. 플라톤은 《법률》에서 민주정과 참주정의 혼합정체를 최선의 정체(政體)로 주장했다. 하지만 아리스토텔레스는 재산이 많은 계급이 주도하는 과두정체로 변질될 여지가 많다며 비판한다. 플라톤이 이상적 국가에 대해 관념적으로 접근했다면, 아리스토텔레스는 현실의 여러 정체의 생성과 변화에 대한 관찰, 제기된 다양한 정체의 현실적 적합성 검토를 통한 여러 정체를 체계적으로 제시하고 있다.

아리스토텔레스가 생각한 최선의 정체는 무엇일까? 그는 정체의 올바른 형태를 왕정, 귀족정체, 혼합정체의 세 가지로 보았다. 나아가 왕정이 왜곡된 참주정체, 귀족정체가 왜곡된 과두정체, 혼합정체가 왜곡된 민주정체로 구분했다.

플라톤은 참주정체가 최악이고, 다음으로 과두정체가 나쁘고 민주정체가 가장 견딜만하다고 했다. 아리스토텔레스는 민주정체의 위험성도 크게 경계한다. 민주정체가 제대로 기능하기 위해서는 '법의 지배(rule of law)'가 전제되어야 한다는 것이다. 이 점에서는 플라톤과 의견이 일치한다.

법이 최고의 권력을 갖지 못하는 민주국가에서는 민중선동가가 나타나고, 다수가 '개인'으로서가 아니고 '집단'으로서 최고 권력을 갖게 된다. 민중이 '다수로 구성된 독재자(monarchos)'가 되기 때문이라는 것이다. 민중의 결의에 좌지우지되는 이런 체제는 진정한 의미의 민주정체가 아니라는 그의 견해는 현대 민주주의의 위기상황과도 일치하는 탁월한 통찰이다.

아리스토텔레스는 공직자를 추첨으로 임명하면 민주정체로, 선거로 임명하면 과두정체로 간주했다. 이러한 과두정체와 민주정체를 전체적으로 혼합한 중간 형태의 정체인 '혼합정체'를 이상적으로 보았다. 대의민주주의 원리가 적용되는 현대 민주주의의 정체도 그의 분류기준으로 보면 '혼합정체'에 가깝다.

그는 개인에게 중용(메소테스, mesotes)의 삶이 최선의 삶이듯, 국가에도 중간계급(중산층)으로 구성된 정체가 최선의 국가공동체라고 보았다. 즉 중도(metrion)의 상태가 최선이라는 것이다. "중간계급이 많아 가능하다면 다른 두 계층을 합한 것보다, 아니면 적어도 어느 한쪽보다 더 강한 국가는 훌륭한 정체를 가질 것이 분명하다"고 말한다. 중산층이 두터운 상태가 되어야 건강한 국가가 될 수 있는 건 예나 지금이나 변함없다.

건강한 민주정체의 조건

건강한 민주정체를 유지하기 위한 필요조건은 무엇일까? 정체변혁의 위기는 불평등에서 온다. 하지만 아리스토텔레스는 체제 안정을 위해 산술적 평등의 추구를 경계하면서, 비례적 평등을 달성하려는 노력이 최선의 방책이라고 말한다. 이는 현대 민주국가에 주는 시사가 크다.

아리스토텔레스가 민주정체를 위협하는 치명적인 요인으로 민중선동가, 데마고그(demagogos)들의 무절제(aselgeia)를 꼽은 것도 유의할 대목이다. 이들은 자주 "민중의 환심을 사기 위해 민중이 심지어 법 위에 군림하게끔 사태를 몰아간다"는 것이다. 대중의 불법을 방조하거나 포퓰리즘(populism)에 몰두하는 요즘 정치인들에 대한 경고로도 들린다.

최선의 정체는 국민을 행복하게 할 가능성이 가장 높은 정체이다. 하지만 행복 국가를 만들기 위해서 인간의 본성과 습관, 이성의 혁신이 필요하다. 아리스토텔레스가 청소년 교육 등 공교육의 중요성과 시민교육을 강조한 이유가 여기에 있다.

추천 고전

• 아리스토텔레스,《정치학》, 천병희 옮김, 숲(2009).

25

법치를 세워야 자유가 산다

키케로, 《국가론》

'대한민국은 민주공화국이다.' 헌법 제1조 1항의 내용이다. 대한민국은 우리의 강토 위에서 명멸했던 숱한 국가 가운데 그 어떤 나라보다 빛나는 역사와 성취를 만들어냈다. 대한민국은 국민이 국가의 주인으로 등장한 최초의 근대국가라는 그 점만으로도 건국의 업적은 칭송받아 마땅하다. 하지만 우리는 민주공화국의 토대가 되는 '민주'와 '공화'의 가치를 얼마나 제대로 이해하고 있을까? 나아가 그 가치를 얼마나 내면화하고 현실 사회에서 구현하고 있을까? '민주(民主)'만 강조되고 '공화(共和)'는 실종된 모습이 우리의 자화상은 아닐까?

일찍이 공화의 가치를 고민하고 이를 구현하고 지키기 위해 목숨까지 바쳤던 사람이 로마의 정치가이자 철학자였던 키케로(BC 106~BC 43)였다. 그의 국가관과 철학에서 '공화'의 진수를 느낄 수 있다. 이러한 그의 철학이 배어있는 책이 바로 《국가론》이다.

키케로는 로마 최고의 문장가이면서 걸출한 웅변가이자, 공화정에서 황제정으로 넘어가던 로마 정치사 한가운데서 결연하게 공화정을 수호하려 애쓰던 정치가였다. 그는 혼합정체론과 자연법 개념을 받아들인 스토아 철학에 심취한 로마의 지식인 모임이었던 스키피어 서클의 멤버들 간의 대화를 기록하는 방식으로 《국가론》을 저술했다. 당대 최고의 정치적 영향력을 가진 지도층 간의 대화라는 허구의 기법을 통해 키케로 자신의 철학을 표현하고 있다. 이런 방식은 플라톤이나 아리스토텔레스 저술의 '대화법' 형식에서 영향을 받은 것 같다.

이 책은 1819년에 재활용된 양피지에 이중으로 기록된 부분적인 필사본들이 우연히 발견되어, 고전학자들이 번거로운 화학처리 및 분리, 판독과정을 통해 어렵게 발간했다. 그나마 그 분량도 원저의 약 4분의 1에서 3분의 1정도에 불과하다고 추정된다.

이런 까닭에 책의 중간중간 빠진 부분이 많고, 당시 《국가론》을 인용했던 다른 문헌의 내용을 삽입함으로써 원저의 소실된 부분을 보충하고 있다. 이로 인해 독자들이 키케로의 주장 전체의 맥락을 이해하기 어려운 측면도 있다.

국가의 유익을 먼저 생각하라

이 책은 모두 6권으로 나누어져 기술되었다. 키케로는 서문과도 같은 이 책의 서두에서 국정에 참여하는 정치인으로서의 자부심을 드러낸다. 나아가 현자라면 언제든지 국가에 대한 의무를 다하도록 요청받을 수 있으므로 '시민의 일(res civilis)'에 대한 지식을 갖출 필요가 있다고 역설한다. 다시 말해 공동체에 기여해야 할 지식인의 책무를 강조한 것이다. 이렇게 키케로가 지식인의 정치 참여를 고귀한 활동으로 본 점은 아리스토텔레스의 견해와 같다.

"조국은 우리의 정신, 재능, 예지 중에서 가장 많고 큰 부분을 조국 자체의 유익을 위해서 담보로 잡고 나서 나머지가 있을 경우에 우리에게 사적인 용도로 되돌려주도록 한 것이다."

그의 말에서 우리는 자신의 유익보다 조국의 유익을 우선시하는 키케로의 선공후사 정신을 강하게 느낄 수 있다.

키케로의 국가 기원에 대한 생각도 '인간은 사회적 동물이다'라고 한 아리스토텔레스의 영향을 받은 듯하다. 그는 국가란 '법에 대한 동의와 유익의 공유에 의해서 결속한 다수의 모임'이라고 정의한다. 이런 결합은 인간의 연약함 때문이라기보다, 자연스런 군집성(congregatio) 같은 것에서 기인한다고 보았다.

국가의 형성은 인간 본연의 속성이 만들어낸 필연적인 귀결인 셈이다. 따라서 이러한 국가를 지탱할 '법에 대한 동의와 유익의 공유'야말로 그가 존중하는 공화(共和)의 가치 가운데 가장 중요한 요소가 된다.

국가의 바람직한 정체에 대해 키케로는 스키피오의 입을 빌려, 왕정, 귀족정, 민주정 등의 장점과 폐해를 논한다. 결국 이 세 가지가 '동등함을 유지'하는 국가 체제, 즉 혼합정의 상태가 가장 바람직하다고 보았다. 이런 관점에서 볼 때 집정관과 원로원, 민회가 상호 견제와 균형을 이루고 있는 로마의 공화정이야말로 '체제, 질서, 규율의 면에서' 최상의 국가 양식이라고 주장한다.

그는 또 로마의 건국과정과 고대 로마 왕들의 치적을 상고하면서 공화정의 탄생과정을 상기시킨다. 이 부분에서 로마의 왕정기에 이미 운 좋게도 이미 공화정의 싹이 움트는 환경이 조성되었음을 알 수 있다.

법 안의 자유가 공화다

키케로는 집정관에게 권한을, 원로원에는 권위를, 인민에게는 충분한 자유를 보장하는 체제로서의 공화정이 국가를 지속하게 한 것으로 보았다. 이렇게 최상, 최하, 중간 계층의 모든 사람이 합의와 화합을 이룰 때 정의롭게 되고, 그것이 국가의 '안전띠'가 된다고 본 것이다. 그가 공화정을 지키기 위해 자신의 정치생명을 걸고 황제정으로 옮겨가려던 카이사르, 그리고 안토니우스와 대결했던 이유도 이런 신념에 기초한다.

키케로는 인민의 자유가 자의에 따라 이루어질 때 방종이 되므로 자신들을 지키기 위해 계약의 형태로 국가가 형성된다고 보았다. 따라서 남에게 불의를 가하지도 자신이 겪지도 않는 상태가 바람직하며, 인민들 사이에 공평, 정의, 신의가 필요하다고 역설한다.

이런 길로 인도하는 것이 올바른 이성과 자연에 부합하는 법이라는 것이다. 이러한 신성한 법, '하늘의 법'이 모든 국가의 보편적 통제의 수단이 되어야 하며 이에 복종하지 않을 때 파멸과 대가가 따른다고 말한다. 이런 대목에서 17세기 정치철학자 홉스와 로크의 국가 기원에 대한 관념이나 자연법 사상에 영향을 주었음을 느낄 수 있다.

키케로는 라일리우스의 입을 빌려 법을 무시하는 대중의 위험성을 '잔인한 짐승'에 빗대 다음과 같이 경고한다. 2천 년의 시대를 넘어 지금의 우리 사회에 적용해도 크게 벗어나지 않는다.

"어떻게 대중이 주인 노릇하는 상태 속에 국가라는 이름이 생기는지 나는 알지 못하겠오. … 법에 대한 합의로 억제되지 않는 자들은 인민이 아니기 때문이오. 오히려 인민이 한 명의 사람처럼 모일 때는 참주나 다름없는데, 이 경우가 더욱 무서운 법이지요. 왜냐하면 인민의 모습과 이름을 흉내 낸 것보다 더 잔인한 짐승은 없기 때문입니다."

키케로는 국가의 구성원인 인민들이 자신들을 통치할 법에 대해 합의가 필요하고 이런 법이 없다면 국가가 존속할 수 없다고 보았다. 특히 그는 자연적인 정의의 존재를 부정하고, 오히려 정의는 진실하고 영원하며 보편적인 법 안에 내재하는 것으로 이해했다. 그러면서도 자유야말로 건전한 사회질서를 이루는 주요한 요소로 보았다. 법을 제정하는 목적도 자유를 평등하게 공유하게 하기 위한 것이라며 법치를 강조한다.

키케로의 정치 철학에는 플라톤과 달리 현실 정치인의 관찰과 체험이 진하게 배어있다. 키케로의 《국가론》은 로마 공화정을 수호하고자 헌신하던 현실 정치인의 고민과 당시 지배층의 시각을 엿볼 수 있게 해준다는 점에서 의미 있다.

특히 공화주의의 가치 철학의 뿌리가 된 개념들이 많이 제기되었다는 점에서 자유 민주 정치사상 연구에도 유용한 시사를 준다. 키케로가 강조한 공동체를 우선하는 법질서와 '법 안의 자유'와 같은 공화의 가치야말로 명색이 '민주공화국'인 오늘날의 대한민국에서 가장 절실한 가치이다.

추천 고전

- 키케로, 《국가론》, 김창성 옮김, 한길사(2007).

제4부

행복한 인생, 어떻게 살 것인가

26

에로스는 아름다움에 대한 사랑이다

플라톤, 《향연》

플라톤(BC 427~BC 347)의 대화편 가운데 가장 아름다운 철학적 주제를 다룬 작품은 《향연》이다. 43편의 대화편 가운데 대작인 《국가》와 《법률》이 공동체를 위한 거대 담론을 담고 있다면, 이 작품엔 인생의 영원한 주제인 사랑 이야기가 담겼다. 소크라테스는 늘 자기는 에로스에 대해서 가장 잘 아는 사람이라고 자부했다. 그는 에로스에 대한 것 빼고는 무지하다는 말을 자주 하곤 했다.

사랑학의 대가, 소크라테스

소크라테스는 이렇게 '사랑밖엔 난 몰라'라고 했지만, 실제는 그가 다른 방면에 무지한 철학자가 아님은 누구나 다 아는 사실이다. 어쩌면 그가 지나치게 겸양을 보이는 것 같다. 하지만 그가 상정하는 '사랑'의 관념이 무엇인가를 들여다보면 평가는 달라질 수 있다. 그가 말하는 '사랑'은 통속의 사랑이 아닌 영혼의 사랑과 지혜 사랑을 포괄하기 때문이다. 그렇다면 그가 에로스를 잘 안다고 말하는 것은 어쩌면 지혜의 눈으로만 포착할 수 있는 세상 모든 일의 궁극을 다 안다는 이야기일 수도 있다.

아무튼 '사랑학'의 대가인 소크라테스와 아테네의 최고 지성인들이 종횡무진으로 사랑을 찬미하는 이 작품은 사랑에 대한 담론을 통해 소크라테스의 인생 철학을 그대로 드러내고 있다는 점에서 음미할수록 매력적인 맛을 거듭 느끼게 하는 작품이다.

고대 그리스 고전 가운데 제명이 《향연》인 작품은 둘이 있다. 플라톤과 크세노폰이 쓴 《향연》이 그것이다. 둘 다 희랍어 '쉼포시온(Symposion)'으로 쓰지만, 두 작품의 분위기는 차이가 있다. 플라톤의 작품은 토론이 집중적으로 이루어진 토론형 향연인데 반해, 크세노폰의 작품은 주연과 곡예 공연, 토론이 어우러진 이벤트성 향연을 그리고 있다.

이런 까닭에 플라톤 작품은 좀 더 차분한 가운데 진지한 토론을 보여주고 있다. 두 작품 모두 소크라테스가 토론을 이끌고 있다. 플라톤의 작품에서 향연의 주최자는 아가톤이다. 그는 비극 경연에서 우승한 것을 기념하여 만찬을 열고 아테네의 명사들을 초대했다. 게스트는 소크라테스와 희극 작가인 아리스토파네스, 그리고 소크라테스의 제자들인 알키비아데스, 파이드로스, 그리고 에뤽시마코스와 아가톤의 지인 몇몇이다.

플라톤 좌상. 아테네 국립 아카데미 앞에 있다.

이들은 당시 아테네의 최고의 지성인들이다. 이들이 벌인 토론은 그야말로 고담준론의 모범을 보여준다. 토론의 주제는 에로스를 찬미하는 것이다. 향연 참가자들이 오른쪽 방향으로 돌아가면서 차례대로 자신의 주장을 펼치는 방식이다.

작품의 주제는 두 가지다. 하나는 향연 참가자들이 돌아가며 에로스를 찬미하는 것이고, 다른 하나는 갑자기 나타난 소크라테스의 제자 알키비아데스가 스승 소크라테스를 찬미하는 내용이다. 이 작품은 이야기 속의 이야기 형식을 취하고 있다. 아폴로도로스가 향연에 참석했었던 아리스토데모스라는 사람에게서 들은 이야기를 자신의 동료들에게 다시 들려주는 방식이다.

사랑이란 무엇인가

향연 참가자들의 이야기를 통해 에로스의 본질을 다각적으로 파악할 수 있다. 첫 발언자는 파이드로스다. 그는 에로스 찬미라는 화두를 제안한 사람이다. 그는 에로스의 무한한 힘을 찬미한다. 사랑하는 사람 앞에서 용감해지거나, 심지어 사랑하는 사람을 위해 기꺼이 죽으려는 사람들마저 있는 것은 에로스가 힘을 불어넣었기 때문이라는 것이다. 그는 테베에서 군대를 사랑하는 사람과 사랑받는 애인들로 함께 구성하여 용맹한 전투력을 발휘하게 만들었던 예를 든다.

두 번째로 나선 파우사니아스는 사랑의 종류를 둘로 나눠 그 특징을 설명한다. 우라니아 아프로디테와 판데모스 아프로디테다. 전자는 천상의 아프로디테요, 후자는 범속의 아프로디테다. 소크라테스는 크세노폰이 쓴 《향연》에서도 이런 분류로 사랑을 구분한 후 천상의 아프로디테를 찬미한 적이 있다. 파이드로스 역시 소크라테스의 지론을 따른 것 같다. 다만 두 작품 가운데 어느 것이 먼저 나오고 다른 것에 영향을 주었는지 정확히 알 수는 없다.

미의 여신 비너스 조각상. 그리스의 아프로디테 여신을 로마인들은 베누스로 불렀고, 영어권에서 비너스로 부른다. 파리 르부르 박물관

아무튼 파우사니아스는 몸을 사랑하기보다 영혼을 사랑하는 천상의 아프로디테를 더 고결하게 여긴다. 그는 사랑 그 자체에 미추(美醜)가 있는 것이 아니라 사랑이 행해지는 방식에 미추가 따른다고 본다. 사랑이라는 행위 자체는 아름답지도 않고 추하지도 않을 뿐이며, 사랑이 올바르게 행해지느냐의 여부에 따라 아름답거나 수치스러운 일이 될 수 있다는 의미이다.

따라서 파우사니아스는 아름다운 천상의 사랑, 즉 우라니아 아프로디테를 권장한다. 몸을 더 탐하는 범속의 사랑보다는 상대를 미덕으로 이끄는 한결같은 사랑이 더 아름답다는 것이다. 이런 사랑을 하기 위해서는 연인의 청을 무턱대고 들어주기보다 사랑하는 사람을 지혜롭고 훌륭한 사랑으로 이끌어 주고, 지식을 증진하기를 열망하는 연인에게만 요청을 들어주는 방식으로 사랑해야 한다고 강조한다.

의사인 에뤽시마코스의 사랑론에는 직업적 경험에서 나온 통찰이 배어있다. 그는 무절제한 에로스와 절제 있는 에로스로 나눈다. 몸이 건강한 부분을 강화하고 나쁜 부분을 제거해야 늘 강건해질 수 있듯, 절제 있는 에로스의 영향을 받을 때 사람들을 우애 있고 행복하게 만들게 된다는 것이다. 그 역시 파우사니아스가 강조했듯 천상의 사랑을 권장하면서 사랑이 방종으로 흐르는 것을 경계하고 있다.

사랑은 온전한 하나가 되고 싶은 욕망?

희극작가인 아리스토파네스는 남녀 간 사랑의 본성에 대한 독특한 이론을 소개한다. 인간의 성(性)은 원래 세 종류였다. 남성, 여성, 그리고 남녀추니. 그들은 네 개의 팔과 네 개의 발을 지녔고, 몸이 둥글어 어느 방향으로든 걸을 수 있었다. 또 달리기할 때에는 여덟 개의 팔다리로 땅바닥을 디디며 재빠르게 굴러갈 수 있었다. 이 독특한 인간들은 힘이 세고 정력이 엄청나고 자부심이 대단하여 신들마저 공격하려 했다.

제우스는 인간들의 도전과 방종을 징벌하기 위해 몸을 반으로 잘라 버렸다. 그제야 두 팔과 두 발을 갖게 된 인간들은 힘이 약해졌고, 떨어져 나간 다른 반쪽을 그리워하게 되었다는 것이다. 반쪽이 된 이들이 무기력해져서 죽어가기 시작하자 제우스는 두 몸으로 갈라진 남녀들의 음부를 앞으로 옮겨놓아 서로 결합하여 성욕을 충족시키거나 자식을 생산할 수 있도록 배려했다.

이후로 남성이나 여성에서 잘려나간 자들은 각각 남성 또는 여성 동성애자가 되고, 양성의 본성을 모두 지닌 남녀추니에서 잘려나간 자들은 서로의 반쪽을 그리워하고 합쳐지길 갈망하게 되었다. 그리하여 둘이 하나가 되고자 생겨난 욕구가 바로 '사랑'이라는 것이다. 그렇다면 사랑은 온전한 하나가 되고자 하는 회귀적 본능이자 욕망인 셈이다.

서마다 잃어버린 반쪽의 부절(符節)을 찾아내고 영원히 사랑할 수 있다면 그보다 큰 지복(至福)은 없을 터. 인간이 에로스를 찬미해야 하는 이유는 바로 자신의 마음에 꼭 드는 연인을 만나기 위해서라는 것이다.

이 향연의 호스트이자 비극작가인 아가톤은 에로스 신의 본성과 아름다움, 그리고 미덕을 칭송한다. 에로스는 부드러움, 우아함의 본성을 지녔다. 또 에로스는 "누구에게도 불의를 행하지도 않고, 어느 누구로부터도 불의를 당하지 않는다"는 것이다. 강압과 에로스는 양립할 수 없기 때문이다. 에로스는 정의, 절제, 용기, 지혜의 4주덕(主德)에도 능동적으로 관여한다. 이런 미덕으로 인도하는 힘, 아름다움을 추구하게 하거나 그런 자질을 갖추고 있다면 이는 모두 에로스 덕분이라는 것이다.

향연의 참석자마다 에로스의 다양한 측면을 충분히 찬미했다. 에로스의 숨겨진 속성을 더이상 찾아내긴 어려울 듯싶었다. 맨 마지막 발언자인 소크라테스는 어떻게 에로스를 찬미할 것인가. 소크라테스가 자기 차례가 되면 에로스를 찬미하겠다고 약속한 것에 대해, 그런 약속을 한 것은 "내 혀지, 내 마음이 아니었네"라며 엄살을 떨 만도 하다.

소크라테스는 결여된 것을 갖고자 원하는 것을 욕망과 사랑의 속성으로 보았다. 결핍을 채우려는 동기가 사랑의 본성이라는 의미다. 결여된 아름다운 것, 좋은 것, 훌륭한 것을 원하는 것을 사랑의 본성으로 본다면, 우리가 채우고자 갈망해야 할 최상의 사랑은 어떤 것일까.

불사(不死)에 이르는 에로스의 사다리

소크라테스는 만티네이아의 여인 디오티마에게서 들었다는 이야기를 좌중에게 들려주는 방식으로 자신의 에로스론을 전개한다. 에로스는 아름답지도 않고 좋은 것도 아니라며 아가톤의 주장을 반박한다. 에로스는 신과 인간 사이에 존재하는 정령이며, 때로 신과 인간 사이를 매개하기도 하고, 인간들 사이의 교류와 대화 속에 스며들기도 한다는 것이다.

에로스의 본성은 자신의 부모의 본성을 모두 이어받았다. 에로스는 아프로디테의 생일잔치에 왔던 가난의 여신 페니아(Penia)와 방편(方便)의 신 포로스(Poros) 사이에서 태어났다. 그런 까닭에 에로스에게는 어머니의 본성에 따라 늘 결핍이 따라다녔다. 다행히 에로스는 아버지를 닮아 아름다운 것과 좋은 것을 구하는 방편을 찾아내는 본성도 갖고 타고났다.

에로스는 지혜와 무지의 중간에 있다. 이미 지혜로운 신들은 지혜를 사랑하지 않지만, 에로스는 필연적으로 지혜를 사랑한다. 나아가 무언가 채우려는 열망을 갖고 합당한 방편을 찾으려는 본성을 지닌다. 그러면 모든 것을 채우려는 열망은 모두 '사랑'이라 불려 마땅하지 않을까.

소크라테스는 이에 대해 전적으로 동의하지는 않는다. 인간들은 좋은 것을 영원히 소유하고 싶어 한다. 좋은 것들을 소유함으로써 행복해지려는 인간들의 욕구야말로 인간 모두에게 발견되는 '간교한 사랑'이라는 것이다. 사업, 운동, 학문 등 여러 분야에서 성취를 얻고자 하는 '사랑'을 지향한다고 해서 이들이 사랑을 느끼고, '사랑하는 사람들'로 불리지만, 이들의 활동이 '아름다운 혼'을 가꾸기 위한 사랑이 아닐 수도 있기 때문이다.

애로스의 동생인 애욕과 갈망의 신 포토스(Pothos). 사랑의 응답을 요구하는 신 히메로스(Himerod)와 통제될 수 없는 욕망의 신 안테로스(Anteros)와 함께 '에로테스(erotes)'라 불린다. 모두 사랑과 성을 관장하는 정령들로 아프로디테와 관련된다. 그리스 최고의 조각가 중 한 사람인 파로스 섬 출신 스코파스(Skopas)가 BC 4세기에 만든 원작을 로마시대인 AD 2세기에 복제한 작품. 나폴리 국립 고고학 박물관.

필멸의 존재인 인간은 영속적이고 불사를 원하게 마련이다. 따라서 사랑도 불사를 원한다. 인간이 남녀의 결합을 통해 자식을 낳고 세대를 이어가는 것도 불사의 욕망을 충족시키는 방편이다. 그러나 진정한 불사를 원하는 자는 어떤 고통을 감수하더라도, 심지어 목숨을 바쳐서라도 불후의 미덕과 명성을 남기길 원한다. 알케스티스가 남편 아드메토스를 구하기 위해 죽고, 아킬레우스가 절친 파트로클로스의 원수를 갚기 위해 죽은 것이 그런 예이다.

소크라테스는 사랑을 표출하는 자들은 출산을 통해 불사를 확보하지만, 아름다운 몸과 아름다운 혼이 결합한 출산이어야 진정한 불사를 이룰 수 있다고 강조한다. 아름다운 몸에서, 아름다운 활동으로, 나아가 아름다운 지식으로, 또 아름다운 것 자체로 나아가는 미덕을 낳는 것, 그것이 진정한 불사를 이루는 길이라는 것이다. 이른바 아름다움의 단계를 상승시켜 가는 '에로스의 사다리'를 차례차례 올라야 신의 사랑을 받고 불사가 될 수 있다는 뜻이다.

소크라테스는 인간이 이러한 불사의 존재가 되게 하는 일에 에로스가 가장 훌륭한 조력자가 될 수 있다고 본다. 그렇다면 에로스는 인간을 가장 아름다운 혼을 가진 불사의 존재로 만들어 주는 위대한 힘을 가진 존재인 셈이다. 더구나 에로스는 지혜, 용기, 정의, 절제를 지배하는 힘까지 갖고 있기 때문이다.

에로스에 대한 찬미의 담화는 갑자기 알키비아데스가 출현하면서 파장이 되고 담화의 주제는 엉뚱하게 흘러간다. 그는 소크라테스를 늘 언모했던 아테네 최고의 꽃미남이다. 그는 소크라테스를 칭찬해 보라는 좌중의 요구에 응한다. 술에 취한 알키비아데스는 소크라테스가 가장 못생긴 사람의 대명사인 실레노스(Silenos)나 사튀로스인 마르쉬아스(Marsyas)를 닮았다고 놀리면서, 자신이 소크라테스에게서 무시나 모욕을 당한 사례를 좌중에 고발한다.

알키비아데스는 소크라테스가 무지한 척하지만 더 없이 지혜롭고 절제력이 있으며, 철학적 담론으로 젊은이들에게 '독사보다 더 심한 고통을 안겨주는' 사람이라고 말한다. 특히 아름다운 자신이 밤을 함께 보내며 유혹했지만, "아버지와 형과 잤을 때와 전혀 다를 것이 없었다"다며 자신이 조롱과 모욕을 당했다고 넋두리한다.

소크라테스가 극도의 절제와 용기를 갖추었음을 보여주는 병영에서의 사례도 밝힌다. 한겨울에도 맨발로 전투에 나갔고, 패전한 전투에서도 당황하지 않고 침착하게 후퇴하며, 용기 있는 행위로 자신의 생명까지 구해주고도 포상을 사절한 예를 든다.

향연의 주제는 원래 에로스를 찬미하는 것이었지만, 결말은 알키비아데스가 소크라테스를 찬미하는 것으로 마무리되었다. 플라톤은 소크라테스야말로 에로스 못지않게 현실 세계에서 모두에게 칭송받아야 할 존재였음을 그리스인들에게 각인시키고 싶었던 모양이다.

이 세상에서 사랑의 담론처럼 풍성하고 다양하며, 흥미로운 주제는 없을 터이다. 고대 그리스 시대는 인류 역사상 인간이 최고의 관심 대상이자 주인공 역할을 하던 시대였다. 그런 까닭에 사람과 사람들을 연대시키는 힘, 그리고 공동체를 더욱 결속시키는 힘은 에로스일 수밖에 없다. 에로스는 인간의 욕망, 도전과 응전을 이끄는 강력한 촉진제이기 때문이다. 소크라테스가 지혜 사랑과 시민 한 사람 한 사람의 영혼을 가꾸는 일에 일평생 매진했던 것도 인간에 대한 연민, 인간에 대한 깊은 사랑 때문이었으리라. 소크라테스는 그야말로 에로스의 화신이었다. 《향연》은 이런 소크라테스의 철학의 핵심 관념인 에로스를 가장 다채롭게 조명해 낸 문학 작품이라 할 수 있겠다.

추천 고전

• 플라톤, 《향연》, 강철웅 옮김, 이제이북스(2014).

27

영혼을 이끄는 절제 있는 마중사랑

플라톤, 《파이드로스(Phaidros)》

소크라테스는 연애 박사이다. 하지만 뭇 여성들과 숱한 염문을 뿌린 사랑의 달인이란 뜻은 결코 아니다. 그는 사랑의 본질에 대해 누구보다도 심층적으로 궁구해 달통한 사람이란 의미이다. 그는 플라톤(BC 427~BC 347)의 대화편 《향연》, 《파이드로스》에서 사랑의 속성을 적나라하게 파헤치면서 가장 아름다운 에로스가 무엇인지를 설파하고 있다. 소크라테스는 인류 역사상 최고의 사랑 가이드이다.

소크라테스는 《향연》에서 정신적 사랑과 육체적 사랑을 '판데모스 에로스'와 '우라니아 에로스'로 구분한 바 있다. 《파이드로스》에서 그의 사랑학 강의 역시 큰 맥락에서 《향연》의 주장들과 연결된다. 다만 이 책에서는 연설문 작성가인 뤼시아스의 소년애(paiderastia) 사랑론에 대한 풍자와 비판형식을 취하고 있다. 대담자는 소크라테스와 파이드로스이다.

사랑하지 않는 사람에게 더 큰 사랑을 주라

파이드로스는 뤼시아스가 연설한 사랑론을 소개하며 소크라테스의 평론을 요구한다. 뤼시아스의 소년애에 대한 골자는 "자기가 사랑하는 사람보다 자기를 사랑하지 않는 사람에게 더 기쁨을 주어야 한다"는 역설적인 주장이다. 소크라테스와 파이드로스는 아테네 교외의 일리소스강으로 나아가 전원의 아름다운 풍경을 즐기며 대담을 나눈다. 사랑론을 이야기하기엔 썩 잘 어울리는 분위기가 연출되고 있다. 다른 대화편의 주변 환경과는 크게 다르다.

뤼시아스의 역설적 주장의 논거는 이렇다. 사랑하는 사람은 사랑받는 사람의 아름다운 육체에 끌리게 되며 육체적 욕망이 충족되고 나면, 사랑의 열정이 식어버려 오랫동안 우애를 나누기 어렵다는 것이다. 특히 사랑에 대한 질투로 사랑받는 이의 능력 발휘와 발전을 경계하고 저해하게 된다는 것이다.

반면 사랑을 하지 않는 사람에게 기쁨을 줄 때 더 많은 이익을 얻을 수 있게 된다고 말한다. 일시적 사랑에 얽매이지 말고 오랫동안 우애를 나눌 수 있는 사랑을 하라는 이야기다. 뤼시아스의 사랑법은 이기적, 타산적 사랑법이며 그 자체로 모순을 안고 있다. 어쩌면 타산적일 수밖에 없는 사랑의 냉정한 현실을 직시하도록 유도하고 있는 것인지도 모른다.

여기서 논의되는 사랑은 당시 그리스 세계에서 관습적으로 용인되던 소년애이다. 소년을 사랑하는 성인 남성과 어린 소년과의 사랑에서 소년이 취해야 할 바람직한 사랑법을 주문한다.

소크라테스는 파이드로스가 들려준 뤼시아스의 사랑법에 대해 동일한 연설 방식을 취해 비판한다. 소크라테스는 사랑을 하지 않는 사람에게 사랑의 기쁨을 나누어주어야 한다는 뤼시아스의 주장은 "참되지 않다"고 말한다. 사랑에 빠진 사람은 일종의 광기에 사로잡혀 있고, 그렇지 않은 사람은 냉정한 상태에 있어서 그들에게 사랑의 기쁨을 주게 될 때 우애를 더 증진할 수 있다는 것에 동의하지 않는 것이다. 훌륭한 것들은 어느 정도 광기에 의해 이루어지기 때문이라는 것이다. 특히 신적인 섭리에 의해 생기는 사랑의 광기는 아름답고 그런 사랑을 나누는 사람들 사이의 사랑이 더 견고할 수 있다는 의미이다.

육체를 탐하는 사랑, 영혼을 이끄는 사랑

소크라테스는 소년을 사랑하는 사람과 소년의 관계를 육체적 욕구의 측면에서 바라보기보다, 영혼의 고양을 이끄는 지혜 사랑의 측면에서 바라본다. 그는 영혼의 중요성을 강조한다. 진정한 혼이 소년의 아름다움을 바라보고 열망에 사로잡힌 것이라면, 그를 볼 수 있다면 어디든 언제라도 달려가는 상태가 자연스럽다. 또 이런 사랑을 하는 사람이라면 사랑받는 이의 영혼을 이끌어 자신이 공경하는 신과 닮은 상태로 최대한 끌어올리기 위해 애쓰게 된다는 것이다. 이는 뤼시아스가 사랑받는 이를 질투하여 발전을 저해하게 된다고 보는 관점과 확연히 대립한다. 사랑하는 사람이 사랑받는 사람을 선과 지혜로 이끄는 관계이기 때문이다.

그리스인들이 기원전 7세기 전반 이탈리아 남부 지방에 세운 식민도시 포세이도니아(이탈리아의 파에스툼) 유적지에서 발굴된 벽화의 일부이다. 남성들이 오락 또는 유흥을 즐기는 한 장면으로 보이는데, 왼쪽의 턱 수염이 난 나이든 남자와 오른쪽의 청년이 한 팀을 이루고 있다. 이렇게 장년과 청년이 한 쌍을 이루는 경우 대개 소년애 관계가 있는 것으로 볼 수 있다. 기원전 5세기경 작품으로 추정된다. 파에스툼 고고학 박물관.

결국 사랑을 받는 소년은 사랑하는 사람에게서 "신에게 하는 것과 같은 극진한 보살핌"을 받게 된다는 것이다. 이런 이들의 사랑은 사랑하지 않는 사람 또는 다른 친구들이 베푸는 우애의 몫을 모두 합친 것보다 훨씬 더 크다는 것이다. 이는 사랑하지 않는 사람에게 기쁨을 베풀 때 더 큰 이익이 돌아온다는 뤼시아스의 역설적 주장을 반박하는 셈이다. 소크라테스는 사랑하는 사람이 혼에서 우러나오는 사랑을 쏟고, 사랑받는 소년 애인이 절제 있는 '마중사랑'으로 응대할 때 오래가는 큰 우애가 만들어진다고 보는 것 같다.

《파이드로스》에 나오는 고대 그리스 세계의 소년애는 현대인에게 낯설다. 그렇지만 현대인의 동성애적 관념으로 그리스의 소년애를 바라보아서는 안 된다. 동년배 남자와 남자 사이에 이루어지는 현대의 사랑과 고대 그리스의 성인 남성과 소년 사이의 사랑은 사랑의 본질과 표현 방식에서 크게 다르다. 고대 그리스의 소년애는 자유 시민인 성인 남성이 미소년의 육체적 아름다움만 탐하는 관계가 결코 아니었다. 오히려 소년을 자유 시민이자 공동체의 전사로 키우는 데 필요한 시민적 덕성과 영혼의 성숙을 인도하는 관계가 결부된 개념이다. 소크라테스의 소년애에 대한 철학은 당대의 이런 관념을 잘 대변하고 있다.

소크라테스의 사랑법에 담긴 있는 근본 취지는 오늘날 남녀 간의 사랑에 대입해 생각해 봐도 의미 있을 것 같다. 바람직한 사랑의 관계는 아름다운 영혼의 사랑이다. 이는 한순간의 욕망으로 불꽃처럼 타올랐다가 금방 사그라지는 사랑이 아니다. 혼에서 우러나오는 깊은 사랑으로 동반자를 자신이 추구하는 지선(止善)의 상태로 이끌어 줄 수 있는 그런 사랑의 관계를 의미한다. 소크라테스의 사랑은 불타는 열정 뒤에 따르는 차가운 허무를 직시하고 이를 극복하기 위한 영원한 사랑을 추구한 듯싶다.

소크라테스가 이 책에서 사랑의 주제와 동떨어진 듯 보이는 말과 글의 중요성에 대한 이야기나, 좋은 이야기와 나쁜 이야기의 구별법, 글쓰기의 적정성에 대해 이야기를 하는 것도 사랑을 주는 사람이라면 진실로 지혜를 갖춘 사람이어야 함을 강조하기 위해서인 듯싶다. 그는 지혜 사랑을 동반한 소년애만이 아름다운 사랑이 될 수 있다고 보았기 때문일 것이다.

그러고 보면 소크라테스가 요구한 사랑하는 사람이 먼저 갖춰야 할 조건은 상당히 까다로운 셈이다. 말과 글에 진실이 담겨야 상대를 설득할 수 있다는 것도, 상대의 수준과 상태를 고려하지 않는 글쓰기의 문제점과 "살아 있고, 혼이 담긴 이야기"를 통해 상대의 혼을 일깨울 수 있다는 것도 모두 지극한 지혜 사랑에서 나온 그의 통찰이다. 소년애에서 시작하여 사랑하고 사랑받는 사람들이 추구해야 할 지혜 사랑의 방법론으로 확장해간 《파이드로스》는 시대를 뛰어넘는 성찰적 사랑의 모범 답안을 담은 소중한 고전이다.

추천 고전

• 플라톤, 《파이드로스(Phaidros)》, 김주일 옮김, 숲(2012).

28

사랑받기 위한 필요조건

플라톤, 《뤼시스(Lysis)》

사랑받는 사람이 더 행복할까, 아니면 사랑하는 사람이 더 행복할까. 사랑받을 때 느끼는 기쁨과 행복에 익숙한 사람은 상대 열정의 변화에 민감할 것 같다. 반면 누군가를 사랑함에 만족하고 행복해하는 사람은 사랑의 에너지를 스스로 만들어내고 키워냄으로써 외로움을 더 잘 이겨낼 것 같다. 동등하게 사랑을 주고받을 수 있다면 더할 나위 없이 행복한 일이다. 하지만 현실의 사랑은 불균형적인 경우가 대부분이다.

아무튼 사랑이 만들어내는 기쁨과 행복은 늘 상대적이다. 물론 상대가 자신을 더 사랑해주길 바라는 것은 모든 사람의 바람이 아닐까 싶다. 특히 사랑하는 남녀 간에는 늘 사랑의 갈증을 느끼고 자신이 더 많은 사랑을 받기를 바라는 게 통례가 아닐까. 하지만 친구와의 사랑, 부모와 자식과의 사랑, 이웃과 사회에 대한 사랑에서는 사랑을 쏟는 데에서 기쁨과 행복감을 느끼는 사람도 적지 않다. 이는 남녀 간의 사랑에서 이기적이기 십상인 인간이 친구, 부모, 가정, 사회, 국가로 확대되는 사랑에서는 이타적 사랑을 키워나갈 수 있다는 점을 시사한다.

이타적 사랑과 필리아

이타적 사랑을 보다 가능하게 만드는 사랑은 분명 에로스와는 다른 특질을 지닌 사랑일 것 같다. 플라톤(BC 427~BC 347)은 이를 에로스(Eros)와 필리아(Philia)로 구분했다. 필리아는 사랑보다 우애, 친애로 부를 때 의미가 더 분명해진다. 《뤼시스(Lysis)》는 사랑의 조건에 대한 플라톤의 철학이 담겼다. 특히 플라톤은 남녀 간의 사랑보다 필리아가 형성되고 필리아를 받을 수 있는 조건을 집중적으로 탐색하고 있다. 여기서 그는 에로스나 필리아에는 반드시 상호성이 작용한다는 것을 전제하고 있다.

플라톤은 필리아를 유용성에 기초한 필리아, 즐거움에 기초한 필리아, 훌륭함에 기초한 필리아로 구분한다. 사실 스스로 즐겁고 상대의 훌륭함에 매료되어 쏟는 필리아라면 특별한 조건이 필요하지 않을 듯싶다. 우애(친애)가 자발적으로 솟아날 것이기 때문이다. 그런 경우는 현실적으로 그리 많지는 않을 것 같다. 플라톤이 유용성에 기초한 필리아의 선결 조건을 집중적으로 논의하는 이유가 여기에 있다.

훗날 아리스토텔레스는 유용성에 기초한 필리아를 가장 바람직하지 않은 필리아로 보았다. 무언가 자신에게 유용할 때 우애(친애)가 발휘될 수 있다고 보는 것을 계산적 사랑으로 여겼기 때문일 것이다. 플라톤 역시 이를 몰랐을 리 없다. 그 역시 즐거움과 훌륭함 그 자체에 친밀감을 느껴 우애(친애)가 우러나오는 경우를 최상의 것으로 생각했을 것 같다.

하지만 플라톤은 인간의 내면에 숨은 이기적 본성을 꿰뚫어 보고 있었던 것은 아닐까. 그는 필리아의 첫 번째 생성 조건을 사랑하는 사람에게 소중한 무엇인가가 되어주는 것에서 찾는 것 같다. 플라톤은 어떻게 상대에게 소중하게 여겨지고 사랑받을 수 있는지 그 조건을 보여주고자 한 것이다.

사랑받을 수 있는 조건

사랑받을 수 있는 조건은 여럿이 있다. 우선 "신은 비슷한 자를 비슷한 자에게 이끈다"는 말처럼 누군가에게 비슷한 경우 친구가 될 가능성이 있다. 하지만 아주 '훌륭한 자'끼리는 서로에게 도움이 필요하거나 서로를 존중하기 어려울 수도 있다. 오히려 훌륭하지도 나쁘지도 않은 것이 훌륭한 것의 친구가 될 가능성이 있다. 결국 우애(친애)를 낳는 사랑의 조건은 상대에게서 무엇인가 얻으려는 욕구를 충족시켜 줄 수 있어야 한다는 것이다.

사랑받으려는 사람은 상대에게 자신이 얼마나 가치 있고 유용한 지 보여줘야 한다는 의미다. 그렇다면 누군가에게 유용하기 위해서 가장 긴요한 일은 무엇일까? 플라톤은 필리아의 대상이 되기 위해선 최소한 자신이 '앎을 가진 자', 즉 지혜로운 자가 되어야 한다고 말한다. 스스로 지혜로운 사람이 되면 필리아를 주는 사람에게 유용한 사람이 될 수 있다는 뜻이다.

물론 플라톤이 강조한 지혜는 사랑받기 위한 최소한의 필요조건이지 충분조건은 아닐 듯싶다. 아리스토텔레스의 주장대로 유용성에 기초한 필리아가 저급한 것일 수도 있다. 하지만 남녀 간의 에로스와 다르게 느슨하고 확대된 사랑의 형태인 필리아의 경우 어느 정도 유용성에 기초하지 않을 수도 없는 게 엄연한 현실인 듯싶다.

《뤼시스》에서 플라톤은 필리아의 완벽한 형성 조건을 확언하고 있지 않다. 그 대신 여러 가지 필리아의 조건들을 탐색하여 문제제기를 하고 아포리아(aporia)로 끝맺고 있다. 플라톤은 에로스와 필리아의 본질에 대해 명확한 해답을 제시하지 않았다. 그는 논의의 실마리만 풀어놓고 독자들에게 각자의 해답을 찾아보도록 남겨 놓았다. 그렇다면 필리아가 유용성에 기초하여 형성되므로 상대에게 유용한 가치를 보여주지 못하면 필리아를 받기 어렵다는 플라톤의 명제는 결국 시론이 된 셈이다.

지혜 사랑의 가치

친구와 이웃, 부모와 가족에게 사랑받고, 사회와 국가에서 사랑받는 사람이 되기 위해선 사랑하는 사람들의 무조건의 사랑을 바라기보다, 자신이 지혜로운 사람이 되어 그들에게 스스로 유용한 사람이 되는 게 최소한의 필요조건일 듯싶다. 물론 계산적 필리아일 수 있지만, 이는 무엇인가 유용한 것을 바라는 인간 본성에 부합하는 것일 수도 있다.

또 스스로 '앎을 가진 자', 지혜로운 자가 된다면 그 자체로 훌륭해지는 것이고, 그렇다면 사랑하는 사람들의 훌륭함에 기초한 필리아, 즐거움에 기초한 필리아도 이끌어 낼 수 있지 않을까. 플라톤이 유용성에 기초한 필리아를 논의한 이유는 사람들을 더 나은 필리아로 인도하기 위한 첫 단계로서 수신의 실천적 방법을 강조하기 위한 것이 아니었을까.

추천 고전

- 플라톤 지음, 《뤼시스(Lysis)》, 강철웅 옮김, 이제이북스(2008).

29

좋은 생각과 행동이 행복을 부른다

아리스토텔레스, 《니코마코스 윤리학》

어떻게 사는 것이 행복한 삶일까? 인간은 누구나 행복하기를 원하고 각자 자신의 기준에 따른 행복을 추구한다. 어떤 이는 돈, 권력, 명예에서 행복을 찾기도 하고, 혹자는 자신의 재능을 발휘하는 일을 통해 행복을 느끼기도 한다. 어떻게 하면 행복할 수 있을까? 행복을 느끼게 하는 가장 중요한 요인은 무엇일까? 행복은 시대를 넘어 인류의 고민과 사색의 대상이 아닐 수 없다.

2300여 년 전의 그리스의 철학자 아리스토텔레스(BC 384~BC 322)의 고민도 지금의 우리와 크게 다르지 않았다. 행복한 삶에 대한 그의 고민과 해법이 담긴 책이 바로 《니코마코스 윤리학(Ethica Nicomachea)》이다. 그의 철학적 고민을 읽노라면, 마치 현대의 어느 철학 교수의 담론인 듯 착각이 들 정도다. 그가 인식한 삶의 모습들과 탐구하는 내용이 시공을 뛰어넘어 현재 우리 삶의 모습과 인간의 속성에 그대로 들어맞는 것을 보면서 아리스토텔레스의 예민하고 깊이 있는 통찰에 탄복하지 않을 수 없다.

지식과 문명이 아무리 발전해도 인간 내면의 본성, 그리고 인간들이 부딪히면서 만들어내는 사회적 교감의 원리는 변함이 없는 것 같다. 인간의 본성을 이해하고 의미를 통찰해 내는 개개인의 능력은 결국 문명처럼 전수되고 축적되는 것이 아니라 스스로 성찰과 학습을 통해 얻어지는 것임을 새삼 느낀다. 서양철학의 거성인 아리스토텔레스는 이런 사유의 여정에서 2300여 년 동안 인류의 훌륭한 길라잡이가 되어 왔음이 분명하다. 오늘날 우리가 그의 고전을 읽어야 할 이유가 여기에 있다.

탁월한 영혼만이 진정한 행복에 다가간다

행복(eudaimonia)은 '좋은 것', '최고 선(善)'이다. 행복은 그것 자체만 추구해도 되는 완결성, 자족성을 갖는다. 다른 어떤 것도 곁가지일 수 있다는 의미다. 그러면 '좋음(agaton)'은 모두 행복인가? 아리스토텔레스는 '좋음'을 외적인 좋음, 영혼에 관계된 좋음, 육체에 관련된 좋음으로 나눈다. 행복에 이르는 좋음의 길이 여럿인 셈이다.

공통적인 점은 어떤 길로 행복에 다가가든 행복을 결정짓는 것은 아레테(areté), 즉 탁월성(덕성)이다. '가장 좋음'만이 행복과 연결된다. 특히 우리가 인간적인 탁월성을 말할 때는 육체의 탁월성을 말하는 것이 아니라 영혼의 탁월성을 말하는 것이다. 탁월성은 감정(pathos), 능력(dynamis)의 영역이라기보다 품성 상태(hexis)의 수준을 말한다.

탁월성은 감정의 기복이 없는 무감정 상태(apatheia) 내지는 평정 상태(eremia)로도 규정되기도 한다. 아무튼 탁월성은 그것이 무엇이든 좋은 상태에 있게 하고, 품성의 기능을 잘 수행하도록 하는 것으로 대변될 수 있다. 그렇다면 감성과 이성을 늘 좋은 상태로 유지하고 발휘할 수 없다면 탁월성을 성취하고 있다고 볼 수 없을 것이다.

이성의 탁월성을 성취하기 위해서는 영혼의 역할이 중요하다. 영혼은 이성(logos)을 가진 부분과 이성이 없는 부분을 포괄한다. 이성이 작동하는 영역에서 탁월성은 지적 탁월성과 성격적 탁월성으로 나뉜다. 지적 탁월성은 학습에 의해, 성격적 탁월성은 좋은 행위(praxis)가 반복되는 습관에 의해 길러진다.

아리스토텔레스는 행복해지기 위해서는 즐거움과 고통에 관련된 성격적 탁월성을 키워야 한다고 강조한다. 즉 다양한 욕망과 즐거움, 고통에 대한 탐닉이나 회피의 선택적 상황에서 지나치거나 모자람이 없는 중용의 상태가 '합리적 선택(prohairesis)'일 수 있다. 이런 품성이 최고의 탁월성이며 이는 곧 행복의 문을 여는 열쇠가 된다.

합리적 선택의 원리는 욕구와 어떤 목적을 지향하는 이성이다. 따라서 합리적 선택은 지성이나 사유 없이 생기지 않고, 올바른 성격적 품성 상태 없이도 생기지 않는 것이다. 탁월한 품성 상태를 갖춰야 합리적 선택을 할 수 있게 되고 행복을 누릴 수 있다.

우리는 인생을 살아가면서 순간순간 갖가지 미혹에 빠질 때 늘 크고 작은 선택의 기로에 서 본 경험이 많지 않은가. 그때 어떤 욕구, 어떤 즐거움을 선택하느냐는 바로 자신의 품성과 지성의 수준에 달려있다. 그러니 자신의 선택에 따르는 행복의 빛깔도 다양할 수밖에 없다.

중용의 즐거움

아리스토텔레스는 중용(mesotes)은 제반 즐거움에 대한 절제를 통해 이루어진다고 말한다. 플라톤 역시 대화편 《필레보스》에서 적도(適度: to metrion)의 중요성을 강조한 바 있다(박종현 교수는 《필레보스》의 번역에서 '중용'대신 '적도'란 용어를 쓴다). 행복해지기 위해서는 성격적 탁월성을 갖추어야 하고, 그 탁월성은 중용으로서 달성된다. 중용은 지나치지 않고 모자라지 않는 상태이다. 감정의 영역에서 이런 중용을 취하는 일은 쉬운 일이 아니다.

예를 들어 어떤 상황에서 비겁한 사람은 용감한 사람을 '무모한 사람'이라고 부르고, 반면 '무모한 사람'이라고 불린 사람은 오히려 그를 '비겁한 사람'이라고 부를 것이다. 이는 결국 어떤 두려움에 어떻게 대응할 것인가에 대한 선택의 문제다. 이때 취해야 할 중용은 어떤 것일까?

두려운 감정이 일어날 때 지나치게 대응하는 것은 무모함이지만, 비겁하게 구는 것은 모자람이다. 아리스토텔레스는 이때 적정한 중용의 감정은 바로 '용기'라고 말한다. 용기 있는 자는 지나치게 무모한 행동을 하지도 않고, 비겁하게 회피하지도 않을 것이기 때문이다. 아무런 행동을 하지 않는 것이 중용이 아니라 용기와 소신에 따른 적정한 행동을 취하는 게 진정한 중용이라는 말이다.

즐거움을 추구하고 고통을 회피하는 것은 인간의 본성이다. 그러나 이 경우에도 중용의 지혜가 필요하다. 즐거움이나 고통과 관련해 넘치면 '무절제', 모자라면 '목석같음'이 되고 만다. 이때 필요한 중용은 '절제'이다.

이러한 중용은 개인의 감정 영역뿐만 아니라 재산이나, 명예 등 외적 욕망의 추구, 사람들과의 친교 등 사회적 삶에서도 다양한 형태로 취해질 수 있다. 중용은 결국 자기 자신의 선택에 달려 있다. 자신의 자발적이고 합리적 선택에 따라 행복이 좌우될 수 있는 셈이다. 물론 숱한 개별적인 사례에서 중용을 맞추는 게 쉽지 않은 일이다. 그러나 중용의 자세를 갖기 위한 습관적 노력이 필요하다.

좋은 품성이 행복을 만든다

아리스토텔레스는 피해야 할 가장 나쁜 품성으로, '악덕(kakia)', '자제력 없음(akrasia)', '짐승 같은 품성 상태'를 들었다. 이런 것들은 탁월성과 상극이다. 특히 자제력이 없는 사람은 실천적 지혜가 부족한 사람이다.

"자제력이 없는 사람은 자신이 하는 행위가 나쁘다는 것을 알면서도 감정(pathos) 때문에 그것을 하는 데 반해, 자제할 줄 아는 사람은 자신의 욕구들이 나쁘다는 것을 알면 이성(logos) 때문에 그것들을 따르지 않는다."

아리스토텔레스는 탁월한 품성을 유지하기 위해 자발적인 '합리적 선택'이 중요하다는 점을 강조한다. 아울러 성격적 탁월성을 유지하기 위해 실천적 지혜가 매우 중요함을 강조했다.

"자제력 없는 사람은 욕망하면서 행위하지만 합리적으로 선택하면서 행위하지는 않는다. 자제력 있는 사람은 반대로, 합리적으로 선택하면서 행위하지, 욕망하면서 행위하지 않는다."

그러면 자제력을 이끌어 주는 성격적 탁월성은 어떻게 키워야 할까? 이러한 습관을 만드는데 필요한 덕목은 숙고이다. 아리스토텔레스는 이렇게 말한다. 잘 숙고한다는 것은 "유익함에 따른 올바름이자 마땅히 도달해야 할 것, 마땅히 해야 할 방식, 마땅히 해야 할 시간에 따른 올바름이다."

우리의 행위로 성취 가능한 것이 무엇일지, 그것이 자신에게 어떤 의미가 있는지에 대해 숙고하게 될 때 합리적 선택이 가능해진다. 자신의 욕구에 대한 반응과 행동이 자신의 합리적 선택에 따라 이루어지고, 이런 행위 하나하나가 축적되어 습관적 행위가 되면 탁월한 품성이 만들어지고 행복에 가까이 다가갈 수 있지 않을까.

기실 행복은 연습하기 나름인 것이다. 인생은 즐거움을 추구할 때 행복해질 수 있다. 중요한 것은 무엇에 대한 즐거움이냐이다. 아리스토텔레스도 즐거움이 촉각, 미각 등 대부분 육체적 요인에서 온다는 것을 인정하지만, 인간이 이성의 활동으로 무언가를 깨달을 때 느끼는 희열이야말로 진정한 즐거움이라 정의한다.

감각의 쾌락추구가 아니라 마음의 평정, 즉 아타락시아(ataraxia)를 통해 정신적 쾌락을 얻을 수 있다고 한 에피쿠로스(BC 341~270)의 행복론도 이런 즐거움일 것이다. 공자(BC 551~479)가 '배우고 때때로 익히면 또한 기쁘지 아니한가(學而時習之不亦說乎)?'라고 했던 것도 같은 맥락의 즐거움일 것이다. 이렇듯 감각적 욕구의 충족을 통한 즐거움도 크지만, 이성적 욕구를 통해 얻는 즐거움 또한 고귀하다는 것은 분명하다. 그런데 이런 즐거움의 영역을 개인적 차원에서 사회적 차원으로 확대한다면 그 의미는 더욱 깊어진다.

사랑하기 위해 태어난 사람

아리스토텔레스는 인간의 사회성을 완성하는 즐거움으로 친애(philia)를 강조했다. 친애는 단순히 '사랑'이라는 용어로 표현되는 정감의 상태보다 훨씬 넓은 개념이다. 친애는 사회적 삶에서 취할 수 있는 탁월한 중용의 하나이다. 부모와 자식 간의 친애, 친구 간의 친애, 사회에서 교제하는 사람 사이의 친애 등 그 종류가 다양하다.

친애는 '합리적 선택'에 기초한 품성 상태이다. 아리스토텔레스는 상대가 잘되기를 바라는 순수성, 서로 사랑과 배려를 주고받는 상호성, 그리고 서로 이런 사실을 알고 있는 인지성을 고루 갖출 때 좋은 친애 관계가 형성된다고 말한다. 또 이런 요소들이 결핍될 때 친애 관계는 해체되고 만다는 것이다.

세상 사람들과 더불어 살아가야 하는 인간은 자기애를 넘어서 타인에 대한 친애를 통해 비로소 자신의 행복도 증진하고 인간적 사회성을 완성하는 즐거움을 동시에 누릴 수 있다는 의미일 것이다.

아리스토텔레스의 말처럼 "가장 완전한 친애는 좋은 사람들, 또 탁월성에 있어서 유사한 사람들 사이에서 성립하는 친애이다." 좋은 사람들, 탁월한 교양인들이 많아질 때 사회 속에 친애 관계는 풍성해진다. 좋은 사람들은 다른 사람들에게 즐거움을 주는 사람들이다. 자기애에서 타인애로 나아갈 때 친애는 샘솟는다. 친애하는 사람들은 서로에게 즐거움을 준다. 더불어 사는 친애를 실천하는 행복한 사람이 넘치면 그 사회는 저절로 행복한 사회가 되는 게 아닐까.

그러나 우리 사회에는 자신이 '사랑받기 위해 태어난 사람'이라는 의식에 스스로 취해 있는 사람들이 너무나 많다. 물론 포근하고 달콤한 말이다. '사랑받기 위해 태어난 사람'들은 가정과 이웃, 사회, 국가로부터 끊임없이 더 많은 사랑을 받기를 갈구하게 될 것 같다. 아무리 많은 사랑을 받아도 늘 부족한 사랑에 대한 불만이 차오를 듯싶다. 이런 상태에서 행복해지기는 어려울 것이다.

다른 사람을 사랑하는 데에서 더 기쁨을 느끼는 사람들이 많아질 때 친애가 넘치고 사회 기풍은 견실해질 것 같다. 다른 사람을 사랑하는 사람은 결국 자신을 유익하게 만들고, 타인과 사회에 유익을 보태게 될 터이다. 아리스토텔레스 역시 사랑하기보다는 사랑받기를 더 바라는 대중들의 풍조를 꼬집은 바 있다. 이제 우리 사회에는 '사랑하기 위해 태어난 사람'들이 좀 더 많아져야 하지 않을까.

이런 품성의 탁월성을 기르는 데 필요한 것이 교육이다. 아리스토텔레스는 인간은 본성적으로 누구나 동등한 품성 바탕을 갖고 태어난다고 본다. 성선설 입장도 아니고 성악설 입장도 아니다. 성선(成善)과 성악(成惡)이 오로지 성장 과정과 교육이 어떠한가에 달려 있다고 보는 것이다.

탁월한 품성은 성장 과정에서 여러 감성과 행동의 경험과 학습으로 길러지는 것이다. 아리스토텔레스는 훌륭한 감정과 행위들이 반복해서 이루어지도록 습관을 들이는 교육의 중요성을 강조했다. 아울러 자발적 노력이 어려운 사람들을 사회적으로 바람직한 탁월성으로 유도해 내기 위한 규제적 입법과 정치체계도 필요하다고 말한다.

결국 행복은 자신의 생각과 행동에 달렸다. 자신의 성격과 습관을 어떻게 키우느냐가 중요하다. 탁월한 품성을 기르고 스스로 고귀하고 소중한 것에서 중용의 즐거움을 찾고 이를 실천할 때 행복은 우리 곁에 다가오지 않을까. 이런 고전 읽기를 통해 행복의 진정한 의미를 깨닫는 것 또한 '탁월한 즐거움'이 아닌가.

추천 고전

- 아리스토텔레스, 《니코마코스 윤리학》, 강상진·김재홍 역, 길(2011).

30

중용의 덕이 행복을 만든다

아리스토텔레스, 《에우데모스 윤리학》

어떻게 사는 것이 행복한 삶일까? 어떻게 살 것인가에 대해 끊임없이 성찰했던 사람이 아리스토텔레스(BC 384~BC 322)이다. 그는 인간의 행복이 무엇인지, 행복한 삶을 영위하기 위해 어떻게 살아야 할 것인지에 대한 물음에 응답하기 위해 깊이 있는 사색을 통해 우리에게 그 해답을 제시했다. 그 결정체가 《니코마코스 윤리학》과 《에우데모스 윤리학》이다.

대개 《니코마코스 윤리학》이 널리 알려졌지만, 《에우데모스 윤리학》 또한 그의 '덕의 윤리학'을 보완해주는 대표작으로 한 쌍을 이룬다. 후자가 덜 알려진 이유는 기원 후 2세기 《니코마코스 윤리학》을 주석한 아스파시오스가 《에우데모스 윤리학》의 저자를 에우다모스라고 여긴 데에서 비롯되었다. 하지만 19세기에 이르러 예거와 폰 아르님 등 여러 학자의 노력에 힘입어 현재 학계에서는 아리스토텔레스의 진작(眞作)으로 인정받는 추세이다.

《에우데모스 윤리학》은 전체 8권으로 이루어졌으며, 제4권에서 제6권까지가 《니코마코스 윤리학》 제5권에서 제7권과 겹친다. 아리스토텔레스의 윤리학은 인간의 행복이 최상의 덕의 실현에 달려 있다는 주지주의적 입장이다. 이는 행복이 덕의 실현 이외에도 재산과 명예, 건강, 좋은 집안 등 외적 선(善)들을 포함한다는 '포괄주의적' 입장과 구별된다.

하지만 《에우데모스 윤리학》은 《니코마코스 윤리학》에 견주어 보다 유연하게 포괄주의적 행복관을 표명하고 있다. 그래서 아리스토텔레스의 윤리학은 정치학의 영역과도 일부 겹친다. 그는 '정치학'을 행복을 만드는 학문 또는 기술로 보기 때문이다.

행복은 어디에서 얻을 수 있을까?

아리스토텔레스는 "가장 정의로운 것이 가장 아름답고, 건강한 것이 가장 좋지만, 가장 즐거운 것은 자신이 사랑하는 것을 얻는 것이다"라는 테오그니스의 시 구절에 동의하지 않는다. 그는"행복이 만물 가운데 가장 아름답고도 가장 좋으면서 가장 즐겁기 때문이다"라는 생각에서 그렇다.

그렇다면 행복은 무엇이고 어디에서 어떻게 얻을 수 있을까? 아리스토텔레스는 논리학의 아버지답게 행복의 내용과 조건, 행복에 대한 탐구방법, 행복한 삶의 방식, 행복의 원인이 되는 '좋음'

의 속성들을 궁구해 나아간다.

인간의 삶에는 세 가지가 있다. 정치적 삶, 철학적 삶, 향락적 삶이 그것이다. 행복은 삶의 목적을 설정하고 이를 달성하는 데에서 온다. 어떤 삶을 추구할 것인가는 개개인의 인식과 선택에 달려 있다. 아리스토텔레스는 영혼의 덕을 실현하는 것이 최상의 행복이 될 수 있다고 믿었다.

인간의 모든 행동은 각자 자신의 욕망이나, 선택, 사고에 따라 자발적으로 행해지므로, 모든 덕은 이러한 선택과 필연적으로 관련된다. 따라서 고통과 쾌락이 모두 자신의 선택에서 비롯되고 행위자가 어떤 덕을 갖고 있느냐에 따라 얻어지는 행복의 질이 달라질 수 있다.

아리스토텔레스는 감각과 이성 모두 극단적 위치에서 얻어지는 것을 악덕으로 규정하고 중간의 적절한 정도, 즉 중용(mosotes)을 덕으로 상정한다. 덕을 함양하기 위해서는 "인간 내부에 작동하는 쾌와 불쾌의 자연적 기제를 이해해야 하며, 이를 바탕으로 실생활에서 여러 구체적 상황에 부합하도록 감정을 조율하고 행위를 조정하는 훈련을 장기간 거쳐야 한다."고 역설했다.

중용은 칭찬의 대상이 되고, 극단은 비난의 대상이 되기 때문이다. 중용을 선택할 수 있게 만들어 주는 게 덕이다. 인간의 모든 행위를 조절해주는 자제력이 중용을 유지하는 데 훌륭한 덕목으로 기능한다.

함께 행복을 누리는 친애

행복을 만들어내는 또 하나의 중요한 요소는 '친애(philia)'이다. 정치술의 중요한 기능 역시 친애를 산출하는 데 있다. 친애는 가족, 친구, 동료, 이웃 간에 적용될 수 있는, 사랑보다 더 포괄적인 친밀한 감정으로 일종의 성격적 경향이다.

친애는 덕, 유용성, 즐거움에서 생겨나고, 이것은 동등성에 의한 것과 우월성에 의한 두 부류로 나뉜다. 하지만 동등성에 의한 친애를 지닌 이들만이 친구가 된다. 한쪽이 우월하고 다른 한쪽이 열등한 상황에서는 진정한 친애가 형성되기 어렵다는 의미다. '친애는 동등이다'라는 속담이 이를 함축한다.

친애의 종류에는 친족적 친애, 동료적 친애, 공동체적 친애, 즉 시민적 친애가 있다. 유용성에 입각한 시민적 친애는 정의의 시작이자 원천이 된다. 공동체의 성원 간에 동등성을 회복시켜주고 비례적 분배가 이루어지도록 할 때 친애가 형성되기 때문이다. 시민적 친애는 '법적 친애(nomile philia)'와 '도덕적 친애(ethike philia)'이기도 하다.

아리스토텔레스는 공동체의 행복을 만들어내는 친애의 중요성을 강조하면서 친애를 형성시키기 위한 정치적 기능을 주목하게 한다. 행복은 지혜와 덕만으로 얻어질 수는 없다. 행운도 행복에 영향을 미친다. 타고난 운이나, 우연, 외적인 요소도 작용한다. 하지만 명예, 부, 육체적 탁월성, 행운과 권력 등 '외적인 좋음'이 곧 행복의 결정적 요소는 아니다.

이런 '외적인 좋음'들은 "자연적으로 좋은 것이지만, 어떤 이들에게는 자신의 성향들로 인해 해가 될 수 있기 때문이다." 아리스토텔레스는 행복이 덕의 실현에서만 나오는 것이 아니라, '외적인 좋음'의 자연적 가치를 적절하게 사용함으로써 행복에 기여하게 할 수 있다는 관점을 취하고 있다는 점에서 행복의 상식적 의미를 융통성 있게 부여하고 있다.

따라서 외적인 좋은 조건은 선호할 만하지만, 행복은 이런 것의 획득에만 있는 것이 아니라 "그것들을 잘 사용할 줄 아는 내면의 덕에 달려 있다"고 볼 수 있다. 따라서 본성상 자신이 다스릴 수 있는 요소를 위해 살아야만 한다. "외적인 좋음이 너무 넘치거나 모자라서 신을 모시는 일에 방해가 돼서는 안 된다"는 아리스토텔레스의 주장은 확고하다.

부족하거나 넘치지 않는 삶을 추구하기 위한 신의 시각으로 삶을 관조하는 능력이 요구되는 것이다. 이런 조화가 행복을 만들어낸다. 그렇다면 행복은 스스로 만들어나가는 것이 아닐까?

아리스토텔레스는 자신의 '덕의 윤리학'을 통해 현대인들에게 행복을 얻기 위해 스스로 욕구와 감정을 절제하고 조절할 줄 아는 지혜와 덕을 쌓을 것을 권장하고 있다. 아울러 타고난 '행복한 조건'을 선망하기보다, 신을 경배하며 스스로 행복을 통제하고 만들어 가는 소박한 방법론을 제시한다.

나아가 개인의 행복을 사회적 행복으로 확장하기 위해 공동체의 ‘친애’를 만들어나갈 것을 요구하고 있다는 점에서 윤리학과 정치학 간에 조화의 가능성까지 보여준다.

추천 고전

• 아리스토텔레스,《에우데모스 윤리학》, 송유레 옮김, 한길사(2012).

31

마음의 평정이 진정한 쾌락이다

에피쿠로스, 《쾌락》

즐겁게 사는 것, 행복한 삶은 누구나 바라는 일이다. 인간이 생존하는 한 행복하고 싶은 갈망은 누가 가르쳐 주지 않아도 체득하게 되는 본능적 욕망이다. 하지만 무엇을 통해 어떤 행복감을 느끼느냐는 사람마다 다를 것 같다.

고대 그리스인들은 유달리 어떻게 살 것인가, 무엇이 행복한 삶인가에 대해 사색과 고민을 많이 했던 사람들이다. 특히 아테네 철학자들은 시민적 삶의 외형적 조건을 만들어 주는 민주주의의 적실성은 물론, 그에 상응하는 인간 내면의 행복 조건에 대해서까지 궁구했다.

자유를 존중했던 인간들이 행복의 원리를 찾으려 했던 건 당연한 일이었다. 하지만 행복의 조건과 원리는 시대적 환경에 영향을 받지 않을 수 없었다. 아테네가 융성기를 지나 쇠퇴기로 접어들면서 시민들의 자유 정신 역시 퇴조했다. 공동체의 덕성과 탁월성, 즉 아레테(arete)에 대한 관심도 떨어지기 시작했다. 27년 동안 계속되던 펠로폰네소스 전쟁(BC 431~BC 404)에서 아테네가 스파르타에게 굴욕적으로 패해 항복하게 되자(BC 404), 아테네인들은 실의와 좌절에 빠진다.

진정한 쾌락은 무엇인가

에피쿠로스(Epicouros, BC 341~BC 270)가 '쾌락주의'를 주창하게 된 것도 이런 우울한 시대 상황의 산물이었다. 정치가 마케도니아에 예속되면서 자연스럽게 개인주의가 대두하게 되었다. 에피쿠로스는 아테네인들의 신체적, 정신적 무력감과 고통으로부터 해방시키기 위한 듯 '쾌락'의 중요성을 설파하게 된다.

에피쿠로스는 쾌락 그 자체를 나쁘게 보지는 않았다. 오히려 쾌락을 가져다주는 수단이, 쾌락보다는 고통을 가져올 수 있다고 여겼다. 그렇다면 무조건 고통스런 상황을 제거한다고 해서 쾌락이 얻어지는 것도 아니다.

즐겁고 행복한 삶은 사려 깊고, 아름답고, 정직한 삶에서만 얻어질 수 있다. 에피쿠로스는 "즐겁게 살지 않으면서 사려 깊고 아름답고 정직하게 살 수는 없다"고 말한다. "아름답고 정직하게 살기 위한 척도를 가지지 않은 사람은 즐겁게 살 수 없다." 그런 척도란 어떤 것일까?

순수한 쾌락을 얻기 위해서는 욕망의 조건과 한계에 대해 명확히 인식할 수 있어야 한다. "자연적이지도 않고 필연적이지도 않으며, 다만 헛된 생각에 의해 생겨난" 욕망은 스스로 몰아낼 수 있어야 한다. 그게 자연적 정의에 부합한 쾌락을 얻는 지름길이다.

"자연의 정의는, 사람들이 서로를 해치지 않고 해침을 당하지 않도록 지켜주려는, 상호 이득의 협정이다." 이런 정의의 관점은 대인관계에서 서로에게 이득이 된다. 에피쿠로스는 이런 한계 속에서 개인의 쾌락을 마음껏 추구하는 것을 정당하다고 여긴 듯싶다. 그의 주장은 '자유'를 '쾌락'으로 바꾸어 말한다면, 영국의 근대 철학자 존 스튜어트 밀(John Stuart Mill, 1806~1873)이 "다른 사람의 행동의 자유를 침해할 수 있는 경우"를 제외하고 자신의 자유를 무한히 확대할 수 있다고 생각한 맥락과 닿는 것 같다.

에피쿠로스는 "맛의 즐거움, 사랑의 쾌락, 듣는 즐거움, 아름다운 모습을 보아서 생기는 즐거운 감정들을 모두 제외한다면, 선(agaton)을 무엇이라고 생각해야 할지 모르겠다"고 말한다. 그는 육체적 감각의 중요성을 강조한 것이다. 이 점이 스토아학파에게서 공격받는 관점이기도 하다.

물론 에피쿠로스가 추구한 쾌락이 오로지 육체적 쾌락에만 초점이 맞춰 있던 것은 아니다. 그는 마음의 평정, 즉 아타락시아(ataraxia)를 통해 진정한 정신적 쾌락을 얻을 수 있다고 말한다. 하지만 그가 추구하는 아타락시아는 개인의 덕성과 탁월함(arete)으로부터 얻어지는 것은 아니다. 그는 오히려 "아름다움과 탁월함

등은 우리에게 쾌락을 제공할 때 가치를 지닌다. 이들이 쾌락을 주지 못한다면, 우리는 그것들을 버려야 한다"고 경고한다.

에피쿠로스 두상, 로마 남쪽 아피아 가도 인근에서 발굴된 것으로 알려진다. 파리 루브르 박물관

에피쿠로스는 고통으로부터의 해방, 진정한 쾌락은 일체의 미혹된 감정, 무지에 의한 공포심 등에서 벗어나야 얻어질 수 있다고 보았다. 이를 위해 자연학을 통해 우주의 본성에 대해 명확히 인식해야만 한다는 것이다. 그가 그리스 사회가 당연하게 여긴 미신들을 배격한 것도 같은 맥락이다.

그는 이를 보다 구체적으로 보여주기 위해 데모크리토스(Democritos, BC 460?~BC 370?)가 주장한 원자론을 확대하여 우주의 생성 원리와 번개, 태양과 달의 순환 등의 원리를 설명했다. 천둥과 번개가 제우스에 의해 만들어지는 것이 아니라 우주의 원자 활동에 기인한다고 주장한 셈이다.

이는 자연 현상을 신들의 행위로 인식하던 당대의 보편적 관념에 비추어보면 매우 도발적인 주장이다. 이런 관점은 로마의 자연철학자 루크레티우스(Lucretius Carus, BC 96?~ BC 55)에게 그대로 이어진다. 루크레티우스는 《사물의 본성에 관하여》에서 에피쿠로스를 찬양하며 그의 원자론적 인식을 계승하고 있다.

정신적 쾌락이 진정한 쾌락

에피쿠로스는 자연 현상에 대한 이성적 이해를 통해 미신의 현혹에서 벗어날 때 진정한 쾌락을 얻을 수 있다고 보았다. 퓌론(Pyrrhon, BC 360~BC 270)과 같은 회의론자들이 현상에 대한 판단을 중시하고 무관심해질 때 마음의 평정을 얻을 수 있으리라고 주장한 것과는 차이가 있다. 에피쿠로스는 육체적 쾌락과 정신적 쾌락은 육체적 고통과 정신적 고통에서 해방될 때 얻어질 수 있다는 점을 강조한 것이다.

물론 에피쿠로스의 주장대로, "사람들의 마음속에 근심과 두려움이 생기는 원인을 올바르게 추적"하고, "천체 현상과 때때로 발생하는 다른 현상들의 진정한 원인을 앎으로 인해서 다른 사람들에게 가장 큰 두려움을 불러일으키는 문제들을 해결할 수"도 있을 것이다. 하지만 에피쿠로스는 개인과 개인, 나아가 개인과 공동체의 관계 속에서 빚어지는 사회적, 정치적, 문화적 문제와 갈등 속에서 어떻게 쾌락을 얻어내고 유지할 것인가에 대한 명쾌한 해답을 내놓지 못하고 있다. 이 역시 아테네가 쇠락하면서 개인주의로 흐르게 되는 시대적 한계를 벗어나지 못한 게 아닌가 싶다.

어찌 되었든 그가 행복을 얻는 데 필요한 이해의 영역으로 끌어온 자연학에 대한 논구는 매우 흥미롭다. 그는 천체의 현상이 신에 의해 이루어지는 게 아니라는 사실과 신의 본성을 명확히 발견하는 것을 자연학의 역할로 생각했다.

"행복은 천체 현상의 본성에 대해 관찰하고 이런 목적을 위해 필요한 지식들을 획득하는 데 있고" 이를 통해 절대적 진리를 깨달을 수 있다고 주장했다. 그는 자연의 본성과 진리의 이해를 통해 마음의 평정과 쾌락을 얻을 수 있기를 바랐던 것이다.

현대 사회는 말초적 자극이 넘친다. 대중문화는 육체적 쾌락을 충동한다. 현대인들은 일신을 즐겁게 하는 일이 행복을 얻는 지름

길로 여기는 유혹적 환경에 노출되어 있다. 이런 환경에 추동되어 육체적 쾌락을 탐닉할 경우 그 욕망의 충족은커녕 더 큰 자극과 더 큰 쾌락을 갈구하는 고통이 수반될 수 있다.

에피쿠로스는 육체적 쾌락의 이런 한계를 분명히 간파했었다. 그가 마음의 평정을 통한 정신적 쾌락이 진정한 행복에 이르는 길이라고 설파한 이유가 거기에 있었다. 현대인이야말로 이런 아타락시아가 절실히 요구되지 않을까. 물론 무턱대고 육체적 즐거움을 배척할 필요는 없을 것이다. 단지 오감의 만족을 추구하기보다, 세상의 유행과 편견에서 벗어나 이성을 통해 마음의 평정을 얻는 균형 잡힌 삶을 추구하는 지혜가 필요하다. 이런 사람이야말로 진정한 쾌락주의자가 아닐까.

에피쿠로스의 쾌락주의는 신비주의적 맹신에서 벗어나지 못하고 허무주의에 빠진 기원전 4세기 후반에서 3세기 전반의 아테네인들에게 개인이 어떻게 육체적, 정신적 안정과 쾌락을 얻을 수 있을 것인가에 대한 부분적 해법을 알려주었다. 하지만 사회의 제반 환경의 영향을 피할 수 없는 '개인의 행복론'을 정치 철학과 윤리학적 관점으로까지 치밀하게 확장하여 궁구해 내지 못한 점은 못내 아쉽다. 에피쿠로스학파가 숱한 오해와 공격을 받게 된 빌미와 한계가 여기에 있었다.

추천 고전

• 에피쿠로스, 《쾌락》, 오유석 옮김, 두레(2011).

32

도덕적 행위 기준의 바이블

키케로, 《의무론》

마르쿠스 툴리우스 키케로(Marcus Tullius Cicero, BC 106~BC 43)는 로마 공화정의 최후를 지키려던 대표적인 정치가이자, 세네카와 더불어 로마 최고의 철학자였다. 그는 제정(帝政)을 향해 질주하는 카이사르에 맞선 공화주의의 상징이었다. 그의 저서 《국가론》과 《법률론》이 그의 정치 철학을 대변한다면, 《최고선악론》과 《의무론》은 그의 실천적 도덕철학을 보여주고 있다.

키케로의 저서 가운데 《의무론》은 헬레니즘 이후 만개한 스토아학파의 윤리 사상을 전해주어 서양인의 정신세계에 큰 영향을 끼친 최고의 작품 중 하나로 꼽힌다. 프랑스의 계몽 철학자 볼테르(Voltaire, 1694~1778)는 "아무도 이보다 더 현명하고 더 진실하며, 더 유용한 어떤 것도 쓰지 못할 것이다"라고 평했다. 프로이센의 프레데릭 대왕(Frederic II, 1712~1786) 역시 "지금까지 씌어졌거나 씌어질 수 있는 도덕에 관한 최상의 책"이라고 극찬한 것이 이를 웅변한다.

이 책은 모두 3권으로 이루어졌으며, 제1권은 도덕적 선에 대하여, 제2권은 유익함에 대하여, 제3권은 도덕적 선과 유익함의 상충을 논의하고 있다. 키케로가 논의하는 내용은 상당히 묵직한 철학적 주제다. 하지만 서간문 형식으로 편안하게 기술하고 있어서 독자들이 친근한 느낌으로 읽게 해준다. 편지의 수신자는 아테네에 유학하고 있던 아들 마르쿠스이다. 그래서인지 자식에게 인간이 살아갈 도리와 행동규범을 가르치려는 아버지의 애틋하고 자상한 마음이 절절히 배어 있다.

도덕적 선이란 무엇인가?

이 책의 핵심주제는 어떻게 살 것인가다. 키케로가 도덕적으로 옳고 선하며 명예로운 것이 무엇인지를 치열하게 궁구한 이유는 그런 것들을 분별해 내고 실천하는 것을 인생의 의무로 삼고자 했기 때문이다. 그는 인생의 올바른 의무를 지키기 위해 애쓰는 것이 자연이 부여한 인간 본성에 일치하는 것이라 보았다.

도덕적으로 선하고 명예로운 것은 어디에서 발원할까? 키케로는 4가지를 든다. 진리에 대한 통찰과 이해, 신의, 고귀하며 굽히지 않는 정신의 위대함과 강직함, 절도와 인내가 내재해 있는 질서와 온건함이 바로 그것이다. 어느 것 하나 갖추기가 쉽지 않아

보인다. 하지만 희망은 있다. 보통 사람들에겐 신의 하나만이라도 제대로 지키면 도덕적 선에 다가갈 수 있지 않을까. 사실 신의가 가장 중요한 원천이기도 하다. 키케로도 정의의 기초가 바로 신의라고 말하지 않는가.

호의를 베풀고 선행을 하는 것, 친절을 베푸는 것도 도덕적 선의 영역에 들어간다. 하지만 우리가 친절과 호의를 베풀려고 할 때 그것이 초래할 도덕적 성격이나, 친절이나 호의를 받을 사람이 우리를 대하는 마음가짐, 그리고 공동체와 사회생활에 대해 취하는 그의 태도를 잘 살핀 후에 행해야 한다. 이런 분별을 전제로 할 때 사이비 덕에 빠지지 않게 된다. 이는 현대인도 일상생활 속에서 자주 경험하게 되는 사례이다.

선의와 선행은 베푸는 사람의 의도만으로 무조건 도덕적 선이 되는 것이 아니다. 베풂을 받는 사람의 태도와 상황, 그가 취하는 공동체에서의 행동에 따라 도덕적 선이 완성되거나, 아니면 양자가 모두 위선에 빠지고 말 수 있기 때문이다. 키케로의 '도덕적 선(honestum)', 호네스툼의 개념은 일상적 용어인 착함, 선함으로 표현되는 뜻보다 훨씬 더 넓고 의미가 특별하게 정의되는 개념이다. '착함'과 '도덕적 선'은 명확하게 구별된다. 왜냐하면 인간의 자연적 본성에 부합되는 의무로 연결될 수 있어야 하기 때문이다.

요즘 우리 사회에서 '착한 투표', '착한 복지', '착한 성장' 등등, 아무 데나 '착함'의 이미지를 갖다 붙인다. 이는 가치중립적인 개념에 '착함'의 이미지를 덧씌우는 얄팍한 언어유희에 불과하다.

'복지', '성장' 등의 개념들은 도덕적 판단기준이 개입할 여지가 전혀 없는 것들이기 때문이다. 당연히 선악의 수식어를 붙일 수 없는 것들이다.

특히 이러한 부조화된 개념을 선호하는 사람들의 인식에는 추구하는 가치가 자신과 다른 타자를 배제하거나 조롱하는 저급한 인식이 바탕에 깔려 있다. 특히 '착함'이 곧 '도덕적 선'이라는 잘못된 등식을 은연중에 강요하고 있다는 점에서, 진정한 '도덕적 선'의 윤리 관념마저 모호하게 만드는 해악이 크다.

도덕적 선은 기본적인 덕인 지식, 지혜, 정의, 용기, 인내, 공동체 의식의 조화 속에서 보다 잘 발현된다. 키케로는 올바른 인식과 내면적 감정이나 외면적 표상이 적합하게 된 상태를 '데코룸(decorum)'으로 정의한다. 데코룸한 것은 도덕적으로 선하며 도덕적으로 선한 것은 데코룸하다고 말한다. "데코룸한 삶을 살기 위해서는 욕망을 이성으로 적정하게 통제하는 것이 가장 중요하다. 의무를 수행함에 있어 이보다 더 적합한 조건은 없기 때문이다." 데코룸은 고대 그리스에서 중시한 '아레테(Arete)' 못지않게 로마에서 중요한 관념이었다.

또 하나의 선택 기준, 유익함

'도덕적 선'의 진정한 가치는 도덕적 인식을 사회적 의무로 실천하는 데 있다. 키케로는 '도덕적 선'이 개인과 가정생활의 테두리에만 머무는 게 아니라 공동체에 적극적으로 투사되기를 희구한다. 개인보다 공동체를 더 소중히 여긴 신아카데미학파의 관점을 취한다. 이 관점은 세네카와 마르쿠스 아우렐리우스 등 스토아 철학자들에게 계승되어 스토아 철학의 핵심 관념으로 정착된다. 그러면 도덕적 선은 어떻게 의무로 실행되어야 할까?

키케로는 의무를 수행할 때 고려해야 할 사항을 다음과 같이 제시한다. 생활의 편리함, 부, 권세, 생활능력 등을 면밀하게 숙고하여 도덕적 선을 실천해야 한다고 강조한다. 즉 '유익함'의 관점에서 도덕적 선의 실행 여부가 검토되어야 한다는 뜻이다. 도덕적 선은 인간 사회에 유익함을 줄 수 있어야 하고, 실행하는 사람의 부, 권세, 생활능력까지 고려해야 한다는 것이다.

인민들에게 베풂으로써 어떤 더 크고 유익한 것이 얻어질 수 있다면, 우리는 당사자의 능력에 따라 베풀어야 한다는 것이다. 이때의 기준으로 중용의 법칙을 최상으로 권장한다. 베풂도 때때로 적합한 시기에만 필요하며, 그때에도 능력에 부합해야 하며 중용에 따라야 한다는 것이다. 키케로의 도덕철학이 실용적 가치관에 기초한 실천철학임을 엿볼 수 있게 한다.

키케로는 현대인에게도 '유익함'의 기준으로 살펴서 선을 행하는 실천적 지혜를 던져준다. 그가 아들 마르쿠스에게 "네가 어떤 집단의 사람들을 도와주고자 원할 때에는 다른 집단의 사람들을 해치지 않도록 주의하여라", 또는 "부유한 사람들에게 호의를 베푸는 것보다 선한 사람들에게 하는 것이 더 낫다"라고 가르치는 것들도 유익함과 중용의 실천적 지침의 예이다.

특히 공공적 선이 실행될 때, 작은 유익을 꾀하다 더 큰 유익을 잃어버리는 일이 없도록 경계하는 키케로의 말은 마치 우선 달콤한 공약을 쏟아내기 급급한 우리 정치인들에게 중요한 시사를 주는 듯하다. 선의가 '도덕적 선'으로 완성되기 위해서는 지혜로운 선택과 행위가 필요한 것이다. 특히 개인 간의 문제가 아니라 많은 사람의 이해가 걸린 공공의 일일 경우에는 더욱 그러하다. 부채의 탕감 정책이나 복지 확대 정책을 추진하는 위정자들이 유의해 볼 대목도 있다.

"국가의 공공안녕을 해치는 부채가 발생하지 않도록 해야 할 것이다. 만일 부채가 발생하게 되면 많은 합리적인 방안들을 강구하여 대처해서 부자들은 그들의 것을 상실하지 않게 되고, 채무자들은 남의 재산을 차지하게 되는 일이 없도록 유의해야 할 것이다. 왜냐하면 공화국을 떠받쳐 유지시키는 것으로서 신의보다 더 강하게 작용하는 것은 없는데, 만약 채무 관계가 법에 정한 바에 따라 반드시 청산되지 않는다면 신의는 결코 존재할 수가 없기 때문이다."

도덕적 선과 유익함, 무엇이 먼저인가

도덕적 선을 행하려 할 때, 서로 모순되는 상황에 직면하면 어떻게 해야 할까? 도덕적으로도 옳고 유익한 일이라면 실행하는데 아무런 문제가 없다. 하지만 도덕적으로는 옳지만 유익하지 않거나 도덕적으로 옳지 않지만 유익한 행위라면, 우리는 도덕적 옳음을 선택할 것인가, 유익함을 우선할 것인가 고민할 수밖에 없다.

이때 우리가 따라야 할 올바른 규칙은 무엇일까? 양심적이지 못한 사람들은 도덕적으로 옳고 그름에 관계없이 자신에게 돌아올 편익을 기준으로 행동할 것이다. 하지만 도덕적 선에 관심을 가진 선한 사람의 경우 도덕적 선과 유익함의 유무에 따른 상황에서 갈등할 여지가 많다.

키케로는 이런 상황에 대해 확고한 주장을 한다. 그는 도덕적으로 선하지 않은 것은 유익의 유무와 관계없이 추구되어서는 안 된다고 단언한다. 유익한 것으로 보이더라도 도덕적으로 옳지 않은 것은 악한 것과 관련되어 있다고 볼 수 있으며, 악한 것이 있는 곳에 유익함이란 있을 수 없다는 사실을 깨달아야 한다고 강조한다. 외견상 유익한 것으로 보여서 마음에 혼란이 일어날 때 우리가 조회해야 할 원칙은 바로 유익함이란 도덕적 선의 바탕 위에서만 비로소 가치가 있다는 점이다.

세월호 침몰 사건은 자신의 유익만 생각한 이들의 탐욕과 이기의 결과이다. 우리 사회에 도덕적 선에 대한 확고한 철학이 부재하기 때문에 개인의 유익과 공공의 유익과 도덕 사이에서 무책임한 행위가 서슴없이 저질러진다. 자신이 추구하는 유익이 도덕적 선에 부합하는지 끊임없이 성찰하길 요구하는 키케로의 교훈은 현대 우리에게도 각성을 촉구하는 울림을 준다.

도덕적 선이 없다면 유익함이란 확실히 존재할 수 없다는 것이 키케로의 분명한 관점이다. 키케로는 이런 도덕적 원칙에 어긋났던 역사적 사례로, 로마를 창건한 로물루스가 동생 레무스를 죽인 고사를 든다. 로물루스는 동생 레무스와 함께 통치하느니보다는 자기 혼자 나라를 지배하는 것이 더 유익하다고 생각하여 동생을 죽여버렸다.

더구나 이를 정당화하기 위해 로마 주위에 성을 쌓는 등 로마통치권이 이전보다 더 잘 작동되어 유익함을 가져오는 것처럼 호도했다. 로물루스는 자신에게 더 유익하다고 보이는 것을 얻기 위해 동생에 대한 연민과 인간의 정을 끊었던 것이다. 키케로는 이는 외견으론 도덕적으로 선한 것처럼 보일 뿐, 전혀 설득력이 없었고 적합한 행위도 아닌 범죄행위였다고 규정한다.

이와 같이 키케로는 도덕적 선과 유익함이 충돌할 경우 외견상 유익한 것처럼 보이는 것을 버리고, 도덕적으로 선한 것을 취해야 한다고 강조한다. 나아가 우정과 도덕적 선이 충돌할 때 동일한 기준이 적용되어야 한다고 덧붙인다. "도덕적으로 옳지 못한 것들이 요구될 때에는 양심과 신의가 우정보다 중시되어야 한다"는 것이다. "도덕적으로 선하지 않은 것은 세상만사 중 한 가지도 유익한 것이 될 수가 없으며, 뿐만 아니라 바로 그 이유로 도덕적으로 선하게 될 수 있는 것도 하나도 없기 때문이다"라는 것이다.

키케로는 도덕적 선을 실천해야 할 인간의 의무를 담보하기 위해서 맹세의 가치를 중요하게 생각했다. 로마인들이 법정에서 증인으로서 내세운 신 앞에서 맹세하듯 엄숙한 약속은 신성하게 지켜야 한다는 로마인들의 보편적 관념을 지지하기 때문이다.

키케로는 도덕적 선과 유익함이 충돌하는 상황에 맹세까지 결부되어 발생하는 복잡하고 어려운 선택의 상황에서, 어떤 행위가 도덕적으로 선하고, 유익한 것인가를 한 번에 명쾌하게 설명해주는 가장 좋은 역사상의 실례로 '레굴루스의 선택'을 든다. 이 사례의 함의가 키케로의 도덕철학의 핵심적 내용을 극명하게 보여주는 듯싶다.

로마 집정관 레굴루스의 위대한 선택

전직 집정관이자 원로원 의원이던 마르쿠스 아틸리우스 레굴루스(Marcus Atilius Regulus, 생몰 미상)는 아프리카에서 한니발의 아버지 하미카르 휘하의 스파르타 사람인 크산티푸스 장군의 책략에 걸려 포로가 된다. 이때 카르타고는 레굴루스에게 로마에 포로로 잡힌 포에니의 귀족 출신인 장군들을 카르타고로 송환시키도록 요구했다.

그가 만약 그 임무를 달성할 경우 그는 로마에 남아도 되지만, 송환에 실패한다면, 그는 카르타고로 되돌아와야 한다는 맹세를 하게 한 후 그를 로마의 원로원에 보냈다. 카르타고는 자신들의 포로 레굴루스와 로마에 포로로 잡힌 자국 장군의 맞교환을 추진한 셈이다. 레굴루스가 로마의 원로원을 설득하여 카르타고의 포로를 카르타고로 송환하면 그는 로마로 생환할 수 있는 것이다. 어떻게 되었을까?

레굴루스에게 가장 유익한 방안은 원로원에 자신을 살리고 카르타고 포로를 송환하자고 호소하거나, 자신이 카르타고에서 궁박한 상태에서 맹세했던 것은 무효이므로 카르타고 포로를 송환하지 말고 로마로 돌아온 자신을 다시 카르타고로 되돌려 보내지도 말아야 한다고 설득하는 것이다. 간단하지 않은가. 레굴루스는 어떻게 행동했을까?

레굴루스는 로마 원로원에 와서 자신의 임무를 설명했다. 하지만 자기는 맹세를 하여 적에게 구속되어있는 한은 원로원 의원이 아니므로 이 문제에 대해 원로원에서 자신이 의견을 개진하는 것은 거부한다고 말했다. 자신의 생사가 걸린 문제에 대해 적의 포로 신분인 자신의 사사로운 의사표명으로 원로원의 자기 신상에 대한 의사결정에 영향을 미치게 하지 않겠다고 판단했던 듯싶다.

하지만 그는 원로원 의원들에게 카르타고의 포로들을 돌려보내는 것은 유익하지 않다고 분명하게 말했다. 카르타고의 포로들은 젊고 훌륭한 장수들인 데 반해 자신은 늙어 쇠약해졌기 때문이라는 것이다. 결국 원로원은 난상토론 끝에 그의 주장을 받아들였다. 그 결과 카르타고의 포로들은 계속 억류되고, 레굴루스는 자신이 맹세한 대로 카르타고가 자신에게 부여한 임무를 성사시키지 못했으므로 포로의 신분으로 카르타고로 돌아가 죽임을 당했다.

가족들에 둘러싸여 다시 카르타고로 떠나는 레굴루스. 카르타고 장군들과의 맞교환 협상을 임무를 받고 왔던 그가 자신을 구할 기회를 포기하고 카르타고의 포로의 신분으로 카르타고로 다시 돌아가는 모습을 담았다. 모든 가족과 친족들이 죽음을 향해 떠나는 부여잡으며 비탄과 슬픔에 빠져있다. 〈가족에 둘러싸여 카르타고로 떠나는 레굴루스〉. 미쉘 기스랭 스타플로(Michel Ghislain Stapleaux)의 1832년 작품.
출처: https://commons.wikimedia.org/wiki/File:Michel_Ghislain_Stapleaux_-_Marcus_Atilius_Regulus.jpg?uselang=de

레굴루스는 자신의 생명을 구할 기회를 스스로 버렸다. 그는 개인의 유익함보다 로마의 국가적 유익함을 우선했다. 또한 자신이 카르타고에서 한 맹세를 지킴으로써 도덕적 선에서 벗어나지 않았다. 그는 도덕적 선과 유익함 모두를 달성하기 위해 자신의 생명을 잔인한 적의 손에 도로 맡긴 것이다. 로마 최고의 권력자 집정관이었던 레굴루스의 죽음은 로마인들에게 큰 충격과 교훈을 남겼다.

키케로는 조국에 대한 사랑과 인간으로서의 도덕적 용기와 신의를 보여준 레굴루스의 고귀한 행동에 찬탄한다. 레굴루스를 로마 역사상 가장 가치 있고 영웅적인 행위를 한 인물로 꼽는 이유다. 키케로가 상당한 분량에 걸쳐 레굴루스 행위의 과정과 의미를 설명하는 이유는 그가 도덕적 선과 유익의 상충 문제, 개인적 유익과 국가적 유익의 선후 관계, 맹세의 준수와 도덕적 선의 관계와 의미를 압축적으로 보여주기 때문이다.

키케로는 도덕적 선이 그 어느 것보다 우선적으로 충족되지 않는 어떠한 행위도 유익하지 않고, 그러한 일이 의무로써 행해져서는 안 된다는 점을 분명하게 강조한다. 이 책이 더욱 설득력을 얻는 이유는 그가 설명하는 도덕적 의무론이 관념론에 머무는 게 아니라 현실 세계 속에서의 다양한 역사적 실례를 통해 그 의미를 적용해 보고, 규칙의 당위성을 검증해 내고 있다는 점이다.

현실과 유리된 철학이 아니라 현실에 뿌리박은 철학적 삶의 길이 어떠해야 하는가를 가르쳐 주는 것이다. 이는 자신의 아들 마르쿠스에게 삶의 지침을 전달해 주기 위한 목적에도 잘 부합되는 일임과 동시에 로마시민을 향한 교훈적 메시지인 셈이다.

《의무론》이 서양의 《논어》라고 일컬어질 만큼 이 책은 인간이 부딪히는 다양한 삶의 선택의 기로에서 기준으로 삼아야 할 올바른 도덕적 관념과 실천적 지침을 보여준다. 특히 사회생활에서 부딪히는 선택의 순간에 취해야 할 도덕적 행위 기준을 명쾌하게 제시함으로써 개인의 삶이 추구하는 가치와 공동체에 요구되는 삶의 가치를 조화시켜 나갈 지혜를 가르쳐주고 있다.

카이사르가 로마 제국의 물리적 지평을 넓혔다면, 키케로는 로마시민의 도덕철학의 근본을 바로 세웠다고 볼 수 있다. 필자는 로마시민의 인식과 행위 속에 공공적 덕성과 윤리 규범이 뿌리내리도록 도덕적 선과 실천규범에 대한 철학적 사유체계를 정립해 준 키케로의 노고가 매우 컸다고 평가하고 싶다.

그래서인지 '로마는 하루아침에 이루어지지 않았다'라는 말 속에 키케로와 같은 대철학자가 토대를 닦은 정신적 자산의 큰 그림자가 겹쳐 보인다. 키케로의 《의무론》이 그의 사후 5현제의 등장과 세계 최고의 로마 제국의 융성을 일구는데 또 하나의 든든한 주춧돌이 되었음에 틀림없다.

추천 고전

- 키케로, 《의무론》, 허승일 옮김, 서광사(2006).

33

쾌락과 이성의 조화가 행복한 삶이다

키케로, 《최고선악론》

욕망을 절제하고 건강한 몸과 마음을 유지하라

키케로(Marcus Tullius Cicero, BC 106~BC 43)는 로마 역사상 최고의 변론가, 연설가, 정치인의 한 사람으로 꼽힌다. 그는 애국심이 투철한 전형적인 로마인의 심성을 가진 것으로 평가된다. 그는 실천적 지식인으로 이름이 높았지만, 그가 고민하던 철학은 상대적으로 덜 조명되었다. 이는 키케로의 사상적 깊이가 부족했기 때문이 아니다. 그리스 철학자들이 상대적으로 너무나 위대했기 때문에 제대로 빛을 보지 못한 것이다.

물론 키케로가 소크라테스나 플라톤, 아리스토텔레스와 같은 그리스 철학의 거성이 보여준 사유의 독창성과 깊이를 뛰어넘을 수는 없다. 하지만 그가 저술한 《최고선악론》과 《의무론》을 읽고 나면, 그리스 철학에 빛이 가려진 로마의 뛰어난 사상가의 면모를 충분히 엿볼 수 있다.

그리스 철학자들이 고민했던 핵심주제는 '최고선'과 '어떻게 살 것인가'였다. 소크라테스는 참된 지혜를 찾기 위해 끊임없이 자신의 무지와 싸웠다. 플라톤은 이상적 국가와 조화를 이루는 개인적 삶의 방향과 덕(arete)에 대해 고민했다. 아리스토텔레스는 개인의 탁월성을 바탕으로 한 중용을 강조했다. 플라톤과 아리스토텔레스의 철학은 각각 많은 제자에게 전수되면서 다양한 학파를 형성하게 된다.

키케로는 《최고선악론》에서 플라톤과 아리스토텔레스의 사후 헬레니즘 시대에 만개한 그리스의 서로 다른 학파인 에피쿠로스파와 스토아파의 관점을 절충하려 시도했다. 키케로는 삶의 관점에 대해 각기 다른 입장을 가진 두 학파 철학자들의 논쟁을 비판적으로 소화한 담론을 보여주고 있다. 이 책은 삶의 윤리에 대한 로마인의 행복론인 셈이다.

이 책은 모두 5권으로 이루어졌다. 1권과 2권에서는 에피쿠로스파의 사상과 비판을 다루었다. 3권과 4권에서 스토아파의 주장에 대한 비평을 제기했다. 5권에 이르러 두 사상을 절충한 키케로 자신의 관점을 서술하고 있다.

고통이 없는 쾌락이 최고선이다?

먼저 에피쿠로스파의 사상을 살펴보자. 창시자인 에피쿠로스(BC 341~BC 271)는 진리의 기준은 감각이나 감정 또는 쾌, 불쾌의 느낌에 따라 제시된다고 보았다. 감각과 느낌이 올바른 판단과 의지를 결정하게 되므로 인간은 쾌락을 추구하게 된다는 것이다. 따라서 고통이 없는 상태가 쾌락이며, 세상의 근심 걱정에서 벗어나 친구들과 우정을 나누는 생활이야말로 마음의 평화를 유지하는 가장 좋은 방법이라고 강조한다.

물론 에피쿠로스가 주장하는 쾌락은 일반인들이 생각하는 것처럼 오로지 신체적, 감각적 자극을 충족시킴으로써 얻어지는 그런 것과는 다르다. 진정한 쾌락은 인간의 맹목적 충동이나 열정과 탐욕 등에서 완전히 벗어나 내면의 혼란이나 고통이 없는 상태를 말하는 것이다. 허영에 가득 찬 탐욕은 한계가 없다. 따라서 이를 만족시키려는 노력만으로는 결코 쾌락에 도달할 수 없다고 보았다.

에피쿠로스는 선하게, 그리고 행복하게 살기 위해서는 욕망의 충동과 불의한 것을 억제할 수 있는 지혜, 용기, 절제가 필요하다고 말한다. 에피쿠로스가 "지혜롭고 도덕적이며 정의롭게 살지 않으면 즐겁게 살 수 없고, 즐겁게 살지 않으면 지혜롭고 도덕적이며 정의롭게 살 수 없다"고 한 말이 이를 함축한다.

하지만 쾌락을 추구하면서 욕망을 절제한다는 것이 현실적으로 얼마나 어려운 일인가. 방탕하게 사는 사람도 그럴듯한 변명을 할 것이다. 고통이 없는 상태가 최고선이 아닌가, 자신은 바로 그런 쾌락을 추구하며 사는 것이라고 한다면 논리적으로 비난하기가 어렵다. 키케로는 에피쿠로스파의 쾌락론의 이러한 주장의 논리에 의문을 제기했다.

자유를 지키기 위해 죽음을 감내한 것도 최고선 아닌가?

특히 에피쿠로스파가 사람들의 이기적 본성을 지나치게 강조한 것에도 이의를 제기했다. 그들은 인간들이 자신의 쾌락이나 편익을 위한 것이 아니면 아무런 활동을 하지 않으려 하는 게 인간의 본성이라고 주장했다. 하지만 키케로는 인간의 희생적 이타성이 발휘되는 경우도 적지 않다고 반박한다.

인간은 신의, 정직, 도덕성을 지키기 위해, 또는 조국을 위해 자신의 고통을 마다하지 않을 때도 많다는 것이다. 고통을 스스로 감내하는 인간의 본성이 존재한다면 고통과 상반되는 쾌락만을 최고선으로 보는 것은 잘못이라는 것이다. 키케로는 인간 행위의 선택과정에서 도덕성이 쾌락보다 더 큰 힘을 발휘할 수도 있다고 본 것이다.

더군다나 에피쿠로스파는 육체에 관련되지 않은 정신적 기쁨이 존재하지 않는다고 생각했다. 그렇다면 이는 최고의 고통을 정신적 기쁨으로 보상받는 것으로 인식하기도 하는 인간의 위대한 이성적 측면을 무시한 오류라는 것이다. 키케로는 페르시아 전쟁 당시의 사례를 그 예로 든다.

스파르타 왕인 레오니다스는 테르모필레 협곡에서 페르시아 대군을 맞아 그리스인의 자유를 지키기 위해 300명의 용사와 함께 용감하게 대항하다 장렬하게 전사했다. 이들에게 최고선은 쾌락이 아니었다. 그들은 오히려 최고의 육체적 고통과 극단적 죽음을 정신적 즐거움으로 보상받았다고 생각한 것이 아니었겠냐는 것이다. 이렇게 키케로는 쾌락을 최고선으로 여기는 쾌락주의의 맹점을 공박했다. 쾌락만을 추구하게 되면 모든 판단의 기준을 이성이 아닌 감각에 더 많이 의존하게 될 가능성이 있다. 그러다 보면 필연적으로 가장 감미로운 것을 최상의 쾌락이라고 여기게 될 수밖에 없다는 것이다.

키케로가 에피쿠로스파의 사상에 더욱 비판적이었던 데에는 정치적 판단도 한몫했을 것 같다. 에피쿠로스파는 개인주의적 경향이 강했다. 당연히 개인의 안락을 도모하고 공동체의 책무에 소홀한 측면이 많았다. 로마시민에게 적극적 정치참여와 참전 등 공공적 책무의 수행을 권면하던 로마 지도층으로서 에피쿠로스파의 주장이 로마의 이상을 실현하는 데 중대한 위협이 된다고 여겼기 때문이 아닐까?

자연적 본성과 조화를 이루는 미덕이 최고선?

스토아파는 에피쿠로스파보다는 개인들에게 덜 고립적인 삶의 방식을 제시했다. 스토아학파를 창시한 제논(Zenon, BC 333~BC 262)은 인간은 자연과 조화를 이루는 삶으로서 미덕 추구를 인생의 목적으로 삼아야 한다고 주장했다. 자연과의 조화를 위해서는 경험뿐만 아니라 이성을 사용해야 하며, 이를 위해 정의, 용기, 절제와 같은 완벽한 미덕을 갖춰야 한다고 강조한다.

스토아파는 특히 본성에 부합하는 삶을 최고선으로 보았다. 도덕성이 그 자체로서 추구되고, 도덕적 불명예가 그 자체로 회피되는 것도 인간의 본성에서 나온다고 말한다. 부모가 자식을 양육하는 것도, 자식이 부모로부터 사랑을 받는 것도 본성에 의해서다. 개인이 모여서 사회 공동체를 이루고 국가의 법률에 복종하고 시민의 책무를 수행하는 것도 본성의 발현으로 보는 것이다. 이는 본성 그 자체의 추구 행위라는 점에서 쾌락과 유익의 동기에 의해 우정이나 정의가 성립된다고 보는 에피쿠로스파의 견해와 다른 점이다.

하지만 키케로는 스토아파의 허점도 지적한다. 스토아파가 규정하듯 본성에 따른 도덕적 삶만이 최고선이라고 한다면, 인간의 다양하고 소소한 일상의 의무나 기쁨이 배제될 수 있다는 것이다. 예컨대 건강에 관한 관심이나 가사에 관련한 근면함, 국가의 통치나 상거래 질서의 유지, 생활의 의무들을 선한 덕목에서 소홀히 다루면, 결국 더 큰 도덕성도 소멸하고 마는 오류를 범하게 된다고 지적한다.

키케로는 스토아파가 인간의 본성이 과연 무엇을 가장 원하는지 충분히 설명하지 못하고 있다는 점을 비판한 것이다. 즉 지나치게 이성을 중시하고 일상적 감성과 욕망에 대한 금욕주의를 강조한 스토아파의 이상주의를 지적한 셈이다.

감성과 이성을 절충한 중용이 최고선이다

에피쿠로스파와 스토아파의 사상을 절충하고자 키케로가 제시한 이론은 아카데미파 안티오코스의 견해와 맥락이 같다. 덕은 행복에 충분한 것이지만, 최고도의 행복 상태에서는 육체적이고 외적인 것들도 행복의 일부를 구성한다는 것이다. 키케로는 에피쿠로스파가 감성을 중시한 데 반해, 스토아파가 이성을 강조했던 각각의 주장을 포괄하고자 했다.

인간은 정신과 육체로 구성되었다. 따라서 정신은 감각에 유도되고, 마음은 인간의 본성 전체에 종속될 수밖에 없다. 따라서 정신과 육체의 덕에 의해서 채워지는 대로 인생이 추구되게 된다는 것이다. 때로 감각적 쾌락을 쫒기도 하고, 때로 이성의 인도로 삶이 정돈되기도 한다는 뜻이다. 그렇다면 결국 이성과 감각의 상호작용, 즉 육체의 건전함과 마음의 완전한 이성에 의해 축적되는 덕이 최고선에 근접하게 된다는 것이다. 이런 조화된 최고선을 이루기 위해서 감성과 이성의 중용이 필요하다.

키케로의 절충적 철학은 앞서 비판했던 두 학파의 이론처럼 정밀성을 갖추지는 못했다. 하지만 행복한 삶의 모습과 행태에 대한 로마인들의 실용적 관점을 충분히 대변하고 있다. 특히 최고선에 대한 대안적 담론을 보여주는 제5권의 대화편에 참여하고 있는 사람들이 인생의 경험이 얕은 로마 청년들이었다는 점도 인상적이다.

당시 키케로는 27세, 동생 퀸투스는 24세, 아티쿠스는 30세였다. 좌장격으로 토론을 주도한 피소도 불과 35세였다. 그럼에도 이들이 그리스 철학을 개관하고 절충적 대안을 모색하는 과정의 진지함과 토론의 깊이, 그리고 치열함은 감탄스럽다.

우리 사회의 철학자들은 현대인의 삶의 좌표를 보여줄 만한 통찰이 넘치는 행복론을 치열하게 토론하고 제시해 준 적이 있는가? 우리 청년들은 어떻게 살 것인가? 어떤 삶이 즐겁고 행복한 삶인가를 진지하게 고민해 본 적이 얼마나 있을까?

이 책을 읽으면서 무엇이 선이며, 악인가, 어떻게 사는 것이 행복한 삶인가 하는 인생의 궁극적 목적에 대해 회의하고 고민하지 않는 현대인들의 얄팍한 삶이 씁쓸하게 대비된다. 우리 일상의 모습은 지나치게 삶의 'How'에만 매몰된 것은 아닌가? 이 책을 통해 삶의 'Why'를 상실한 우리에게 삶의 목적(telos)과 지향을 성찰하게 해주는 고전 읽기의 진정한 매력을 다시 느낀다. 아리스토텔레스의 《니코마코스 윤리학》과 연계해서 읽으면 좋은 책이다.

추천 고전

- 키케로, 《최고선악론》, 김창성 역, 서광사(1999).

34

나와 이웃을 살리는 은혜 사용설명서

세네카, 《베풂의 즐거움》

누군가에게 은혜를 베푸는 일은 즐거운 일이다. 물질적이든 정신적이든 무언가 타인에게 베풀 것을 갖고 있다는 것은 행복한 일이다. 더구나 베푼 은혜가 받은 이가 갈구하였던 것이거나 기꺼워하는 것이라면 더더욱 좋은 일이다.

그러나 은혜를 베푸는 일이 마냥 쉽지는 않다. 누구에게 언제 어떻게 베푸느냐에 따라 은혜가 되기도 하고, 외려 원망을 사는 일이 될 수도 있기 때문이다. 로마의 철학자 세네카(BC 4?~BC 65)의 역저 《베풂의 즐거움》은 바로 은혜 베풂에 대해 제대로 알고 싶어 하는 이들에게 세네카가 들려주는 철학적 은혜 사용설명서이다.

은혜는 관계적 개념이다. 늘 상대가 있어야 성립된다. 이런 속성은 필연적으로 은혜를 베푸는 사람과 은혜를 입는 사람이 갖추어야 의식과 태도가 은혜가 어떤 의미를 띠게 될지를 좌우하게 된다. 세네카는 이런 관점에서 은혜 이해당사자들의 의식과 행태를 구체적으로 살핀다. 그는 그리스와 로마의 역사에서 은혜의 의미를 성찰할 만한 숱한 예화들을 들어 은혜의 조건과 올바른 은혜의 사용법을 가르치고 있다. 세네카는 먼저 은혜를 베푼 사람들에게 묻는다. 혹 은혜를 갚으라고 교만하게 군 적은 없는가? 은혜를 베풀고 변덕이 생겨 은혜 베푼 일을 후회한 적은 없었는가? 모욕적이거나 공격적인 태도로 은혜를 베풀지는 않았는지? 모욕을 주기 위해 은혜를 베푼 것은 아닌지? 이러한 질문들에 시인한다면 그는 적정한 은혜를 베푼 것이 아니다.

세네카의 권고는 우리가 현실에서 부딪치는 구체적인 상황에서 도출된다. 은혜는 남모르게 베풀어야 한다. 은혜를 입는 사람에게 교만하고 모욕적으로 은혜를 베풀었다면 그가 베푼 은혜의 가치는 뚝 떨어진다. 심지어 은혜가 아니라 원한을 사게 될지도 모른다. 부탁을 받기에 앞서 은혜를 베풀고 상대에게 꼭 필요한 은혜를 베푸는 것은 지혜로운 일이다. 은혜를 베풀 때도 예의를 갖춰야 하고 은혜를 베푼 일조차 잊어야 진정한 은혜다. 또 설사 은혜 입은 사람이 감사할 줄 몰라도 계속 은혜를 베풀라는 게 세네카의 거듭되는 말이다.

은혜를 베푸는 방법

세네카는 은혜를 베푸는 방법, 은혜를 입는 방법과 은혜를 갚는 방법을 설명하고 있다. 먼저 은혜를 어떻게 베풀어야 마땅한가? 세네카는 은혜를 베푸는 이가 갖춰야 할 덕성을 이렇게 말한다.

"무엇보다 꼭 필요한 은혜를 먼저 베풀어야 하고, 다음으로는 유용한 은혜를 베풀어야 하며, 또 그다음으로는 즐거움을 주는 은혜를 베풀어야 한다. 그리고 어떤 은혜라도 오랫동안 지속할 수 있어야 한다."

또 은혜를 베푸는 사람은 무엇보다 겸손해야 한다. 세네카는 은혜를 베푼 이는 겸양의 덕을, 은혜를 입은 이는 염치의 덕을 가져야 한다고 여기는 듯하다.

"은혜를 베푼 사람은 은혜를 베푼 일을 즉시 잊어야 하고, 은혜를 입은 사람은 은혜를 입었음을 절대로 잊어서는 안 된다."

곱씹어 볼수록 의미가 깊은 말이다. 은혜를 베푼 사실을 은혜를 입은 이에게 지나치게 자주 상기시키는 것도 피해야 할 일이다. "말과 행동으로 자신이 베푼 은혜를 끊임없이 환기하는 것은 은혜를 입은 사람을 성나게 하거나 우울하게 만들기" 때문이다.

배은망덕하지 않는 방법

세네카는 은혜를 입는 사람에게 필요한 덕목도 제시하고 있다.

은혜를 입는 사람은 우선 감사하는 마음을 가져야 한다. 은혜를 베푼 이에게 어떻게 해서든 보답할 기회를 마련해 "감사하다는 말만으로도 마치 은혜를 갚은 것처럼 느낄 수 있게 해야 한다." 또 되도록 감사의 마음을 공개적으로 표현하면 더 좋다.

은혜를 입은 이가 절대 피해야 할 것은 배은망덕이다. 세네카는 배은망덕의 원인 세 가지로 자만심과 탐욕, 그리고 질투를 들었다. 은혜를 입은 이가 은혜를 자신의 노력에 대한 정당한 보상이라고 여기는 자만심이 배은망덕에 빠지게 한다는 것이다. 또 더 많은 이익을 가지려는 끝없는 탐욕이 은혜로 받은 수혜를 보잘것없는 것으로 여기게 만든다.

특히 다른 사람이 받은 은혜와 자신이 입은 은혜를 비교하여 시샘하면서 배은망덕의 유혹에 빠진다는 것이다. 은혜를 입는 이는 자신의 자만심과 탐욕, 질투로 인해 자신이 받은 은혜에 대해 가벼이 여기는 교만함이 생기고 이는 배은망덕의 중대한 악덕을 저지르게 한다는 것이다. 무릇 작은 것에 감사할 줄 모르는 사람은 어떤 은혜도 받을 자격이 없다. 세네카는 은혜를 잊어버리는 것이 가장 큰 배은망덕이라고 말한다. 그의 언급이 아니더라도 은혜를 입는 것도 은혜를 베푸는 것 못지않게 힘든 일이다.

은혜는 그 자체로 덕을 지녔다. 베푸는 이를 즐겁게 하고 받는 이를 기쁘게 하기 때문이다. 더구나 은혜에 감사하는 마음은 선(善) 그 자체에 이끌린다. 감사하는 마음은 받은 것에 대해 무언가 갚으려는 마음을 갖게 하고, 올바른 마음으로 은혜를 입고 감사의 마음을 마음속에 간직하는 것이다. 이런 것보다 더 선한 것이 어디 있겠는가. 은혜가 선량한 사람들 사이에 이런 선한 마음이 돌게 한다면 아름다운 일이다.

은혜의 유용은 개인적 차원에만 머물지 않는다. 세네카는 은혜의 사회적 유용성을 매우 높게 평가했다. 은혜가 공동체 구성원 간의 우애와 협력을 증진하는 데 효과적이라는 믿음에서다. 특히 은혜를 주고받는 게 인간의 자연스런 본성이라는 확신에서 그렇다. 인간성에 대한 그의 믿음은 그만큼 깊다.

"감사의 태도는 그 자체로 의미를 갖는다고 할 수 있다. 감사하지 않는 것은 일종의 악으로서 피해야 한다. 감사하지 않는 태도만큼 사람 사이의 화합을 막거나 해체할 수 있는 것은 없다. 서로 돕는 것 외에 우리의 안전을 지켜줄 수 있는 것은 무엇인가? 은혜를 주고받는 것, 그것만이 우리의 삶을 보호하고 갑작스러운 공격에 맞서 우리의 삶을 지켜준다."

인간은 협력을 통해 자연과 동물을 지배하는 힘을 얻는다. 이 협력의 기반을 만드는 데 가장 중요한 역할을 하는 것은 은혜를 주고받는 것이다. 은혜를 풍성하게 만들어 내는 것은 세상 사람들이 은혜 입는 것에 감사하는 마음이다. 그런 마음이 자연스럽게 넘치면 더 많은 은혜를 산출하게 만든다. 세네카가 감사하는 마음보다 더 고결한 것은 이 세상에 없다고 한 배경이다. 그가 이 책을 저술한 것도 올바른 베풂을 통해 로마시민들의 건강한 유대를 만들어내고자 한 바람이 아니었을까. 그것이야말로 스토아 철학자로서의 그에게 꼭 맞는 실천적 철학의 일환이었을 것이다.

은혜를 갚는 방법

이제 은혜를 갚는 방법에 대한 세네카의 통찰도 들어보자. 은혜를 갚는 일도 쉬운 일이 아니다. 무엇을 은혜로 보느냐, 은혜의 가치를 어느 정도로 보느냐에 따라 보은의 방식과 내용이 달라질 수 있다. 누가 나에게 좋은 일을 해주었다고 해서 항상 은혜를 입었다고 볼 수는 없다. 그것이 나 아닌 누구에게나 베풀어진 호의라면 은혜를 입었다고 해도 반드시 보은해야 할 은혜는 아니다.

또 누군가 나에게 도움을 얻을 목적으로 은혜를 베풀었다면 이 역시 갚아야 할 은혜의 대상은 아니다. 받은 은혜가 고마운 일이긴 하지만 내가 다른 도움을 그에게 이미 베풀었다면 은혜 그 자체에 대해 보답해야 할 몫이 따로 남아있는 것은 아니다.

세네카는 은혜를 갚는 일은 중요하지만 지나치게 감사를 표현하는 것은 올바르지 않다고 말한다. 은혜를 베푼 이가 필요로 하지 않을 때 그것을 필요로 하도록 강요하거나 억지로 은혜를 갚으려고 한다면 그것은 진정으로 감사할 줄 모르는 태도라는 것이다.

"은혜에 빚진 채로 있는 일에 대해서 어떤 불안도 갖지 말 것, 은혜에 보답할 기회를 찾되 절대로 그것을 일부러 만들어내지는 말 것, 한시라도 빨리 의무에서 자유로워지려는 욕망이야말로 배은망덕이라는 점을 기억하도록 하자. 자기 의사와 달리 진 빚을 갚는 것은 누구에게도 행복한 일일 리 없고, 받은 은혜를 그대로 지니고 있기를 원치 않는다는 것은 그것을 선물이 아니라 부담으로 여긴다는 뜻이다."

은혜를 갚지 않고 마음에 오래도록 간직해 주는 것도 은혜를 갚는 것일 수 있다는 역설! 세네카의 혜안이 빛난다. 우리는 종종 누군가에게서 은혜를 받고도 이를 베푼 이가 아무런 사례를 받기를 거절할 때, 빨리 그 은혜를 갚고자 안달한 적이 있지 않은가. 그렇다. "양심이 아니라 평판 때문에 남에게 감사하는 사람은 잘못을 저지르는 것이다."

은혜 베풂에 대한 세네카의 담론은 철학적 논의를 넘어 논리적 논증 방식으로 전개된다. 베풂에 대한 여러 명제를 제시하고, 그 의미를 탐색한 후 현실의 사례를 들어 하나하나 입증해 나가는 방식이다. 이 과정에서 다양한 역사적 교훈들이 등장한다. 여기서 만나는 그리스와 로마 시대의 현실적 사례들은 오늘날 우리가 부딪히는 현실의 일들과 거리가 그리 멀지 않음을 느끼게 된다. 이 책이 2천여 년을 넘어 우리에게 주는 울림은 그만큼 크다.

추천 고전

• 세네카, 《베풂의 즐거움》, 김혁·오병석·홍석순·안승택 옮김, 눌민(2015).

35

짧은 인생 값지게 사는 법

세네카,《인생이 왜 짧은가》

매번 한 해를 보내고 새해를 맞을 때마다 세월의 빠름과 무상함을 새삼 느낀다. 젊었을 때는 성큼성큼 자라 하루빨리 세상에 나아가길 원했는데, 나이가 들어갈수록 가는 세월이 아쉽기만 하다. 위대한 인물이든 평범한 인생이든 이 세상에 나서 길고 짧음은 어느 정도 차이가 있지만, 결국 한세상 살다가는 건 평등하다. 영생은 인간의 몫이 아니다.

필멸의 인생. 어떻게 살 것인가는 누구나 한 번쯤 고민하는 주제이다. 로마 최고의 철학자 중의 한 사람인 세네카(BC 4?~BC 65) 역시 짧은 인생을 어떻게 살아야 값진 것인지에 대해 깊이 성찰했다. 세네카는 인생의 길고 짧음은 자신에게 달렸다고 말한다. 자신의 수명을 늘리거나 단축하는 것도 자기 삶의 방식에 기인한다는 것이다. 물론 물리적 수명과 정신적 수명까지 모두 이에 해당한다.

행복한 삶을 위한 세네카의 담론 네 가지가 이 책에 담겼다. '인생의 짧음에 관하여', '마음의 평정에 관하여', '섭리에 관하여', '행복한 삶에 관하여'가 그것이다. 소주제는 다르지만 성찰의 맥락은 연결된다.

세네카의 인생관은 세속적 관념의 시간의 길고 짧음을 초월한다. 시간을 빼앗기지 않는 사람에겐 긴 시간이 주어지지만, "많이 빼앗긴 자에게는 주어진 시간이 부족할 수밖에 없다." 이는 단순히 시간 관리적 차원만을 이야기하는 것은 아니다. 무슨 일에 시간을 쏟을 것인가라는 인생관과 관련되는 것이다.

'분주한 게으름'을 경계하라

검소한 생활을 하며 철학에 시간을 내는 사람이라면, 하찮은 일에 너무 많은 시간을 쓰지 않는다. 자신에게 침잠하고 자신을 계발하되, 남들에게 인정받기 위한 일에 지나치게 매달리지 말아야 한다. 가치 있는 일에 매진하되, "쓸데없는 일에 노력을 기울이지 말아야" 한다.

이룰 수 없거나 불필요한 일에 지나치게 매달려 분주하지만 정작 자신의 삶을 보람으로 채우지 못하게 되는 상황은 경계해야 한다는 의미다. 세네카가 말하는 이른바 '분주한 게으름'이 바로 그것이다. 불필요한 일에 쫓아다니느라 분주하여 정작 자신을 돌아보고 계발하는 것에 게을러지는 상황을 안타까워하는 것이다.

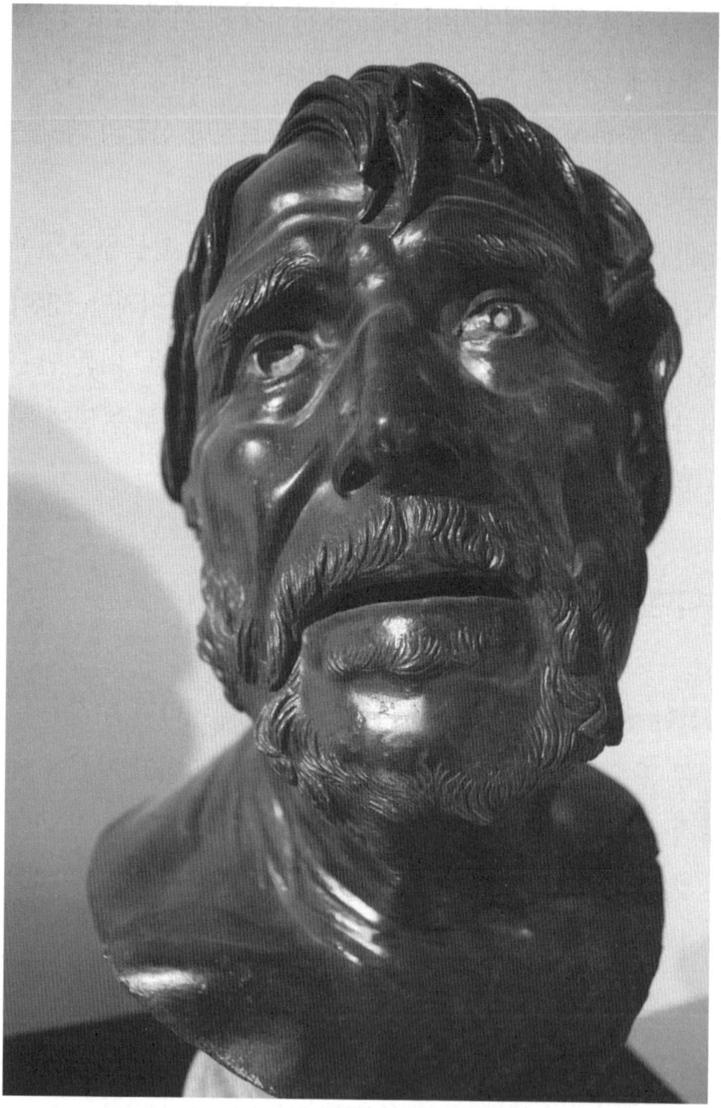

로마의 철학자 세네카는 로마 황제 네로의 소년기 스승으로 황제 즉위 후 10년간은 국정 자문 역할을 했다. 세네카는 오랫동안 네로 곁에서 그가 관용과 선정을 베풀도록 부단히 노력했으나 네로가 방탕과 악행에 빠지자 그의 곁을 떠났다. 네로가 반역 음모에 가담했다는 누명을 씌워 자신을 죽이려 하자 세네카는 자결했다. 세네카의 흑색 대리석 두상. 나폴리 국립 고고학 박물관.

자신에게 주어지는 시간을 어떻게 채우느냐가 중요하다면, 반대로 자신에게 집중할 수 있는 시간을 얼마나 비워두느냐가 인생의 길고 짧음을 좌우한다고 볼 수 있다. 인생을 길고 의미 있게 산 사람들은 자기 자신을 위한 시간을 충분히 할당하는 사람일 듯싶다. 하지만 범인(凡人)들에게 이 또한 쉽지 않은 일이다. 세네카도 위대한 사람들의 시간 관리의 비법을 이렇게 강조한다.

"자신의 시간을 빼앗기지 않는 것은 인간적 과오를 초월한 위대한 사람이나 해낼 수 있는 일이오. 그리고 그의 인생이 가장 긴 까닭은 주어진 시간이 얼마든 그것을 모두 자신을 위해 비워두기 때문이지요. 주어진 시간 가운데 놀리거나 이용하지 않는 것은 조금도 없으며, 남의 지배를 받는 법도 전혀 없지요."

'채움'이 아닌 '비움'의 철학

현명한 시간 관리를 위해서는 시간을 어떻게 채우느냐가 아니라 어떻게 비울 것인가에 대해 먼저 고민해야 할 것 같다. '채움'이 아닌 '비움'의 철학을 깨닫고 이를 실행한다는 것은 타인과의 무수한 관계와 끊임없는 만남을 통해 삶을 꾸려가는 현대인에겐 매우 어려운 일이다.

우리가 인사치레와 눈도장을 찍기 위해 분주하게 허비하는 시간은 얼마나 많은가. 남에게 과시하고 남의 눈을 의식하는 경향이 심한 한국인에게 이런 낭비는 더욱 두드러진다. 더구나 수많은 사람과의 만남과 관계 속에서 그들과 함께하고 있다는 안도감을 삶의 충전으로 삼는 보통 사람들의 소소한 삶에서 '비움'의 가치에 주목하긴 어렵다. 물론 시간의 '비움'이 단지 아무것도 하지 않는 시간의 공백이나 무위도식을 의미하는 것은 결코 아니다.

세네카의 '비움'의 철학은 허례와 허식에 물들어가며 자아를 허비하는 삶이 아니라, 자기에게 더 충실한 성찰적 삶이 필요하다는 점을 강조하고 있는 것 같다. 자기 성찰을 위한 '비움'은 새롭고 의미 있는 '채움'의 길을 다시 열어줄 것이기 때문이다. 그렇다면 인생의 짧음을 한탄할 일은 결코 아니다. 중요한 것은 각자의 인생을 어떻게 채울 것인가로 환원된다.

세네카가 생각하는 행복한 삶의 기초는 '선(善)'이다. 세네카는 인간이 고통에 처할지라도 선의 미덕을 잃지 말아야 한다고 강조한다. 불운과 불행조차 신이 인정하고 사랑하는 자를 단련시키기 위한 사랑의 시험이라고 본다. 선한 자가 일시적으로 어려움을 겪는 경우가 많지만, 길고 더 넓게 보면 결국 선한 자는 불행하지 않다는 것이다. 그의 철학에서 권선징악을 강조한 스토아 철학의 맥락이 읽히는 대목이다.

세네카는 인생의 시련을 딛고 일어설 것을 주문한다. 어떠한 고통과 재난이 닥쳐도 맞서 이겨 나가란 것이다. 자신의 의지와 노력에 따라 행복의 정도가 달라질 수 있다는 겸허하면서도 외부 탓을 하지 않는 스스로 당당한 철학이다.

"행복한 삶이란 올바르고 확고한 판단에 기초하고 있어 동요하는 일이 없는 생활"이다. 행복을 누리기 위해선 '건전한 정신'이 중요하다. 이런 관점에서 세네카는 일시적 쾌락에 흔들리는 삶을 경계한다. 마음속에 일어나는 미덕과 악덕 사이의 불화를 다스릴 수 있는 이성적 능력이 요구된다.

자신의 이성과 정신을 신뢰하고 항심(恒心)을 유지해야 한다는 것이다. "최고선은 흔들리지 않는 정신의 힘이며 선견지명이며 숭고함이며 건강이며 자유며 조화이며 아름다움이다." 세네카는 자신이 정해 놓은 한계를 지키며 마음의 판단력과 됨됨이를 유지할 수 있다면 최고선을 완성할 수 있다고 본다.

여가를 즐기고 선행을 쌓아라

그렇다면 어떻게 지선(至善)에 이를 수 있을까. 미덕은 쾌락을 주지만 쾌락이 항상 미덕을 동반해 주는 것은 아니다. 쾌락을 적절하게 지배할 수 있어야 최고선에 다가갈 수 있다. 세네카는 에피쿠로스(Epikuros, BC 341?~BC 270?)가 주장하는 쾌락추구의 중요성에 대해 동조하지 않는다. 맹목적 욕망으로부터의 절제를 통해 쾌락을 지배할 수 있어야 미덕을 쌓을 수 있다고 생각했다. 이는 쾌락을 완전히 배제하는 것이 아니라, 악덕으로 이끌 만큼의 과도한 쾌락의 추구를 경계하라는 의미이다.

세네카는 행복한 삶을 위해 적절한 여가를 즐기고 선행을 쌓은 일도 중요하다고 말한다. 세네카의 인생관은 오래 사는 것보다 어떻게 사는 것인가를 더욱 중시한다. 가치 있는 일에 매진하고, 지나친 쾌락을 탐닉하지 않는 절제된 삶이라면 결코 짧은 인생이 아니다. 자신이 지나치게 분주하거나 어떤 즐거움에 탐닉하고 있을 때, 세네카의 인생론을 상기하면서 자신의 삶을 되돌아보는 것도 필요할 것 같다.

추천 고전

- 세네카, 《인생이 왜 짧은가》, 천병희 옮김, 숲(2005).

36

화내는 격정을 피하는 방법

세네카, 《화에 대하여》

인간의 정념 가운데 가장 격정적인 것이 화이다. 마음의 평정이 깨지면서 밀려오는 분노의 원인은 헤아릴 수 없이 많을 것이다. 자기 뜻대로 일이 풀리지 않을 때 화가 치밀고, 자신과 타인에 대한 분노는 거친 말과 행동으로 표출된다. 적의와 분노가 소용돌이치는 시대는 작은 일도 화를 돋운다. 물론 개인의 화와 사회에 대한 공분은 다르긴 하다.

로마의 철학자 세네카(BC 4?~BC 65)는 인간들의 화의 감정을 냉정하고 깊이 있게 탐색했다. 그는 동생 노바투스가 화를 가라앉히는 방법을 책으로 써달라고 요청하자, 이에 화답하여 《화에 관하여》를 저술했다. 이 책은 인간의 화의 특성과 본질에 대한 인류 최초의 심도 있는 고찰이다.

인간은 왜 화를 내게 될까? 화를 낼 때 인간은 어떤 모습일까?

어떻게 하면 화를 진정시킬 수 있을까? 아예 마음에서 화를 몰아낼 방법은 없을까?

세네카는 화는 "고통을 고통으로 갚아주고자 하는 강한 욕망"이라고 정의한다. 그렇다면 화는 어떤 심적 고통을 받을 때 나오는 것임은 분명하다. 화를 낸다는 것은 자신의 고통스런 상황에 대해 흥분하고 자극을 받아 누군가 또는 무엇인가에 되갚아 주려는 충동적 행동일 것이다.

화의 본성과 해악

세네카는 화가 인간의 본성과 일치하는 것은 아니라고 말한다. "인간은 서로에게 도움을 주고받기 위해 태어나고, 화는 서로를 파괴하기 위해 태어난다"는 것이다. 이렇듯 화는 앙갚음에 집중한다는 점에서 평화로움을 추구하는 인간의 본성에 어울리지 않는다는 것이다.

따라서 누군가를 질책할 때일지라도 가급적 부드러운 말로 사람들의 행동을 올바르게 이끌어야 한다. 화는 이성의 중재를 거부하고 격정에 끌려 행동하는 것이므로 자신을 제대로 제어하지 못해 생겨난다는 것이다. 따라서 꾸짖되 화를 내지 않으려 노력해야 한다.

세네카는 화가 낳는 여러 가지 해악을 설명한다. 화는 조급함과 경솔함에 끌려다닌다. 화는 자기 마음의 동의하에 일어난다. "격정은 우리가 받은 어떤 인상에 대한 자동적인 반응으로 일어나는 것이 아니라, 우리가 자신을 그 인상에 내맡기고 마음에서 일어나는 최초의 움직임을 끝까지 따라가는 데에서 온다"는 것이다. 이는 화는 자기 마음의 동의 없이는 일어날 수 없다는 뜻이다. 그러므로 화를 다스릴 일차적인 관건은 어떻게 이성으로 자신의 감정을 조절해 낼 것이냐에 달려 있다.

세네카는 화를 마음에서 아예 지워버려야 한다고 말한다. 자신을 끊임없이 감시하고 감정의 한계를 넘지 않도록 유의하고, 절대로 화에게 출입 허가를 내줘서는 안 된다는 것이다. 감정 조절을 하기 어려운 평범한 사람들에겐 매우 어려운 주문이다.

하지만 세네카는 화라는 감정에 빠지지 않는 것과 화를 피하는 방법에 대해 우리가 실천할 수 있는 몇 가지 방안을 제시하고 있다. 우선 어릴 적부터 교육이 필요하다고 말한다. 불같은 성격인 사람이 가장 화를 잘 내는 데 이런 성격의 사람은 활발한 반면 비타협적이기 때문이라는 것이다. 세네카는 사람의 기질에 따라 화를 잘 내는 사람이 있게 마련이지만, 어릴 적부터 좋은 습관을 들이면 화를 잘 내는 기질적 특성을 누그러뜨릴 수 있다고 보았다.

화내지 않도록 하는 자녀 교육법

세네카는 화를 잘 내지 않도록 하는 자녀 교육법도 제시한다. 먼저 아이들의 언행을 자유롭게 해주어 기백을 심어주되, 기를 살리는 게 지나쳐 오만해지지 않도록 유의해야 한다. 오만은 장차 마음에 화를 만들어 내는 씨앗이 되기 때문이다. 그러므로 "친구들과 경쟁할 때 아이가 지지 않으려고 화를 내는 것을 용인해서는 안 된다." 오히려 친구를 해롭게 하지 않는 정당한 경쟁을 통한 승리를 원하도록 하는 것에 익숙해지도록 해야 한다는 것이다. 칭찬을 통해 기를 북돋아 주되 으스대게 해서는 안 된다는 것이다.

또 세네카는 아이를 응석받이로 키울수록 화를 잘 내는 사람이 되게 만든다는 점을 경계하고 있다. 집에서 입에 발린 칭찬을 받으며 자란 아이가 밖에서 그런 대접을 받지 못할 때 쉽게 화를 내게 될 것이기 때문이다.

그러나 무엇보다도 화를 내게 만드는 걱정의 근본 원인과 맞서 싸워야 한다. 세네카는 화를 피하는 사전 조건을 알려준다. 화를 낼 상황 자체를 만들지 않는 게 필요하다는 것이다. 우선 남을 비난하는 사람들의 말에 쉽게 귀 기울이지 않는 것도 좋겠다. 자신이 듣고 싶지 않은 말을 쉽사리 믿어버리면 이성적 판단을 하기 전에 화부터 낼 가능성이 있기 때문이라는 것이다.

화를 내게 만드는 상황을 만들지 말라

화를 내게 만드는 상황 자체를 만들지 말자. 세네카는 이를 제대로 실천한 두 사람의 예를 들었다. 하나는 누구보다 화를 잘 냈던 알렉산드로스이다. 그는 와병 중일 때 자신을 치료하던 의사 필리포스가 독을 탈지 모르니 조심하라는 어머니의 편지를 받았지만, 그 말에 현혹되지 않고 자신의 믿음에 따라 필리포스가 주는 탕약을 망설임 없이 받아마셨다. 그 덕분에 병이 나았음을 물론이다. 만약 알렉산드로스가 필리포스에 대해 의심을 품었다면 필시 분노하게 되고 어쩌면 그를 해칠 수도 있었을 것이다.

두 번째는 카이사르의 예이다. 그는 내란에서 승리하면서 적장 폼페이우스에게로 가는 편지들을 가로챘다. 그러나 카이사르는 그 편지들을 열어보지 않고 그대로 불태워버렸다. 적진과 내통했을 많은 사람의 잘잘못을 묻지 않고 모두 용서했던 셈이다. 이 둘의 예는 분노를 일으킬 사안을 사전에 차단해서 마음의 격정을 일으키지 않은 좋은 경우다.

화를 유예하는 것도 좋은 방법이다. 맹렬하게 솟구치던 화도 시간이 지나면 점차 누그러질 수 있기 때문이다. 감정의 격동을 이성적으로 돌아볼 시간을 확보하는 게 필요하다. 시간이 약이 되는 경우는 보통 사람들도 많이 경험하지 않는가. "화에 대한 최고의 치유책은 유예다."

화를 억제하는 방법이 또 있다. 격정으로 화를 낼 때의 자신의 모습을 거울로 비추어보라. 분명 볼썽사나운 모습일 것이다. 세네카는 화의 이러한 추악함과 위험성을 관찰하는 것도 화를 억제하는 데 도움이 된다고 말한다. 화가 많은 사람에게 어떻게 해를 끼쳤는지, 나아가 자신을 얼마나 피폐하게 만들었는지를 냉정하게 되돌아본다면 화를 자제할 수 있게 되지 않을까.

수양과 이성으로 화를 치유하라

화에 대한 세네카의 철학적 치유책이야말로 이성적 해법이다. 화는 인간의 온화한 정신과의 대결에서 매우 폭력적이라고 지적한다. 상대를 파괴하려는 데서 생겨나는 인간의 격노는 오히려 자신을 먼저 광포하게 파괴하게 된다는 것이다. 그런데 세네카는 이러한 화마저 혹 자신이 먼저 남에게 악한 일을 하면서 화가 비롯되지는 않았는지 되돌아보라고 말한다. 나아가 화가 자신의 권력의 증표로 휘두르는 것은 아닌지 성찰하라고 경고하고 있다. 깊이 새겨들어야 할 대목이다.

철학자의 눈에는 화는 악의와 시기심보다, 그리고 사치와 반목보다 더 나쁘다. 화는 증오를 낳고 권력자의 화는 전쟁으로 폭발하기도 한다. 화를 내는 사람은 자신에 대해 지나치게 과대평가하는 사람이다. 진정 자신의 정신이 고매하다면 다른 사람들의 어떤 말이나 부당한 대우에도 무시당하거나 불이익을 받았다고 생각지 않을 것이기 때문이다. 마음 수양이 깊은 사람은 남에게 쉽게 화를 내지 않게 된다는 의미다.

화를 낸다는 것은 타인에게 자신이 받은 고통을 복수하는 것을 의미하므로, 어떤 일에도 자극받아 격정을 일으키지 않는 이는 숭고한 정신의 소유자일 것이다. 세네카는 그러한 마음의 평정과 고매한 정신을 함양하라고 강조하는 듯하다.

이 책에는 고대 그리스와 로마 시대에 있었던 여러 인물의 화에 관한 예화들이 숱하게 담겨 있다. 자신의 분노를 다스리지 못해 포악한 실수를 한 사례, 자신의 권력을 이용해 잔악하게 화를 푼 사례, 분노를 이겨내고 자비를 베푼 사례, 화를 유예하여 결국 화를 스스로 이겨낸 사례, 혈육이 죽임을 당하는 극한 상황에서도 분노를 이겨낸 사례, 복수할 만한 충분한 이유가 있는 데도 절제와 온유함으로 받아넘긴 사례 등등이다.

현대인 역시 일상을 살아가면서 화나게 하는 상황에 숱하게 처한다. 그런데 화나게 하는 많은 것들은 우리를 해롭게 하는 것이 아니라 단지 기분을 상하게 하거나 실망한 정도의 것들일 수 있다. 그러므로 누군가가 의도하지 않은 언행 때문에 지나치게 화를 내는 것은 정당한 일이 아니다.

화는 자신의 지나친 기대나 욕망에서 자초하는 때도 적지 않다. 그렇다면 스스로 절제의 미덕을 익히는 것도 공연한 화를 만들지 않는 방법이 될 수 있다. 요즘 다른 사람과 자신을 비교하여 상대적 박탈감에서 공연한 화를 키우는 사람들도 많다. 이런 이들에게 세네카가 던지는 말은 불필요한 질시와 시샘에서 분노를 키우는 요즘 우리 사회의 많은 이들에게 의미심장한 교훈을 준다.

"자기보다 더 행복한 사람들 때문에 괴로움을 느끼는 사람은 결코 스스로 행복할 수가 없다. 내가 기대보다 적게 받았다고 생각해 보자. 그렇다면 내가 너무 많이 바랐던 것이다. 우리는 다른 것보다 이 부분에서 생겨나는 화를 두려워해야 한다. 왜냐하면 그것이 가장 파괴적이고, 우리가 무엇보다 신성하게 가슴에 품어오던 모든 것들을 공격하려 들기 때문이다."

세네카는 인간 심리에 대한 뛰어난 통찰력으로 화를 다스리는 현명한 방법을 후세에 전했다. 그렇다. 화로 자신을 소비하기엔 짧은 인생이 너무나 소중하지 않은가. 화를 내려는 자신을 두려워하자. 화라는 악덕으로부터 멀어질수록 마음의 평화를 얻게 되고, 온유한 덕성에 가까워진다.

추천 고전

• 세네카,《화에 대하여》, 김경숙 옮김, 사이(2013).

37

마지막 그리스인 플루타르코스의 도덕론

플루타르코스, 《모랄리아》

서양 문명의 성취를 온전하게 흡수하고 우리 것으로 소화하기 위해서는 먼저 그들의 선조들이 남긴 고전을 모두 우리말로 옮기는 일부터 시작해야 한다. 제대로 된 번역물들이 나오고, 이를 읽고 소화하는 가운데 창조적 비판과 지혜의 전수가 가능해지기 때문이다. 특히 고대 헬라어로 쓰인 숱한 그리스 고전과 라틴어로 쓰인 로마 시대에 창작된 고전들을 중역(重譯)이 아닌 원전 번역이 필요하다.

헬라어 원전의 플라톤 전집 43권은 2019년에서야 국내 최초로 천병희 교수에 의해 완역되었다. 혼신을 바친 노력의 결실이다. 플루타르코스(46~120)의 대표작 《영웅전》과 《모랄리아(Ethika, Moralia)》78편의 헬라어 원전은 아직도 완역해 내지 못한 상황이다. 오래전에 시중에 나온 《플루타르크 영웅전》은 아쉽게도 영역본 또는 일역본을 거듭 번역한 책들이다.

플루타르코스는 '마지막 그리스인'이라 일컬어질 만큼 플라톤 철학은 물론 아리스토텔레스의 철학 등 고대 그리스의 각종 철학 이론을 폭넓게 섭렵한 석학이었다. 또한 스토아철학과 에피쿠로스 철학의 극단적 이론을 탈피하여 절충주의 철학을 완성한 로마 전성기의 대중 철학의 기수였다.

그는 1세기 로마 제정기에 철학자, 연설가, 문필가, 델포이 신전의 사제 등 다양한 직분에서 탁월한 능력을 보여 그 명성이 자자했다. 특히 오늘날의 인문학, 사회과학, 자연과학 등 제 분야에서 해박하고 달통한 지식을 갖춘 전인적 지식인이었다. 자연히 그가 남긴 저작에 다양한 학문 영역을 넘나든 통섭적 지식과 지혜가 담겨 있음은 물론이다. 유럽 각국에서는 이미 1500년대 중엽부터 자국어로 완역되어 널리 읽혔던 《모랄리아》가 우리나라에서는 2012년에 78편 가운데 5편만 발췌 번역이 이루어졌다. 만시지탄이지만 반갑기 그지없다.

이 책은 헬라어 원전과 라틴어 원전을 주된 텍스트로 삼아 번역된 책이다. 그동안 헬라어와 라틴어 번역에 탁월한 성취를 보여준 허승일 교수가 거둔 결실이다. 역자는 플루타르코스의 《모랄리아》 78편 가운데 교육과 윤리에 관한 다섯 편의 에세이를 선별해서 실었다. 이로써 플루타르코스의 철학을 온전하게 파악하기는 힘들지만, 그의 교육론과 윤리도덕관의 일단을 살필 수는 있을 듯싶다.

먼저 '자유인의 자식은 어떻게 교육해야 하는가' 편을 살펴보자. 이 에세이는 후세에 큰 영향을 미친 작품으로 몽테뉴의 《수상록》의 모델이 되었다고 한다. 플루타르코스는 그리스에서 태어나 아테네에서 고등교육을 받고 로마로 건너가 그리스 철학과 제 학문을 전수하는 탁월한 교사 역할을 했다.

그러니 이 교육론에서 우리는 그가 가르치고자 했던 그리스의 교육철학과 당시 로마인들의 자녀 교육의 경향을 엿볼 수 있다. 엄밀히 말하면 고대 그리스와 로마 시대의 자녀 교육은 아들 교육을 의미했다. 즉 2000년 전의 자녀 교육에서 여자아이는 제외되었다. 동양에서는 19세기까지도 여성들이 교육에서 소외되었다. 이런 현상들은 모두 시대적 한계로 이해하면 될 듯싶다.

아무튼 당시 참정권을 갖는 아들을 탁월한 시민으로 만들기 위한 교육의 중요성은 매우 컸다. 플루타르코스는 탁월한 인재로 키우기 위한 3가지 요소로 천성과 학습, 그리고 부단한 연습을 들었다. 또 자식을 훌륭하게 키우기 위해선 덕성을 갖춘 최고의 교사를 택해야 한다고 강조한다. 그가 건전한 성품과 교양을 갖춘 그리스인을 추천했듯, 당시에는 그리스 출신 학자들이 명문가 자제의 가정교사 역할을 하는 경우가 많았다.

플루타르코스는 플라톤 학파의 계승자답게 자유인인 아동들에게 철학교육을 제일 중요시할 것을 요구했다. 철학은 "모든 교육의 머리이자 간판"이기 때문이다. 그는 삶을 실천적 삶과 명상적인 삶, 그리고 향락적인 삶으로 나누고 철학과 연관 지은 실천적 삶을 최고의 모델로 삼았다.

아이들을 구타나 가혹 행위로 교육해서는 안 된다는 주장은 고대의 환경에서 매우 탁월한 관점이다. 그런 거친 교육은 노예에게나 적합하기 때문이라는 것이다. 자유인에게는 꾸지람과 칭찬을 번갈아 해서 사기를 북돋우고 스스로 수치스러운 것을 알게 해야 한다는 것이다. 이는 현대의 교육자들이 그대로 실천해도 될 훌륭한 교육지침이다.

'젊은이는 시가를 어떻게 들어야 하는가' 편에서는 헬레니즘 시대에 고대 그리스 비극과 시가들이 청년들의 교육에서 경계의 대상이 되었음을 보여준다. 소크라테스나 플라톤은 비극과 희극, 그리고 시가들이 허구적이며 때론 비윤리적이고 잔혹한 대목들이 많아 청년들의 교육에 해롭다고 여겼다. 이런 문학 작품들은 결국 현실 세계의 모방 예술인데 신이나 영웅들의 복수극과 외설 등 나쁜 이미지들을 많이 모사하고 있다고 보았기 때문이다. '비극을 일종의 사기극'이라고 비판한 고르기아스의 말도 이런 관점과 맥이 닿는다.

시가들이 적정한 운율과 고상한 문체로 우아하게 표현할 때도 많지만, 창작된 신화의 조작이나 천박하거나 수치스럽거나 사악한 행위를 묘사하는 부분이 적지 않아 교육적으로 해악을 끼치는 경우가 많다는 것이다. 아무튼 플루타르코스는 청년들이 시가를 배울 때, 등장인물들이나 신들이 늘 덕이 있거나 번영하는 것으로만 표현되지 않는다는 점을 유의해야 한다고 주의시키고 있다. 특히 시가를 배울 때는 시인이 선택한 주제와 언급된 내용의 타당성을 검토해야만 한다는 것이다. 사악하고 불합리한 시가를 읽음으로써 받을 수 있는 악영향을 회피하기 위해서 말이다.

'철학자들의 강의는 어떻게 들어야 하는가' 편을 살펴보자. 플루타르코스는 철학 강의에서 많이 듣고 적게 말하는 연습을 할 것을 권고한다. 특히 강의자의 담론에 시샘하지 말라거나, 강의를 호의적으로 받아들이되 지나친 열광은 자제하고, 강의 내용이 잘못이 있는 곳에서는 잘못의 이유와 근원을 찾아 엄격히 비판할 수 있어야 한다고 말한다. 특히 강의 스타일을 비판하기보다는 담론의 주제를 중시하라고 조언한다. 강의자의 말투나 연설의 전달 방법만 중시할 것이 아니라 강의자의 삶과 행동, 그리고 공적인 행위에 주목해 보라는 것이다. 좋은 강의는 좋은 강의자 못지않게 좋은 청강자의 자세에 달려 있음을 주지시키고 있다.

탁월한 강의를 하는 강사를 위한 비법과 조언은 요즘에도 많이 볼 수 있다. 하지만 플루타르코스의 이 작품처럼 강의를 듣는 사람의 자세와 훌륭한 청강자의 조건을 구체적으로 조목조목 제시한 글은 매우 희귀하다. 그리스와 로마 시대에 폭넓게 실시되던 연설가나 교육자들의 숱한 강의가 효과를 거두기 위해서는 수강자들에게도 일정한 조건과 수강 역량이 요구되었다는 점을 확인시켜 준다.

요즘은 거의 모든 대학에서 교수의 강의를 학생들이 평가하고 이를 교수 평가에 반영한다. 그런데 정작 학생들이 수강자로서의 기본적인 자세와 태도, 수강자로서의 기초적인 역량을 갖추고 있는지를 점검하기는 어렵다. 플루타르코스의 '청강론'을 읽노라면 강의자의 자질 못지않게 수강자에게 요구되는 자질 또한 만만치 않다는 것을 느끼게 된다.

수강자들에게 주는 플루타르코스의 마지막 교훈도 새길 만하다.

"강의를 청취하는데 필요한 다른 어떤 교훈을 덧붙이자면, 그것은 이미 여기서 강의된 내용을 명심하고 우리가 배운 것에 따라 독립적 사고 능력을 배양하는 것이지. 그래서 우리는 궤변으로 아는 체하거나 단순 지식을 얻는 데 급급하지 말고, 깊이 뿌리박힌 철학적이고 지적인 습관을 지니도록 해야 하네. 올바로 듣는 것이 올바로 사는 것의 첫걸음이라는 것을 믿는다면 말이네."

'아첨꾼과 친구는 어떻게 구별할 수 있는가'에서 플루타르코스는 우정의 탈을 쓰고 덕을 멀리하고 악을 가깝게 만드는 아첨꾼을 멀리하고, 생색을 내지 않고 우아한 행동으로 도와주는 진정한 친구를 구별하는 여러 가지 방법을 제시한다. 친구가 정도에서 벗어났을 때 엄하고 솔직한 언사로 단호하게 질책할 수 있는 사람이 진정한 친구다. 물론 플루타르코스는 친구를 질책할 때는 제삼자의 잘못을 타산지석으로 삼아 은유적으로 하고, 남들이 있는 앞에서가 아니라 둘만의 사적인 자리에서 하라고 말한다. 상대의 마음을 상하지 않게 하면서 질책하는 지혜로운 방법이다.

또 '덕을 쌓는 사람은 어떻게 알아볼 수 있는가' 편에서는 덕 쌓기에 대한 플루타르코스의 철학관이 전개되고 있다. 그는 완벽한 현자만이 덕인이고 지혜만 있으면 덕은 자연히 생긴다는 스토아 철학의 견해에 반발하면서 누구라도 조금씩 덕 쌓기를 해나가면 선인이 될 수 있다고 주장하고 있다. 현명한 사람만이 덕인이 될 수 있다는 스토아 철학의 입장을 탈피하여 악인이든 미성숙한 사람이든 덕 쌓기의 정진을 통해 덕인이 될 수 있다는 희망의 철학을 전개한 것이다.

플루타르코스에게 덕을 쌓는 최상의 접근법은 철학을 하는 것이다. 철학의 담론에서 벌이 꿀을 만들 듯이 유익함을 얻고, 아무도 모르게 선행을 실천하고, 아집과 자만에서 벗어나 이성을 추구해야 한다. 또 자신의 잘못을 질책하는 사람들의 말을 수용하면서 자신의 덕을 다듬어 나가야 한다. 또 존경하는 인물들을 닮으려고 열심히 애써야 한다. 이런 과정들이 덕이 쌓여나가는 징후다.

플루타르코스 에세이의 공통적인 특성이 있다. 고대 그리스의 다양한 문학작품의 여러 대목이나 역사 속의 사례를 들면서 흥미진진한 에세이를 전개하고 있다는 점이다. 에세이 속에 소개된 그런 내용들은 지금 우리에게 전해진 현존 문헌의 일부인 경우도 있지만, 대부분 오래전에 소실되어 오로지 이 작품들 속에 편린으로 전해지고 있는 것들도 상당히 많다.

그런 까닭에 플루타르코스의 이 작품들이 멸실된 고대의 문학

작품이나 각종 문헌의 공백을 상당 부분 메워준다는 점에서 소중한 2차 사료의 역할을 하고 있다. 따라서 이런 신선한 인용 자료들을 통해 고대 작품의 일부를 맛볼 수 있다는 점도 플루타르코스의 에세이가 주는 또 다른 즐거움이다. 아울러 그의 에세이는 문체도 쉽고 간결하여 독자들이 편하게 읽을 수 있어 오늘날의 가벼운 수필을 읽듯 즐거운 독서를 할 수 있다. 그 가운데 플루타르코스의 박학다식과 번뜩이는 예지와 통찰을 느낄 수 있음은 물론이다.

추천 고전

- 플루타르코스, 《플루타르코스의 모랄리아》, 허승일 옮김, 서울대학교출판문화원 (2012).